U0773058

出版说明

　　胡立根、谢晨先生主编的"经典阅读课"丛书，致力于传承中华优秀文化基因，提升青少年核心素养，帮助中小学生在阅读经典中建构并丰富自己的精神图式。在编辑过程中，我们按照现代出版规范对选文进行了统一处理，对部分选文做了删减，力求提供一套符合现代文字规范的青少年读物，以建立对纯洁汉语的认知和体悟。敬请作者、译者见谅。

　　另外，我们已经联系到大部分选文的作者和译者，他们同意将作品列入"经典阅读课"丛书，但由于作者面广，仍有部分作者和译者无法取得联系。请作者和译者看到本丛书后，尽快与我们联系，以便奉寄样书和稿酬。

　　诚致谢意！

　　联系人：蒋鸿雁

　　电话：0755-83460371

　　Email：984213171@qq.com

深圳市海天出版社有限责任公司

2018年7月

青少年核心素养
经典阅读课

历史的声音

文学顾问 / 曹文轩

主编 / 胡立根　谢晨

本册主编 / 陶波

编者 / 陶波　管筝　夏红波　谭轶珊　刘香娥　曾晓丹

海天出版社（中国·深圳）

图书在版编目(CIP)数据

历史的声音 / 胡立根, 谢晨主编. — 深圳 : 海天
出版社, 2018.7

(青少年核心素养经典阅读课)

ISBN 978-7-5507-2124-1

Ⅰ. ①历… Ⅱ. ①胡… ②谢… Ⅲ. ①阅读课—中学
—课外读物 Ⅳ. ①G634.333

中国版本图书馆CIP数据核字(2017)第325450号

历史的声音
LISHI DE SHENGYIN

出 品 人　聂雄前
项目负责人　蒋鸿雁
责 任 编 辑　徐　力
责 任 技 编　梁立新
责 任 校 对　熊　星
封 面 设 计　深圳市张达利设计有限公司

出版发行　海天出版社
地　　址　深圳市彩田南路海天综合大厦（518033）
网　　址　www.htph.com.cn
订购电话　0755-83460397（批发）　83460239（邮购）
排版制作　深圳市龙瀚文化传播有限公司　0755-33133493
印　　刷　深圳市华信图文印务有限公司
开　　本　787mm×1092mm　1/16
印　　张　20.75
字　　数　290千
版　　次　2018年7月第1版
印　　次　2018年7月第1次
定　　价　32.00元

阅读需要仰视

　　阅读，是对世界和生命的凝视。未经凝视的世界是毫无意义的。苏格拉底说："认识你自己。"经由阅读，我们的心沉静下来，开始细心聆听远方的声音，聆听与自己相隔千里万里、相距千年万年的高贵的生命回响，从而更好地认识世界，认识自己。

　　阅读，让灵魂高贵，让生命丰盈。人的精神高度与阅读高度紧密相联，人因读书而高贵。经由阅读，你会获得一种让灵魂生香的高贵气质。阅读，让我们领略另一种不可能经历的时代和生命，让我们用一种新的眼光反思生活，面对人生。

　　阅读与写作相辅相成。阅读是张弓，写作是支箭。要想写作这支箭射得更远，就要让阅读这张弓更强。阅读就像采摘葡萄，在心土的深处发酵久了就变成了葡萄酒，这就是阅读给再创作带来的灵感。

　　阅读，要与高贵的文字结缘。书是有血统的。我们要读有高贵血统的书，这些书能照亮生命的旅程。对于成长中的孩子而言，要让他们在有限的生命长度里读有价值的书，多读能够打精神底子的书，读"有根的书"，读经典。经典至高无上，阅读需要仰视。

　　深圳是一座有着自己的人文梦想的城市，深圳读书月已经开展了

18年，深圳青少年阅读也一直是一面迎风招展的旗帜。这些年来，我每年都要到深圳，和深圳的校长、老师、学生，也和更多的市民朋友讲阅读，我一直强调读书要有选择，青少年人生经历有限，学业压力大，读什么书是一个很重大的问题。我在很多情况下讲过，现在的很多孩子读的是没有用的书，没有"根"的书。这个根，就是要有"文脉"，能够传承下去。近年来，深圳市学生文联和胡立根工作室一直在做一件事情，那就是帮助、引导学生阅读经典。基于青少年核心素养的"经典阅读课"丛书，立足人生中必然面对的关于传统、关于生命、关于自然、关于亲情、关于家园、关于哲学、关于历史、关于审美等12大命题，精选古今中外经典名篇，加以导读，汇成12个主题读本。这套"经典阅读课"是知名特级教师胡立根、知名阅读推广人谢晨和他们的团队多年阅读教育和阅读推广实践的集大成，已经数年试用，效果良好。我乐于见到一个青少年经典阅读推广的阳光地带。

"经典阅读课"是一套有"根"的书。愿每一个青少年读者都能懂得仰望经典、凝视生命，在阅读经典的过程中建构精神家园，打好人生底色。

曹文轩
2017年12月于北京大学蓝旗营住宅

传承文化基因，提升核心素养

"春江潮水连海平，海上明月共潮生。滟滟随波千万里，何处春江无月明……"

浩瀚的大海，蕴藏无数珍奇，充满神奇魅力。但是，沧海茫茫，却又令我们无所适从。于是，许多人一个猛子扎进去，纵然喝了满肚子的海水，但最终被淹没在大海之中。有的人跳进去，捞了几只鱼虾，上得岸来，也不管有没有毒，适不适合，便整条整条地吃下去，吃得津津有味，这样，虽是品尝了海味，但终是囫囵吞枣，难免中毒，更不知大海中还有许多更神奇的美味。于是有一些潜水高手，一些渔民，从大海中打捞出各种珍品，一股脑堆在那里，或者胡吃海吃，最终可能导致消化不良，难以有效吸收。

同样，当我们来到人类文化的大海之滨，渺小的我们，会不会像当年张若虚那样，被人类文化的浩渺所震撼，所吸引？面对人类浩如烟海的文化典籍，我们有这样几种做法，一种是一头扎进去，找到几本书，也不知适不适合自己，读了再说。这种阅读，当然有价值，但正如老子所言："吾生也有涯，而知也无涯。以有涯随无涯，殆已！"在信息化的当今时代，各种信息纷至沓来，新的知识层出不穷，令人应接不暇，尤其是学生，课业负担繁重，而大部分学生今后所从事的又并非狭义的文化类工作，哪有那么多时间一本一本地将文化典籍读完呢？这样我们所读的典籍终究有限。

于是我们有许多文人、学者、老师，从大量的文化典籍中遴选出优秀的篇章，编辑了各种各样的读本。这些读本因为经过了认真挑选，剔除了糟粕，浓缩了精华，应该是为读者提供了一定的精神食粮。这些读本虽然也形成了自己的所谓体例，也多是分单元阅读，但基本上是，或按作者，或按朝代，或按国别，或者取一个华美的单元标题，选文之间多缺乏内在的逻辑联系，选本没有形成独立的思维结构，因而仍然脱不了碎片化的嫌疑。大多只是将许多好东西送到了读者的面前，读者读完之后，虽不说是一地鸡毛，但很可能是一锅乱炖。

这就涉及我们今天为什么要阅读经典的问题。其中的一个目的，可能是了解，通过阅读经典，知道往圣先贤的生活、思想状况。但是，了解不应该是主要目的，读经典主要不是为了发思古之幽情。经典的阅读，不是让读者回到过去，更不是让孩子们穿着唐装汉服，摇头晃脑地之乎者也，经典阅读的目的应是指向未来；我们要将往圣先贤请到当下，让他们来指导我们当下的行为。因此经典的阅读的目的，固然有丰富知识的因素，但是，知识不是我们的终极目的，经典阅读最终应该指向我们的行为，指向实践。

人类文化经典的形成，并不是一朝一夕之功，而是千千万万的先辈们，面对生命，面对人生，面对世界的诸多问题、诸多困扰，进行探索，从而形成他们的思考，形成他们应对的态度和精神。因此，所谓经典，本质上就是往圣先贤人生实践的精彩总结与记录。其中，最有价值的就是往圣先贤思考问题的方式、他们的精神态度、他们的人生趣味，这一切，我们不妨称之为思维图式、精神图式和审美图式。

早在19世纪，威廉·冯·洪堡特就说："在语言中，个别化和普遍性协调得如此美妙，以致我们可以以为下面两种说法同样正确：一方面，整个人类只有一种语言；另一方面，每个人都有一种特殊的语言。"①世界的语言无疑是多种多样的，但洪堡特为什么说整个人类只有一种语言？因为，每一种语言的背后，实际上隐藏着民族共同的认知与思维的方式和情感、价值观、世界观的共同趋向，甚至隐藏着整个人类相近的思维与认知方式，人类相近的情感价值观方向，也就是说，形形色色的语言背后，有民族的、人类的共有的思维图式、精神图式和审美图式在，正因为这样，不同语言的人群之间才能进行沟通和理解。而这些共有的图式，就是洪堡特所谓共有的语言，这些共有的思维图式，实际上就是民族和人类的文化基因。而经典，之所以能成为经典，就是因为承载了民族的、人类的共同的思维与情感的成果，隐含了一个民族甚至整个人类的共有图式。因此，民族的、人类的共有的思维图式、精神图式、审美图式应该是经典的内核。

　　经典之所以成为经典，固然与经典语言的规范与生动有关，但经典往往并不代表当时语言的最高法则，即使经典的语言代表当时语言的最高法则，这些法则对于当今时代，其价值也是极其有限的。经典的最高价值，是人类和民族某一阶段、某一方面的思维图式、精神图式乃至审美图式的精致的凝固，是民族和人类的思维图式、精神图式、审美图式的瑰宝，是人类文化的优秀基因。这才是我们阅读经典最应关注的东西！对于读者来说，人生也许没有非读不可的书，就像苏轼没有读过《红楼梦》，奥巴马不一定读过《论语》，但是，人生一定有必须面对和思考的问题，所以，《红楼梦》中涉及的许多话题，苏轼都有过深邃的思考，《论语》中涉及的许多问题，奥巴马也应该做过探索。所以，今天读经典，可能并非必须读某一本书，但是，我们应该从经典中吸取往圣先贤应对人生问题的优秀的思维图式、精神图式和审美图式，从而优化我们自己的思维结构、精神世界和审美趣味，进而提升我们的核心素养。

① 威廉·冯·洪堡特. 论人类语言结构的差异及其对人类精神发展的影响[M]. 姚小平，译. 北京：商务印书馆，1999.

这样，经典阅读，实际上有三个层面，第一个层面是语音、文字、词汇和语法，这是最表层的东西，也是入门的东西；第二个层面是语言的技巧，包括修辞、章法、为文技巧等；第三个层面是思维图式、精神图式和审美图式。而第三个层面，实际上又包括两个层次：一是民族的思维图式和精神图式；二是人类的思维图式和精神图式。第三个层面才是经典阅读的关键所在。

但是，我们怎样从经典中获取这些高贵的文化基因？我们怎样才能掌握人类几千年来传承的思维图式、精神图式和审美图式？按照前文所述的第一种方式，一头扎进去，找几本书读一读，固然可能获取某一个作家的某种文化基因，但，一则可能将不良基因也一并收取，二则所获有限。如果按上述第二种方式，阅读各种优秀文章堆砌的读本，可能避免了不良基因的吸收，但是，这些选本多是文章的碎片化堆砌，并没有从思维图式、精神图式和审美图式的角度进行整合，在阅读中，我们可能只能形成碎片化的记忆，难以形成我们自己的优秀的思维、精神、审美的图式。

基于这样的思考，我们尝试着从人生必须思考的问题出发，精选人生问题的12个主题，研究往圣先贤对这些问题的思考、态度与趣味，从浩如烟海的经典中，抽取我们认为承载了优秀的思维图式、精神图式、审美图式的经典文本，按相关主题，从这三个图式的角度加以梳理，编辑了这一套"青少年核心素养经典阅读课"主题阅读丛书，以求有助于构建我们的思维图式、精神图式和审美图式。

本丛书共分12个主题。包括人生首先必须面对的生命问题、人生发展问题、情感问题，从这个层面，我们编辑了《生命的长河》《人生的智慧》和《情感的咏叹》三个主题读本；然后是人与自然的关系、人与家国的关系和人与历史的关系，从这个层面我们编辑了《自然的密码》《家园的守望》和《历史的声音》三个主题读本；再上升一层是本民族的文化传承、科学的问题和哲学思考，在这个层面，我们编辑了《传统的精髓》《科学的边界》和《智者的哲思》三个主题读本；作为经典的语文读本，我们还从审美的角度选取了三个主题，包括审美与艺术、经典美文、古典诗词，由此编辑了《审美的盛宴》《美文的品鉴》和《诗词的韵味》三个主题读本。

为了引导读者从思维图式、精神图式和审美图式的角度思考相关主题，在编辑中，我们力图体现以下编创原则：

一是经典性。在选文上，力求将人类关于相关主题的思想精华和最具艺术化的作品呈现给读者，尽量让读者占领相关主题的人类思维制高点。

二是建构性。该丛书与其他读本类丛书最大的区别在于，编者以人生必须面对的问题为切入口，以问题的思辨和解决为逻辑主线，选取相关经典，力图以此引导读者建立起相关的精神图式、思维图式。

三是可读性。考虑到本丛书的主要读者对象为青少年，在选文上尽量做到经典性的同时，适当降低了选文难度，难度稍大的选文，在"导读"和"交流之窗"中对阅读做一些梳理性的提示。在导读的用语上也尽量考虑以青少年为读者对象，尽量增强导读的活泼性和可读性。

四是思辨性。在选文上，将思辨性放在优选地位，以期给读者思想启迪，不少章节有意识地选取了一些持不同观点的文章，目的在形成思想的冲击波。编者还为读者提供了相关主题的研究范本，试图引导读者对相关主题结合当下进行深入思考与研究，帮助读者形成相关主题的健全的意识与感悟、思考。

五是原创性。在编辑中尽量做到体例的原创，导读的原创，注释的部分原创。在体例上，根据相关主题的思维结构设计相关章节，试图以此形成相关主题的完整的思维结构和精神样式。每个主题的每一章设计有相关的导读，每篇选文设计有编者与读者的"交流之窗"，以引导读者深入思考。

六是大视野。选材范围力争广阔，力争站在一定的学术高度，所以除了国学主题之外，其他主题所选文章都涉及古今中外。而国学主题的选文则尽量从整个国学史的大视野，提取中华文化的优秀基因，选取国学经典，并从源流上对中华民族的优秀的思维图式、精神图式进行梳理。

本丛书能够顺利出版，非常感谢胡立根工作室的所有成员及编写工作的所有参与者的辛勤劳动。当然更要感谢促成本丛书出版的谢晨先生，感谢海天出版社的领导和编辑的大力支持。尤其要感谢安徒生文学奖得主曹文轩先生欣然担任本丛书的文学顾问并为本丛书作序，曹先生对本丛书的编辑给予了多方面的指导，提出了许多宝贵的具体建议，才能使本丛书有今天的高度。

当然，由于编者视野和水平所限，选文、体例、导读等等，难免有不尽如人意的地方，我们期待读者的宝贵意见。

胡立根
2017年12月于深圳羊台山

前 言 ❱

在本书的第一、二编里，我们可以读到历史学家对重要历史人物和事件的评述。

也许有人认为，历史学家的文章过于学术化，那么我们推荐第三编，其中选取了几篇与历史有关的优秀文学作品。虽然它们或多或少都有虚构成分，但因为作者文笔生动，想象合理，又充满对时代和人的命运的关怀，反而更让人觉得"真实"。这"真实"并非普通意义上的符合史实，而是尽管虚构也依然合情合理，能引起人们的共鸣。

第四编选取了一些原始、一手的史料，比如演讲稿、日记等等。透过阅读这些当事人留下的记录，我们可以更好地理解他们的情绪、立场和行为动机。

当然，史料的类型多种多样，具体的利用方式也不尽相同。我们在第五编中收录了几篇文章来介绍如何运用不同的史料。

我们阅读和学习历史的意义是什么？这是常被问及的问题。每个人心里有自己的答案。无论是求真，还是以古鉴今，抑或仅仅是为了娱乐，我们希望读者都能通过阅读这本书所选的文章而有所收获。

编　者

第一编

史家谈：历史人物

人类历史是由人创造的。在第一编中，我们选取了十余篇关于人类历史上各领域重要人物的文章，邀请大家品读，看看这些历史学家们是如何点评他们的。

　　对历史人物的述评很容易走向两个极端，即或一味褒奖或一味口诛笔伐。事实上，我们也常常习惯于仅仅对历史人物作道德上的价值判断。无论是直言不讳还是春秋笔法，历史学家们也很难摆脱这种"习惯"。这样的做法本身没有什么不妥，毕竟历史具有教育功能，警醒世人避恶扬善，不失为有意义的事情。

　　本编所选文章，笔力相对克制。

孔 孟

[美国]黄仁宇

在儒家的传统中,孔孟总是形影相随:既有大成至圣,则有亚圣;既有《论语》,则有《孟子》。孔曰"成仁",孟曰"取义",他们的宗旨也始终相配合。《史记》说:"孟子序《诗》《书》,述仲尼之意。"今人冯友兰,也把孔子比做苏格拉底,孟子却可以比做柏拉图。

但是我们仔细比较他们,却也发现很多不同的地方。最明显的,《论语》中所叙述的孔子,有一种轻松愉快的感觉,不如孟子凡事紧张。所以大成至圣能够以"君子坦荡荡"的风格,避免以"小人长戚戚"的态度去保持他的悠闲。孔子令门人言志,只有曾皙最得他的赞许。而曾皙所说的,大致等于我们今天的郊游和野餐,"暮春者,春服既成,冠者五六人,童子六七人,浴乎沂,风乎舞雩,咏而归"。与这种态度截然相对的是孟子"生于忧患,死于安乐"的主张。孔子还说饭菜不做好,这样不吃那样不吃,衣服也要色彩、裁剪都合式。孟子却毫不忌讳地指出"庖有肥肉,厩有肥马,民有饥色,野有饿莩";而且"老羸转乎沟壑,壮者散而之四方"等词句也经常出现在他的嘴中。

孔子没有直接地提到人之性善或性恶。《论语》之中,"仁"之一字,出现了66次,没有两个地方解释完全相同。但是他既说出虽为圣贤，仍要经常警惕才能防范不仁的话，可见他认为性恶来自先天。他又说"观过，斯知仁矣"，好像这纠正错误，促使自己为善的能力，虽系主动的，但仍要由内外观察而产生。孟子则没有这样犹疑。他曾斩钉截铁地说出："人性之善也，犹水之就下也；人无有不善，水无有不下。"孔子自己承认，他一生学习，到70岁才能随心所欲不逾矩。孟子的自信，则可以由他自己所说"我善养吾浩然之气"的一句话里看出。这种道德力量，经他解释，纯系内在的由自我产生。所以他说"舜何人也，予何人也，有为者亦若是"，也就是宣示人人都能做圣贤。

孔子对"礼"非常尊重。孔子虽然称赞管仲对国事有贡献，但仍毫不迟疑地攻击他器用排场超过人臣的限度。颜渊是孔子的得意门徒，他死时孔子痛哭流涕，然而孔子却根据"礼"的原则反对颜渊厚葬。又因为"礼"的需要，孔子见南子，使子路感到很不高兴。孔子虽不耻阳货的为人，但为了礼尚往来，他仍想趁着阳货不在家的时候去回拜他。孟子就没有这样的耐性。齐宣王称病，他也称病。他见了梁襄王，出来就说："望之不似人君。"鲁平公没有来拜访他，他也不去见鲁平公。他对各国国君的赠仪，或受或不受，全出己意。他做了齐国的吊丧正使，出使滕国，却始终不对副使谈及出使一事。

这中间的不同，不能说与孔孟二人的个性无关。或许《论语》与《孟子》两部书的取材记载不同，也有影响。但是至圣和亚圣，相去约两百年，中国的局势，已起了很大的变化。孟子说"此一时也，彼一时也"，这八个字正好可以用来说明他们之间的距离。

孔子生于公元前551年，卒于公元前479年，是春秋时代的末期。孟子的生卒年月，虽不能确定，但是他最活跃的时间，也是战国时代的前中段。《孟子》一书开场即提到他见梁惠王，那是公元前336年的事，距离战国开始已67年，115年之后秦才灭六国统一中国。在春秋的时候，周朝的封建制度，已不能维持，但是还没有完全败坏。以前各小国各自为政，里面主持国政的卿和大夫以及担任下级军官的士，全部世袭，一切都按成规，也就是说，一切都接受"礼"的约束之原则已不再适用。但是公侯伯子男的互相征伐，仍以道德的名义出之。纵使叛逆篡位也还要邀请与自己利害相关的各方支持。但最重要的是，这时的战事还未波及全民，不致使父母兄弟妻子离散。

春秋时代的车战，是一种贵族式的战争，有时彼此都以竞技的方式看待，布阵有一定的程序，交战也有公认的原则，也就是仍不离开"礼"的约束。"不为已甚"是当时的一般趋势。根据原则，在某种情形之下，不追击敌人。在某种情形之下，不向主敌射击，不设险以谲诈取胜。既已给敌兵第一下的创伤，不乘势做第二次的戳刺。头发斑白的人，不拘为俘虏。这些态度与欧洲中古的骑士精神很相仿佛，虽然这些原则并不可能全部遵守，但是接战时间短促，参战的人数受车数的限制。总之，春秋时代的战事，显示了社会的不稳性，但战事本身，却不足以造成社会的全面性动荡。

针对这些条件，孔子对当日情形，还没有完全失望。他的闲雅代表着当时的社会，相对于战国的暴乱而言，还相当的宁静。所以他仍提倡"克己复礼",显示着过去的社会秩序仍可以恢复。他有时也发牢骚,说什么"道不行,乘桴浮于海",和"凤鸟不至,河不出图,吾已矣夫!"可是要他表示方针的时候,他的办法端在"正名",也就是恢复一切事物原有的名分。"如有用我者,吾其为东周乎?"更表现一腔复古的热忱。

孟子有时候被人称为有"革命性",这是因为战国时代的动乱,使他知道,只是恢复故态而不改弦更张是不能济事的。齐人准备伐燕,他说燕可伐。齐宣王问他贵戚之卿应做的本分,他说:"君有大过则谏,反复之而不听则易位。"也就是容许废君而另立族中贤人。梁襄王问他:"天下恶乎定?"他答道:"定于一。"襄王又追着问:"孰能一之?"孟子就说:"不嗜杀人者能一之。"他又曾和梁惠王说过"地方百里,而可以王"。这已经不是孔子所说"非礼勿视,非礼勿听,非礼勿言,非礼勿动"的严格规矩了。

孟子开始游说的时候,也正是商鞅受刑,苏秦、张仪提倡合纵连横之季,战国七雄已经准备长期间的大厮杀,虽然这时候的战事还没有像战国末季的那样剧烈——凡是年龄十五岁以上的都要向防地报到,降卒四十万或四十五万一起坑埋,但是这时已不再是春秋时代竞技式的战争了。商鞅相秦,第一件事就是"令民为什伍",即是以一种军事组织的原则,加之全民。在战场上骑兵既登场,步兵人数也大量增加。"斩首六万""斩首七万",已经开始见于各国的记录。孟子说"今夫天下之人牧,未有不嗜杀人者也",这段话可能反映着当日各国备战的情节，也可以说是他对当日国君草菅人命的一种控诉。他所说的"民有饥色，野有饿莩"不可能是无的放矢。

从宋朝以后，《孟子》成为"四书"之一，实际上它占"四书"一半以上的篇幅，既为各朝经筵讲解之用，也为科举取士的标准，对中国思想史有无可形容的影响。而亚圣以慈悲为怀的心肠，为民请命，他讲的话有时也富有感情性，有时尤任直觉，例如"见牛未见羊""君子远庖厨"。他的性善论必定带着一种强迫性的推论，因人既生性为善，那么强迫人们保持这种天性也不算过分了。这关键处有如卢梭之论自由。他的低水准平等思想——例如"乐岁终身饱，凶年不免于死亡"，以及"省刑罚，薄税敛"，在一个简单的农业社会里，被奉作经典，同时也符合事实的需要。可是今日我们读《孟子》和"四书"全部，却不能一体视之为政治哲学，一定也要考究他们的历史背景，有时也要和孟子自己所说的一样，"尽信书不如无书"。

为什么孔子和孟子之间会有这样一段距离？为什么春秋阶段与战国阶段会有这样巨大的差别？为什么中国会如此早熟——在纸张都未发明、文书尚用竹简木片传抄之际，即出现至圣亚圣，而且与孟子同一世纪即出现了秦始皇，且对此后的中国有决定性的影响？

对于上述诸问题的背景，前人已经说过，是因为华北黄土地带，耕耘容易，农业既盛，人口增加，交通又便利，商业开始通有无，社会流动性大，加以铸铁技术出现于春秋战国之间，影响到农具和兵器等等。这些解答都有根据，但是却没有一针见血地指出中国历史地理的特点。春秋战国间剧烈的变化，百家争鸣，最后又以暴力完成统一，在世界历史上是独一无二的现象。其经过应在下节提到秦始皇的时候追论之。

（选自《赫逊河畔谈中国历史》，生活·读书·新知三联书店，1992年）

【交流之窗】

作者把高深的史学从王谢的深巷引入寻常百姓家，把先圣古师从圣坛请下，赋予他们亲切平和的烟火气。文章从三个方面言孔孟之异：性格态度上，孔子轻松愉快，孟子凡事紧张；对人性的认识上，孔子持性恶论，孟子持性善论；在"礼"方面，孔子重视，孟子忽视。此外，在谈论春秋时的车战原则时，与欧洲中古的骑士精神相比；在谈论孟子的性善论时，以卢梭论自由相比：境界为之大开。这些认识切中肯綮，发人深省。探寻二圣差异之因时，放宽历史的视野，从二圣所处之时代局势入手，做背景研究；且从中国历史地理的特点入手，在地缘政治的领域进一步追溯。既宏观把握又微观体察，作品历史感和现代意识交融，这种宏博的写法，颇有史家巨擘汤因比和斯塔夫里阿诺斯的影子。

老子与庄周

范文澜、蔡美彪等

　　老子是有极大智慧的古代哲学家。他观察了自然方面天地以至万物变化的情状，他观察了社会方面历史的、政治的、人事的成与败、存与亡、祸与福、古与今相互间的关系与因果，他发现并了解事物的矛盾性比任何一个古代哲学家更广泛更深刻。他把这种矛盾性称为道与德。道是从一切具体事物中抽象出来的自然法则或规律。《老子》书中多用"一"代表道。"一"里面有正反两面对立着。有对立，才有变动，老子称为"反者道之动"。反面开始是柔弱的，但是它可以转化到强大方面去，取得正面的地位。老子称为"弱者道之用""柔弱胜刚强"。正反两面在一定条件下互相转化，老子称为"祸兮福之所倚，福兮祸之所伏""正复为奇，善复为妖"。德是宇宙间一切具体存在着的事物所含有的特性。德不能脱离具体事物而独立存在，德所寓的事物称为得。韩非子说"德者内也，得者外也"，王弼注《道德经》（即《老子》）说"德者得也"。从各个的德综合为一般的道，从一般的道表现为各个的德，有道便有德，反之，没有德也就没有道。韩非子称为"道有积（积众德成道）而德有功（实在的事功），德者道之功（道不离德）"（《解老篇》）。庄子说道在万事万物的里面，郭象注《庄子》

说"道不逃于物"。老子以这些朴素的辩证法,讲论"人君南面之术"（统治术）与一个人（统治阶级的人）如何立身处世的方法,全部学说贯穿着道德这个根本思想。

老子看到了矛盾的某些重要法则,特别是正反两面互相转化的法则,成为老子学说的精髓。因为战国时期,贵族领主正在没落中,已没落的企图恢复失去了的特权,未没落的企图巩固将失去的地位,思想上带着消极、保守的色彩,老子学说正是这些没落领主思想的反映。老子学说的精神,不是要发展矛盾,解决矛盾,向前推进,而是要阻止发展,保持原状以至向后倒退。老子在政治上人事上应用他所了解的法则,大体有四类:

一类是"抱（守）一"。所谓"抱一",就是一方面"无为""好静""无事""无欲",缓和另一方面的反对,使事物常常保持原来的情状,不让矛盾发展起来。老子以为治民做事,最好像"啬"（农夫）种田,只许田上有一种禾,不许有别种草。国君能在危机未起前去危机,乱事未起前除乱事,国家可以长久。做事情始终如一（"慎终如始"）,可以免于败坏。

一类是"取"。其方法是"将欲歙（音系xì,缩小）之（对方）,必固（定要）张（扩大）之;将欲弱之,必固强之;将欲废之,必固兴之;将欲夺之,必固与之"。自方处于柔弱地位,使对方处于刚强地位,刚强已极,就要转化到它的对面,归于失败。这个道理叫做"柔弱胜刚强""强梁者不得其死"。

一类是"守"。既然正反两面要易位，已在正面的人，如何能常得而无丧（失），常利而无害呢？韩非子在《解老篇》里解释祸福的关系说，"人有祸害，心里恐惧，心恐惧则行为端正，行为端正则思虑周到，思虑周到则明白事理。行为端正则无祸害，无祸害则尽天年；明白事理则必成功。尽天年则长寿，必成功则富贵。长寿富贵叫做福，而福本于有祸，所以说，祸兮福之所倚。……人有福自然是富贵，富贵自然衣食美，衣食美自然骄心生，骄心生自然行为淫邪，举动违理。行为淫邪自然要短命，举动违理自然无成功。短命无成功叫做祸，而祸本生于有福，所以说，福兮祸之所伏。"这里说明正反易位是有一定的条件的，要常保正面，不转到反面，必须"知止、知足"，必须"去甚、去奢、去泰"，必须"知其雄，守其雌……；知其白，守其黑；知其荣，守其辱……"，正面不完全脱离反面，正面就会保持常态。例如王公大人自称孤、寡、不谷（不善），表示贵不弃贱，高不弃下，因为"贵以贱为本，高以下为基"，贵、高脱离贱、下，贵、高也就不能存在。刘向《别录》论道家"秉要执节（关键），清虚无为，及其治身接物，务崇不竞（柔弱）"；《汉书·艺文志》班固论道家说，"秉要执本（道、德），清虚以自守，卑弱以自持，此人君南面之术也，合于尧之克让（能谦逊退让）。"这都是说，老子善于守高贵地位，是统治阶级最有用的学说。

一类是"无"。老子阐发无的妙用，是老子学说独到的见解。老子以为"有无相生""有生于无"，例如房屋，当门窗处无墙壁，这个无对房屋正是有用。老子把"无"当作最高的理想。他说，学道应天天进益，行道应天天减损，减损又减损，一直到无为。无为才能无不为。想取天下，一定要无为，如果有为，就不能取天下。战国时期社会动荡剧烈，人民迫切希望安静休息，老子所说无为、清虚、静止，正是当时取天下的一个方法。无为政治在一定时期是有效的，西汉前期便是明证。

老子应用"无"的学说在阶级矛盾上，对统治阶级主张无为。他说，民为什么饥饿，因为统治者食税太多；民为什么难治，因为统治者喜欢有为。又说，朝廷很奢华，民间一定田荒食虚，所以"损有余（统治者）而补不足（民）"是合乎天道的政治。对被统治阶级主张愚民。他说"古之善为道者，非以明民，将以愚之（民）；民之难治，以其智多"。要"虚其（民）心（无知），实其腹（有饭吃），弱其志（无欲），强其骨（能劳动），常使民无知无欲"。事实上愚民是困难的，因此他想倒退到小国寡（少）民的远古时代去。那里用不着各种器械，不要舟车，不要甲兵，不要文字，结绳就行了。这一国望得见那一国，这一国听得到那一国的鸡狗声，国与国间居民自给自足，一辈子不相往来。老子想分解正在走向统一的社会为定型的和分离的无数小点，人们被拘禁在小点里，永远过着极低水平的生活，彼此孤立，没有接触的机会，社会进步所不可缺少的愿望和努力，老子都看作有害。这种反动思想，正是没落领主的思想，他们不敢向前看，只好回头看那辽远的后面，幻想在那些小点里过着"甘其食，美其服，安其居，乐其俗"的美满生活。

道家学说比儒家更保守。儒家复古，只复到西周，道家却想复到"结绳而用之""邻国相望，鸡犬之声相闻，民至老死不相往来"的远古。社会向前发展，在地主阶级的儒家看来，只要加以节制，不使变动太快、离旧礼制太远，就可以了；在没落领主的道家看来，则是不可容忍的罪恶。《庄子·天地篇》载一段故事，说子贡在路上看见一个种菜老人，抱瓮入井，汲水灌园，用力多，见功少。子贡劝他使用桔槔，老人忿怒道"谁不晓得那个东西，我不能无耻到用桔槔的地步"。这当然是寓言，但正表现道家的极端的保守思想。

老子小国寡民的政治思想是反历史的，就其深刻地观察了当时社会各方面的矛盾，发现了若干辩证法的规律来说，却是极其珍贵的。老子生在战国时期，对辩证法已有如此程度的认识，虽然古代的辩证法必然是不完备的、自发的、朴素的，但在马克思主义的唯物辩证法传入中国以前，古代哲学家中老子确是杰出的无与伦比的伟大哲学家。

老子的唯物论是把天地万物的运行生灭，看作纯循自然规律，并无人格化的神存在。人对自然只能任（顺从）和法（效法），不能违背它。他说"天地不仁（无情），以万物为刍狗"，所以"圣人不仁，以百姓为刍狗"。刍（草）、狗（兽）、人都是天地间自然生长的物，兽食草，人食狗，都合乎自然规律，天地并不干预兽食草、人食狗，所以圣人也不干预百姓的各谋其生活，所谓"圣人无常心（成见），以百姓心为心"，与"以百姓为刍狗"，用意相同，归根还是无为、任自然的意思。

后来法家引申这种思想为极端的专制主义，就是君主制订法令，臣民绝对服从，像服从自然规律一样。

儒道两家是封建统治阶级不可偏废的两个重要学说。儒家是一条明流，它拥护贵贱尊卑的等级制度，使统治者安富尊荣；道家是一条暗流，它阐明驾驭臣民的法术，使统治者加强权力。秦汉以后历朝君主，凡善于表面用儒，里面用道，所谓杂用王霸之道的国常兴盛，不善用的国常衰亡。儒经和道经也为历朝士人所必读，成为学术思想的主要源泉。因此，孔子与老子两大学派，一显一隐，灌溉着封建社会政治、文化的各个方面。

庄周，宋国蒙（河南商丘县东北）人。《史记》说他与梁惠王齐宣王同时，也就是与孟子同时，恐不可信。庄周当是宋王偃（前三二八年至前二八六年）时人，与李耳同时或稍后，因为庄子思想显然源出老子，《史记》已有定论。庄子所说人事极大部分是荒诞无稽的寓言（《庄子·寓言篇》所谓"寓言十九"）。所谓与惠施辩论，楚威王聘请为国相等事，都属假设，并非实有。《庄子》三十三篇，其中内篇七篇是庄子自作，外篇杂篇共二十六篇，多出道家依托，不全合庄子本意。论庄子应以内篇为主。

宋王偃狂妄，逐宋君剔成，自立为王。他是战国时著名暴君，攻击齐、楚、魏，与三大国为敌。挂起一个盛血的皮囊，把它射破流血，叫做射天。酗酒淫妇人，群臣劝谏，就被他射死。各国都说宋国出了桀纣，不可不诛。齐魏楚三国出兵杀王偃，灭宋国。庄子宋国人，目睹王偃作乱，正像狸子黄鼬子东跳西跃，不顾高低，一朝被捉，无地逃命。战国末叶，争城夺地，机诈无穷，辩士说客，议论纷纭，庄子都看作狸子黄鼬子跳东跳西，蚊子牛虻子飞来飞去，不算作一回事。老子主张无为，目的在于有为、无不为；主张任自然，目的在于效法自然规律来治国、驭众、固位、保身。庄子以"物（人）不胜天"（《庄子·大宗师篇》）为中心思想，说无可奈何的叫做命，不可违离的叫做天。他把无为说成无是非，无成败，无梦醒，无生死，无空间（"天地并"）、时间（"无古今"），一切归于无；把任自然说成弃绝人世，学做混沌，不视不听不食不呼吸，回到无人类的世界里去。庄子所作内篇七篇，把战国社会的消极面集中表现出来，他那种极端厌世悲观的思想和纵肆无边际的辩说，似乎要引导人们走到毁灭的路上去。郭象《庄子序》说"读了他的书，自己好像经过昆仑山，入太虚境，游惚恍庭的样子了"。荀子评庄子只见天不见人。是的，庄子完全失去了人对自然斗争的自信心。

庄子思想源出老子，流派却不同，所以两汉时黄老并称，不称老庄。魏晋时期以庄配老，并称老庄，与佛经同为腐朽的统治阶级所崇尚。

（选自《中国通史》，人民出版社，2008年）

历史的声音

【交流之窗】

春秋战国时期的社会大变动，在思想领域里的反映是不同学派的争鸣。在诸家学派中，道家较儒墨为晚起，是作为儒墨的对立方面出现的，是对抗儒墨的有一定实力的学派。老子，是道家学派的创始人，庄子是道家学派的重要代表人物。《庄子·天下》篇盛赞老子为"古之博大真人"。《史记·老子韩非列传》以老庄同传，称庄子"其学无所不窥，然其要本归于老子之言"。老子其人，跟孔子同时，而年稍长。今存《老子》，现一般认为成书是在战国中期以后，可能包含有老子的某些思想。庄子对《老子》的思想加以发展。今传《庄子》，记述了庄子及其后学的思想。老子哲学的核心思想是"道生万物"的宇宙生成说，把宇宙看成一个自然产生、自然演变的过程，天地万物是依照自然规律发展变化的，而"道"是世界的本源。老子哲学的精髓是他朴素的辩证思想，认为天地万物都是相反相成的，矛盾双方相互依存，互为条件。还提出对立面双方可以互相转化，事物总要走向它的反面的观点，但它忽视矛盾双方的斗争，把转化看成是无条件的循环往复。在政治思想上，老子主张"无为"，认为只有无为才能无不为，企图缓和尖锐的社会矛盾。老子的历史观是落后的，要求回到"小国寡民"的时代："……邻国相望，鸡犬之声相闻，民至老死不相往来。"老子哲学在中国思想史上有着重要的地位，后代不少哲学家都在不同程度上受到它的影响。庄子的思想包含着朴素辩证法因素，他认为"道"是"先天生地"的。从"道未始有封"，他看到一切事物都处在"无动而不变，无时而不移"中，却忽视了事物本质的稳定性和差别性，认为

"天下莫大于秋毫之末，而泰山为小；莫寿乎殇子，而彭祖为夭"。主张齐物、齐是非、齐生死、齐贵贱，幻想一种"天地与我并生，而万物与我为一"的主观精神境界，安时处顺，逍遥自得，倒向了相对主义和宿命论。

亚里士多德

[美国]迈克尔·H.哈特著　苏世军、周宇译

　　亚里士多德是古代世界最伟大的哲学家和科学家，他创立了几乎丰富了每个哲学领域的形式逻辑学，对科学做出了许多贡献。

　　今天亚里士多德的学说虽然有许多已经过时了，但是比其他任何一个具体的学说都更为重要的是他研究问题的理性主义方法。亚里士多德的作品包含有他的态度、观念、信仰和信心。他的态度是人类生活和社会的每个方面都可以是思维和分析的合适对象，他的观念是宇宙并不是受纯粹的机会、魔力或任何神的荒诞不经的念头所支配，宇宙的运动是受理性定理所支配；他的信仰是人类应该对自然世界的每个方面都进行系统的研究；他的信心是我们在得出结论的过程中既要利用实验观察又要利用逻辑推理。这一套方法与传统主义、迷信主义和神秘主义相对立，对西方文明有着深刻的影响。

　　亚里士多德于公元前384年出生在马其顿的斯塔基拉。他的父亲是一位著名的内科医生。亚里士多德十七岁时前往雅典柏拉图学园学习。在那儿他一学就是二十年，直到柏拉图死后不久才离开。在父亲的熏陶下，他对生物学和"实用科学"产生了兴趣。

　　公元前342年，亚里士多德返回马其顿，给国王十三岁的儿子

——历史上人称亚历山大大帝——当了几年私人教师。公元前335年亚历山大继承王位后，亚里士多德返回雅典，创办了自己的学校——莱希门学园。随后的十二年他一直在雅典，这一时期与亚历山大军事征服的生涯大体相巧合。亚历山大并没有向先前的导师请求指教，但是却慷慨地为他提供研究经费。这在历史上也许是科学家从政府得到大批研究经费的头一个先例，也是随后几个世纪中的最后一个事例。

但是与亚历山大交往是有危险的，亚里士多德原则上反对亚历山大的独裁作风。这位征服者因怀疑亚里士多德的侄儿有变节行为而将其处以死刑；看来他这时曾想过要把亚里士多德也处以死刑。亚里士多德颇为民主，不合亚历山大的味口，尽管如此，他也会因为与亚历山大交往过甚而得不到雅典人的信赖。公元前323年亚历山大去世时，反马其顿的派别在雅典占据统治地位，亚里士多德被指控为犯有"渎神罪"。亚里士多德想起了76年前苏格拉底的命运，他逃离雅典，边逃边说：他不会给雅典第二次机会来犯下攻击哲学的罪行。几个月后他在流亡中丧生，终年62岁。其时为公元前322年。

亚里士多德全部作品的数目大得惊人，有47部留存下来，古代书名册上记录表明他写的书不少于170本。但是令人吃惊的不仅在于他的作品数量，而且在于他知识的博大精深。实际上他的科学著作构成了他所在时代的一部科学知识百科全书。其中包括天文学、动物学、地理学、地质学、物理学、解剖学、生理学，几乎古希腊人所掌握的任何其他学科都无所不有。他的科学著作一部分是对其他人已经获得的知识的汇编，一部分是他雇用助手为他收集资料所获的创造成果，一部分是他自己通过大量的观察而获得的成果。

有能力做每一个科学学科的学术带头人，这就是一项令人难以置信的功绩，将来可能不会再出现这样的人物。但是亚里士多德的成就远不止这些，他还是一位有创建的哲学家，对推理哲学的每一个领域都做出了重大贡献，他的论著有伦理学和形而上学，心理学和经济学，神学和政治学，修辞学和美学。他写了有关教育、诗歌、野蛮人的风俗习惯和雅典宪法的作品。他的研究课题之一就是收集许多不同国家的宪法，以进行比较研究。

也许在亚里士多德的所有作品中最重要的是他的逻辑学。一般认为他是哲学中这个重要分支的创立人。实际上就是由于亚里士多德的思想具有逻辑性，才使他对如此众多的学科都做出了贡献。他有组织思想的才赋，他提出的定义和建立的范畴为后来许多不同领域产生的思想提供了基础。亚里士多德从来不搞神秘主义和极端主义，总是实用主义的代言人。当然他犯过错误，但是在如此大部头的思想百科全书中，他犯下的愚蠢错误却寥寥稀少。

亚里士多德对后来的整个西方思想有巨大的影响。在古代和中世纪期间，他的著作被译成拉丁语、叙利亚语、阿拉伯语、意大利语、法语、希伯来语、德语和英语。后来的希腊作家都研究他的作品，赞美他的作品，拜占庭的哲学家也是如此。他的著作对伊斯兰教哲学有着重大的影响。在许多世纪中，他的作品一直统治着欧洲思想。阿维罗伊斯——也许是所有阿拉伯哲学家中最著名的哲学家——努力把伊斯兰教神学和亚里士多德理性主义加以综合。中世纪最有影响的犹太教思想家麦孟尼底也为犹太教做了类似的综合。但是这类著作中最著名的是基督教学者圣·汤姆斯·阿奎奈的伟大著作《神学大全》。受亚里士多德深刻影响的中世纪学者多不胜举。

人们对亚里士多德的羡慕如此之深，以致在中世纪末期到了近乎崇拜偶像的地步，他的作品已不再是一盏指路的明灯，而是成了一件禁止人们进一步探索知识的紧身衣。亚里士多德喜欢进行独立观察和思索，无疑他不会赞成后世人对他的作品所做的崇拜。

用今天的标准来看，亚里士多德的思想有些是极其反动的。例如，他支持奴隶制度，认为它符合自然规律；他相信妇女生来就低贱（当然这两种思想都反映了他所在时代的流行观点）。但是亚里士多德的观点有许多显然非常摩登，例如"贫穷是革命和罪恶的根源"，"所有冥想过治人艺术的人都认为皇帝的命运取决于对青年的教育"（当然在亚里士多德生活的时代里没有公共教育）。

（选自《历史上最有影响的100人》，湖北教育出版社，1988年）

【交流之窗】

　　亚里士多德是古希腊有名的哲学家，并被认为是最博学的学者，他那句"吾爱吾师，吾更爱真理"，更是成为不盲从学术权威的名言而流传千古。

牛　顿

[美国]迈克尔·H.哈特著　苏世军、周宇译

　　艾萨克·牛顿是曾出现过的最伟大、最有影响的科学家。他于1643年圣诞节出生在英格兰伍尔斯索蒲村，这一年正值伽利略与世长辞。和穆罕默德一样，牛顿也是一个遗腹子。童年时代的牛顿就显示出巨大的力学天赋。他有一双非常灵巧的小手。他聪明伶俐，但对功课却总是粗心大意，在学校并未引起特别的重视。十几岁时，母亲让他辍学，希望他能成为一位像样的农民。幸亏他的母亲被说服了，她相信了儿子的主要天赋不在于务农，而是另有所为。十八岁的牛顿进入剑桥大学后，迅速地掌握了当时的科学和数学知识，很快就开始进行独立的研究工作。他在21到27岁期间为科学理论奠定了基础，使随后的世界发生了革命性的变化。

　　十七世纪中期是一个科学鼎盛的时期，该世纪初期望远镜的发明，使天文学的研究发生了彻底的革命。英国哲学家弗朗西斯·培根和法国哲学家勒内·笛卡尔都极力劝告所有欧洲的科学家，再不要依赖亚里士多德的权威，而要亲自做观察和实验。培根和笛卡尔的倡导为伟大的伽利略所实践。他用新发明的望远镜所做的天文观测给天文学带来了革命，他的力学试验建立了现在人称的"牛顿第一运动定律"。

其他伟大的科学家，如发现血液循环的威廉·哈维和发现行星绕日运动定律的约翰尼斯·开普勒都为科学领域提供了新的基本知识，而且纯科学成了知识分子的一种消遣，但还无法证明弗朗西斯·培根的预言：当科学被运用到技术领域时，就会使人类的全部生活方式发生革命。

虽然哥白尼和伽利略澄清了古代科学中的一些错误观念，为人类更好地了解宇宙作出了贡献，但是还没有一套系统的定律来把这些似乎是互不相干的发现变成可以做科学预测的统一学说。是艾萨克·牛顿提出了这种统一的学说，从而使现代科学进入了它一直所遵循的航程。

牛顿一般不愿意发表他的研究成果。早在1669年他就在他的大多数著作里对基本概念作了系统的阐述，但是他的许多学说却在很久以后才公开发表出来。他公布的第一个发现是有关光的性质的一项突破性的贡献。牛顿经过一系列认真的试验，发现普通光是彩虹所有的不同色光的混合光。他还对光的反射和折射定律的结果做了认真的分析，根据这两个定律，1668年他设计并真正制造出了第一台反射望远镜，如今大多数天文台都使用这类望远镜。牛顿29岁时把他的这些发现及其许多其他光学试验结果呈交给英国皇家学会。

仅就光学方面的成就或许就可以使他在本书中占有一席之地，但是他在这方面的成就比起他在数学或力学方面的成就来，那就相形见绌了。他对数学的贡献主要是发明了积分，这一成就可能是他在二十三四岁时做出的，这一发明是当代数学中最伟大的成就，它不仅仅是许多现今数学学说产生的种子，而且也是必不可少的重要工具，没有这一工具现代科学在随后就不会取得进展。如果牛顿仅仅发明了积分而别无所获，也可以使他在本册中排到相当高的名次。

但是牛顿最重要的发现是在力学方面，力学是研究物体运动的科学。伽利略发明了第一运动定律，这一定律描述在没有外力的作用下物体运动的情形。当然在现实中所有的物体都受外力作用，力学中最重要的问题是这种情况下物体怎样运动。牛顿提出的最著名的第二运动定律，解决了这个问题，这一定律可能被理所当然地视为经典物理学中最基本的定律。他的第二定律（其数学表达式为$F=ma$）可表述为：物体运动的加速度（即速度变化率），与作用在该物体上的合力成正比，与物体的质量成反比。除了这两个定律外，牛顿又提出了著名的第三运动定律（这定律可表述为，有作用力即外力就必然有反作用力，且两者大小相等方向相反）和他的科学定律中最著名的定律——万有引力定律。这四条定律一起构成一个统一的体系，实际上所有的宏观力学体系都可以利用这一体系来加以研究和预测，从单摆的振动到行星绕日在其轨道上运动都用得上。牛顿不仅提出了这些力学定律，而且还利用积分这一数学工具说明了如何利用这些基本定律来解决实际问题。

牛顿定律可以而且已被用来解决极其广泛的科学和工程学方面的问题。牛顿在世时，他的定律的最有戏剧性的应用是在天文学领域里。他在这个领域里也处于领先地位。1687年发表了他的伟大著作《自然哲学的数学原理》（人们通常只称作《原理》），在该书中他提出了万有引力定律和运动定律，并说明如何利用这些定律来准确预测行星绕日的运动。牛顿的这一壮举圆满地解决了动力天文学的主要问题，即准确预测星体和行星的位置和运动。因此牛顿常被认为是所有的天文学家之魁。

应该怎样评价牛顿在科学中的重要地位呢？如果我们翻阅一部科学百科全书的索引，就会看到提到牛顿及其定律和发现的条目比任何其他一个科学家都要多（也许多二到三倍）。况且我们还要考虑其他伟大的科学家对牛顿的评价。莱布尼兹决不是牛顿的朋友而是与他进行过唇枪齿剑之争的对手，他写道："从有世以来，到牛顿所处的时代，他在数学领域所做的工作占了整个的绝大部分。"伟大的德国科学家拉普拉斯写道："《原理》一书比任何其他天才的作品都出类拔萃。"拉格朗日常说牛顿是曾经出现过的最伟大的天才。厄恩斯特·马赫在1901年写道："自从牛顿时代以来所取得的一切成就都是牛顿力学在演绎上、形式上和数学上的进展。"这也许说出了牛顿的伟大成就的关键所在：他发现科学是一门由孤立的事实和定律构成的杂学，它能描述一些现象，但只能预测几种现象，他为我们留下了一个统一的定律体系，这个体系能解释大量的物理现象，能用来做准确的预测。

由于篇幅有限，不能把牛顿所有的发明都一一包罗进来，因此他的小发明就其本身来看虽然也是重要的成就，但这里只好忽略不提了。牛顿对热力学（对热的研究）和声学（对声的研究）都作出了重大的贡献；他提出了极其重要的物理学定律——动量守恒定律和角动量守恒定律；他发现了数学中的二项式定理；他第一次对星体起源作出了令人信服的解释。

……1727年，牛顿这颗巨星陨落了，他安葬在西敏寺大教堂，是被赐予这种荣誉的第一位科学家。

（选自《历史上最有影响的100人》，湖北教育出版社，1988年）

【交流之窗】

牛顿的学说不仅影响了人类在科学方面的认知和探索，而且还因此改变了人类的思考方式和体系。这样一位伟人，却谦逊地说自己是"站在巨人的肩膀上"。

达尔文

[美国]迈克尔·H.哈特著　苏世军、周宇译

　　自然选择生物进化论的创立者查理·达尔文于1809年2月12日出生在英国什鲁斯伯里（亚伯拉罕·林肯也恰好出生在这一天）。他16岁进入爱丁堡大学就读医学，但是他感到医学和解剖学都是枯燥无味的学科，不久便转入剑桥大学改学神学。在剑桥，他感到像骑马、射击这样的活动远比所学的课程更令人赏心悦目。但是他给他的一位教授留下了深刻的印象，这位教授推荐他担任英国"猎犬号"军舰探险航程上的博物学家一职。起初父亲反对儿子接受这一职务，认为这样的旅行只不过是这个青年人推迟安心做正经工作的另一个借口。好在老达尔文被说服了，他同意儿子做这次旅行，因为这是西方科学史上最有价值的海洋航行之一。

　　1831年，22岁的达尔文乘"猎犬号"起航。在随后5年的历程中，"猎犬号"做环球航行，以从容不迫的速度环绕南美海岸，考察荒无人烟的加拉戈斯群岛（即科隆群岛），访问太平洋、印度洋和南大西洋的一些其他岛屿。在这次漫长的航程中，达尔文目睹许多自然奇迹，发现了大量的化石，观察过无数种植物和动物，而且他对所观察到的一切都做了详细的笔记。这些笔记几乎为他后来的全部工作打下

了基础；他从中得出了许多主要的思想，找出了能使自己的学说被普遍接受所需要的丰富证据。

1836年，达尔文返回故乡。在随后的20多年间，他发表了一系列的论著，使自己享有英国主要生物学家之一的盛誉。早在1837年达尔文就确信动物和植物种类并不是一成不变，而是在地质史的过程中进化。但是当时他并不知道这种进化的原因是什么。1838年他读到了托马斯·马尔萨斯的《人口论》，该书对他建立起通过生存竞争而进行自然选择的观念给予了极其重要的启发。达尔文甚至在系统阐述了自然选择原理之后，也没有急忙发表他的思想。他认识到他的学说注定要引起强烈的反对，因此他花费长期的时间来为他的假说认真地收集证据和充实论证。

达尔文早在1842年就写出了其学说的纲要，1844年他正在着手写一部巨著。但是1858年7月正当达尔文仍在补充和修改他的伟大著作时，他收到了艾尔弗雷德·拉塞尔·华莱士（一位英国博物学家，当时在东印度群岛）送来的一份略述华莱士自己的进化论的手稿。在每个要点上，华莱士的学说都与达尔文的相同！华莱士完全独自地提出了自己的学说，他把手稿送给达尔文，目的是想在发表前征得一位有名望的科学家的意见和评论。这是令人窘迫的，完全可能引起一场令人不快的优先权之争。但是华莱士的论文和达尔文的纲要于翌月作为一份共同的论文递交给了一个科学团体。

出乎意料，这份论文的递交并未引起高度的重视。但是达尔文翌年发表的论著《物种起源》却引起了一场强烈的反响。事实上可能没有哪一部科学论著像《通过自然选择的物种起源即物竞天择适者生存》（简称《物种起源》）那样引起科学界内外同样广泛而热烈的争论。这种争论在1871年仍在激烈地进行着，当年达尔文发表了《人类的祖先和性选择》。该书提出了人类是由像猿一样的动物演变而来的思想，给正处在白热化的争论泼上了一层油。

达尔文没有参加有关其学说的公开辩论。有一个原因是他自从乘"猎犬号"航海以来健康状况一直不佳，也许是一种复发病——恰加斯氏病（南美洲锥虫病）作用的结果。他在南美由于受昆虫叮咬而患上了这种病。此外，进化论的支持者们拥有一位达尔文学说的得力的申辩人和衷心的捍卫者——托马斯·H.赫胥黎。1882年在达尔文去地下安息时，绝大多数科学家都承认他的学说基本上是正确的。

达尔文并不是物种进化学说的创始人。在他以前就有不少人提出过这种假说，其中包括法国博物学家让·拉马克和查理自己的祖父伊拉兹马斯·达尔文。这些假说从未得到科学界的承认，因为其申辩者对进化方式所做的解释没有说服力。达尔文的伟大贡献就在于他不仅能提出进化的可能方式——自然选择，而且也能提出支持其假说的令人信服的大量证据。

值得注意的是达尔文学说的发明没有依赖于遗传学说，实际上没有依赖任何遗传学说的知识。在达尔文所处的时代里，人们对特别特征从一代传给下一代的方法都一无所知。虽然在达尔文撰写和发表其具有划时代意义的著作的那些年月里，雷戈尔·孟德尔正在从事研究遗传规律，但是孟德尔的著作——对达尔文的著作做了如此完美的补充——却一直被忽略到1900年，此时达尔文的学说已被牢固地建立起来了。因此我们现代对进化学说——把遗传和自然选择相结合——的了解比达尔文的学说更加完全。

达尔文对人类思想的影响是巨大的。当然从纯科学的角度来看，达尔文使整个生物学科发生了革命。自然选择确实是一项非常广泛的原理，人们试图把它应用到许多别的领域中去，如人类学，社会学，政治学和经济学。

也许甚至比达尔文学说具有的科学或社会学意义更为重要的是其对宗教思想的影响。在达尔文生活的时代及其以后许多年间，很多虔诚的基督教徒认为达尔文的学说会逐渐使宗教信仰遭致毁灭，他们的担心也许不无道理，虽然许多其他因素对宗教感情的总体下降也起了一定的作用（达尔文自己变成为一个不可知论者）。

甚至从非宗教的观念来看，达尔文学说也使人们认识世界的方法发生了巨大的变化。看来人类作为一个整体，再不像曾一度那样在事物的自然体系中占据着中心地位。我们现代不得不把自己看作是许多物种中的一个，我们承认我们有一天会被取而代之的可能性。由于达尔文的工作，赫拉克赖脱"除变化外再没有永恒可言"的观点得到了远比从前更为广泛的接受。进化论对人类起源的总体解释所获得的成功，大大地加强了人们对科学有能力回答一切物质问题的信念

（虽然不是所有的人类问题）。达尔文的术语"生存竞争"和"适者生存"已进入了我们的语汇。

显而易见，既使没有达尔文，他的学说也会有人提出来，事实上华莱士的成果，也许与本书的其他类似情况相比，最能说明这个问题。然而却是达尔文的著作使生物学和人类学发生了革命，且因而改变了我们对人类在世界的位置的看法。

（选自《历史上最有影响的100人》，湖北教育出版社，1988年）

【交流之窗】

达尔文的研究改变了人类对自身的认知和定位，而他放弃医生这个职业而痴迷于博物研究的经历或许能给我们一些启示：由于种种限制，没有人能做到擅长或热衷于一切事物，而应该思考和探索自己真正的兴趣所在。对于有兴趣的事物，如果能像达尔文那样无时无刻不在思考，并将生活中的现象引入自己的思考之中，那么无论是日积月累，还是灵感迸发，都会有所回报。

爱因斯坦

[美国]迈克尔·H.哈特著　苏世军、周宇译

　　20世纪最伟大的科学家，永远属于智慧超群的天才行列，爱因斯坦以其相对论而最为世人所知。实际上相对论包含两种学说，即1905年提出的狭义相对论和1915年提出的广义相对论。人们常把后者称为爱因斯坦引力定律。由于这两种学说都十分复杂，在此不打算加以说明，而只是想对狭义相对论作几点评说。

　　"一切都是相对的"是一句世人熟知的格言。但是爱因斯坦的学说并不是哲学上陈词滥调的重复，而是用数学准确表述科学度量的具有相对性的道理。显然，对时空的主观感觉取决于观察者，但是在爱因斯坦以前，大多数人总是认为实际的距离和绝对的时间就存在于主观印象之中，用精密的仪器就可以把它们如实地测量出来。爱因斯坦的学说否定了绝对时间的存在，使科学思想发生了革命。下面的例子可以说明他的学说究竟是怎样彻底改变我们的时间观的。

　　设想有一架飞船X以每秒100000公里的速度飞离地球。在飞船上和地球上的观察者都对飞船速度进行测量，两者所测得的结果相等。与此同时，有另一架飞船Y沿着飞船X的同一方向但以大得多的速度作飞行运动。地球上的观察者对飞船Y的速度进行测定，发现它是在

以每秒180000公里的速度飞离地球,飞船Y上的观察者也会得到同样的结果。

由于现在两个飞船都沿同一方向运动,两者的速度差似乎应该是80000公里/秒,而且较快的飞船肯定会以这个速度飞离较慢的飞船。

但是爱因斯坦学说却预言,如果观察者是在这两个飞船上进行的,两个观察者会一致认为它们之间的距离是以100000公里/秒而不是80000公里/秒的速率增加。

乍看起来,这样的结果荒唐可笑,以为作者在这里的措词上耍了个花招,或者认为这个问题的某些重要的细节还没有提及,事实决非如此。这个结果与飞船构造的详细情况或用来推进飞船的力毫无关系;不是观察有错误,不是由于测量仪有毛病,措词上也没有玩弄花招。根据爱因斯坦的速度合成公式很容易计算出来,上述结果只不过是时空基本性质的一个产物。

但是所有这些,在理论上似乎使人感到高深莫测,实际上许多人把相对论视为无实用价值的"象牙之塔"之类的假说,避而不谈。自从1945年原子弹落在长崎、广岛以来,人们对相对论开始正目以视。从爱因斯坦相对论所得出的结论之一就是物质和能量在某种意义上来看是等同的,两者的关系可以用公式$E=MC^2$来描述,其中E代表能量,M代表质量,C代表光速。由于C是个很大的数字,等于186000英里/秒,那么C^2就是一个更为巨大的数字。由此可知,很小量的物质即使只发生部分转变也会释放出巨大的能量。

当然人们不能只根据公式$E=MC^2$制造原子弹或建立核电站。切须记住许多其他人也对发展原子弹发挥了重要的作用，但是爱因斯坦为之做出的重大贡献是不言而喻的。爱因斯坦1939年致函罗斯福总统，指出了制造原子弹武器的可能性，强调了美国抢在德国前面造出这种武器的重要意义。就是这封信促进了曼哈顿工程的建立，促使了第一颗原子弹的发射。

狭义相对论引起了人们激烈的争执，但是有一点是一致的，那就是它是曾被发明的最令人感到神秘莫测的学说。可是人们都错了，因为爱因斯坦的广义相对论一开始就有这样的前提，引力效应并不是通常所说的物理力，而是空间本身弯曲的结果。一个多么令人惊奇不已的学说啊！

怎样才能测出空间本身的曲度呢？空间弯曲究竟意味着什么呢？爱因斯坦不仅提出了这一学说，而且把这一学说用清晰的数学式表达出来。他的数学表达式可以做出一些具体的预见，使他的假说得到验证。后来所做的观察——其中最有名的观察是在日全食期间做的——反复证明了爱因斯坦方程的正确性。

广义相对论与所有其他科学定律相比具有几个独到之处。爱因斯坦学说的提出并不是以细致的实验为基础，而是以对称和精巧的数学为依据，即像希腊哲学家和中世纪学者那样，以理性主义为依据（这样的学说就与基本上以实验为依据的现代科学发生了冲突）。但是希腊哲学家在追求美和对称过程中从来没能提出一种经得起实验的关键性检验的力学学说，而爱因斯坦的学说到目前为止却经受住了各种检验。一般认为在所有的科学学说中，广义相对论最美妙，最幽雅，最有效，最有说服力。这是他的研究方法带来的一个成果。

广义相对论还有另一个独到之处。大多数科学定律只是近似正确，它们可以在许多情况下应用但并不是所有的情况下都能应用。但是就我们所知，相对论却根本没有例外的情况。就所掌握的情况，无论从理论还是从实验来看，爱因斯坦广义相对论所得出的推论都近似正确。未来的实验可能会打破这一学说的完美纪录，但到目前为止，它仍是最接近科学家设想过的真理极限。

虽然爱因斯坦以其相对论最为世人所知，但是他的其它科学成就也足可使他进入著名科学家的行列。事实上爱因斯坦获得诺贝尔物理奖主要是他的光电效应论文。在此之前，光电效应是使物理学家迷惑不解的一个重要现象。他在这篇论文中提出了光子（光微粒）存在的假说。由于很久以前通过干扰实验就确立了光是由电磁波组成的，而且波和微粒是两个对立的概念，因而爱因斯坦的假说是对经典学说的一次似非而是的彻底突破。他的光电效应定律不仅仅有重要的实际应用，而且他的光子假说对量子论的发展产生过重大的影响，今天仍是量子论的一个组成部分。

把爱因斯坦和艾萨克·牛顿相比，爱因斯坦的重要性就会显而易见。牛顿的学说基本上容易理解，他的杰出的才能在于首先创立了那些学说。但是即使对爱因斯坦相对论做详细的解释也极难理解，因此创立这样的学说比创立牛顿学说要难多少倍啊！虽然牛顿提出的一些概念与当时流行的科学概念互相之间有尖锐的"矛盾"，但是他的学说看上去好像从来都不自相矛盾。而相对论看上去却充满了矛盾。爱因斯坦的杰出天才在一定的程度上就在于他并没有由于这些昭然若揭的矛盾而放弃自己的学说。当初他还是一个二十来岁的无名小卒，他提出的概念只不过是未经验证的假说，更确切地说，他在头脑中对这些矛盾进行了仔细的思考，直到其中的每个矛盾都可用一种微妙而正确的方法加以解决为止。

今天人们认为爱因斯坦学说从根本上来说比牛顿学说更"正确"，那么为什么在本书中把爱因斯坦的名次排得低一些呢？这主要是因为牛顿学说为现代科学技术奠定了基础。如果只有牛顿的贡献而没有爱因斯坦的贡献，当代多数科学技术不会是今天的模样。

还有另外一个因素影响着爱因斯坦在本册中的名次。在大多数情况下，一种重要思想的发展，倾注着许多人的心血。显然社会主义历史或电磁学说发展的情形就是如此。虽然不能把发明相对论的成就百分之百地归功于爱因斯坦，但是其绝大部分当然应归功于他。与任何其他可以相提并论的重大学说相比，相对论在更大程度上来看主要是一位举世无双的杰出天才创造的成果。

爱因斯坦1879年生于德国乌尔姆市。他在瑞士就读中学，1900年加入瑞士籍。1905年他在苏黎世大学获得哲学博士学位，但是在当时却谋不到一个教书职业。然而就在当年他发表了狭义相对论、光电效应和布朗运动等方面的论文。这些论文，特别是狭义相对论那篇，在几年之内就使他享有世界上最杰出、最富有创造性的科学家的盛名。他的学说引起了激烈的争论，除达尔文外没有哪位现代科学家像爱因斯坦那样引起那么多的争论。尽管如此，他仍被任命为柏林大学教授，同时还担任威廉物理研究所所长和普鲁士科学院院士。他乐于身兼数职，因为这些职务可以使他把全部精力都投入到科研中去。

德国政府没有什么理由为给爱因斯坦提供这些慷慨的支持而感到遗憾，因为就在两年过后，他就提出了广义相对论，又于1921年获得诺贝尔奖。他在后半生中举世闻名，完全有可能算是曾出现过的最著名的科学家。

由于爱因斯坦是犹太人，希特勒上台后使他在德国处境险恶。1933年他移居美国新泽西州普林斯顿市，在该市高级研究所工作。1944年他加入美国籍，后来又娶一个妻子，夫妻生活显然过得很幸福。1955年他在普林斯顿去世。

爱因斯坦始终不渝地关心自己所处的现实社会，经常表达自己对政治问题的看法。他一向反对暴政，强烈爱好和平，坚决支持犹太复国主义。在穿着打扮和社会风俗的问题上，他有着鲜明的个性。他幽默感很强，为人和蔼谦逊，有拉小提琴的天赋。若把牛顿的碑文献给爱因斯坦可能会更加合适：

人类伟大骄傲之子

世间无穷欢乐之泉

（选自《历史上最有影响的100人》，湖北教育出版社，1988年）

历史的声音

【交流之窗】

爱因斯坦的伟大毋庸赘言。这么伟大的科学家竟然被自己的国家迫害，背井离乡，希特勒的罪恶可见一斑。郁达夫在纪念鲁迅时说："没有伟大的人物出现的民族，是世界上最可怜的生物之群；有了伟大的人物，而不知拥护、爱戴、崇仰的国家，是没有希望的奴隶之邦。"

亚历山大

[英国]西蒙·蒙蒂菲奥里著　谷蕾、李小燕译

　　马其顿的亚历山大大帝缔造了不可能的神话。经过短短十年辉煌的征战，他创造了有史以来最大的帝国，西起希腊、埃及，东至印度，领土覆盖了17个现代国家全部或者部分的领土。据传，亚历山大大帝曾因世上再无可攻城拔寨之地而潸然泪下。这一说法有一定的根据，人们在他死后立碑纪念，其上刻着这样一句传奇之语："我手握着整个世界。"

　　亚历山大大帝是历史上最伟大的军事指挥官之一。尤利乌斯·恺撒是一位杰出的将军，但在亚历山大大帝的成就面前，恺撒只能甘拜下风。亚历山大大帝因相貌出众、举止优雅、英勇果敢而显得与众不同。同时，他还拥有超强的忍耐力和骑士精神。但是，在战场上或者在宫廷政治中，他又会显露出冷酷无情的一面。他嗜酒如命，曾因酒后争执亲手处死手下的一位高级将领。

　　亚历山大大帝的父亲，马其顿国王腓力二世，是一位深受爱戴的勇士。腓力二世遇刺身亡后，亚历山大继位，年仅22岁。身高不过4英尺6英寸（约1.37米）的亚历山大在两年的时间内带领希腊的众多分散城邦走向统一，向强大的波斯帝国宣战。征服波斯是整个希腊世界最

渴望实现的梦想，同时也是腓力二世的夙愿。

公元前334年，亚历山大大帝开始了他的征程。两年内，波斯人一败涂地，在伊苏斯溃不成军，亚历山大大帝的军事天赋和战术才能显露无遗。随后，亚历山大大帝开始着手建立以自己为首的帝国，不仅包括希腊和马其顿，还覆盖了整个中东地区，从埃及和小亚细亚到美索不达米亚、波斯，甚至到达阿富汗、中亚的部分地区、兴都库什山脉的远端，以及印度土地富饶的山谷。最后，他手下的马其顿大军固执地拒绝远征，不愿打破已知世界的边界，这位统帅才由此止住了前进的脚步。亚历山大大帝最终卒于巴比伦，享年33岁，死前他还在计划攻打阿拉伯半岛，甚至还打算染指西地中海。

在亚历山大大帝的统治下，东方与西方世界首次实现统一。也许是受幼年时导师亚里士多德的影响，亚历山大大帝决心实行宽容政治。他命令执政官"打破寡头政治的传统，建立民主政治"。他严禁手下军队劫掠征服的土地，还下令建起了众多城市——通常都以"亚历山大"命名。这些城市中最大的一座位处尼罗河三角洲，在长达数世纪里都是地中海地区的文化与商业中心。亚历山大大帝希望建立一个希腊文化和东方文化的精华相融合的帝国。他征召波斯人进入他的军队，将波斯人的妻子许配给他的将军，任何反对这些做法的马其顿人都会被送回欧洲。亚历山大大帝自己迎娶了被赶下王座的波斯王的女儿。

亚历山大大帝被视为那个时代的神。据说，亚历山大大帝由于其母亲血缘的关系，乃阿喀琉斯的后代。盛传亚历山大大帝具有超自然的能力，他在战场上超凡的速度和不败的战绩使人们更加深信不疑。亚历山大大帝热爱诗歌和音乐，被一位朋友称为"在军队中见到的唯一一位哲学家"。还在孩童时期，他就曾说过，如果只能留下一件物品，那将会是荷马的《伊利亚特》。亚历山大大帝很注意符号象征。在首次踏上波斯帝国小亚细亚的海岸时，他首先朝拜了特洛伊，祭奠其祖先阿喀琉斯。他将印度的一座城镇命名为"布西发拉"，以纪念他战死沙场的爱驹布西发拉斯（Bucephalus）。

亚历山大大帝也有残忍的一面：在一次宴会上，他喝得烂醉，杀死了队列中的一位军官。后来他对这一过错遗憾不已。据说，亚历山大大帝最后因酗酒而死。他曾说："做爱和睡觉是仅有的让我清楚自己还有生命的事情。"他有众多夫人和情人，但他的挚爱是童年时的朋友赫菲斯提昂。

亚历山大大帝也有冷酷无情的时候。父亲遇刺身亡后，亚历山大继位，他将所有的竞争对手统统杀害，包括还是婴儿的同父异母兄弟。他以叛国罪处死了一位挚友，同时还处死了挚友的父亲，即退役的将军帕尔美尼奥——他并没有什么罪过，但亚历山大要扼杀他为子复仇的苗头。提尔人面对亚历山大大帝的围攻时顽强抵抗，亚历山大大帝将所有提尔人变卖为奴或者钉死在十字架上，将底比斯城烧为灰烬，以此警告其他蠢蠢欲动的希腊城邦叛变会有什么下场。

然而，亚历山大大帝对待敌人的政策又往往体现出他高尚的精神。一位印度国王要求在战场上与他对战，亚历山大大帝与他决斗，最终将其打败，但亚历山大大帝允许这位国王继续拥有原有的王国——他的邻国就没有这么幸运了。在击败波斯王大流士三世之后，他"无比周到而尊敬"地对待大流士三世的众夫人。同时，他允许犹太人、波斯人和其他民族按照自己的意愿选择信仰。

亚历山大大帝将希腊式的生活方式引入了世界文明之中，因此改变了世界的面貌。临终之际，当被问及他要将他的王国留给谁时，他回答："最强的人。"亚历山大大帝死后，他横亘半个世界的大帝国分裂了。再也没有人能达到他的高度。

（选自《大人物的世界史》，湖南人民出版社，2016年）

【交流之窗】

简直不敢相信一个身高不到1.5米的人，他死后人们在其墓碑上刻着"我手握整个世界"。了解了亚历山大的一生功绩，方知他确实配得上这样的言语。

秦始皇

吕思勉

秦代以前的世界，是个封建之世；秦汉以后的世界，是个郡县之世；其情形是迥然不同的：中国成一个统一的大国，实在是从秦朝起的。所以秦朝和中国，关系很大。

郡县之治，咱们现在看惯了，以为当然的。然而在当时，实在是个创局。咱们现在，且看秦始皇的措置如何。他的措置：

第一件，便是自称皇帝，除去谥法。这件事，便在他初并天下这一年。他下了一个令，叫丞相御史等议帝号。他们议上去的，是"臣等谨与博士议曰：古有天皇、有地皇、有泰皇，泰皇最贵。臣等昧死上尊号，王为'泰皇'，命为'制'，令为'诏'，天子自称曰'朕'"。他又叫他们去掉一个"泰"字，留了一个"皇"字，再加上一个"帝"字，就成了"皇帝"二字；其余便都照博士所议。不多时，又下了一道制道："朕闻太古有号无谥；中古有号，死而以行为谥。如是，则子议父，臣议君也，甚亡谓，朕弗取焉。自今已来，除谥法。朕为'始皇帝'，后世以计数，二世三世，至千万世，传之无穷。"

第二件，便是废封建，置郡县。这时候，天下初统一，人情习惯于封建，六国虽灭，自然有主张新封的。所以初并天下这一年，就有丞相绾等奏请："六国初破，燕、齐、荆地远，不为置王，无以填之。请立诸子，唯上幸许。"始皇下其议，群臣皆以为便。独有廷尉李斯说："周文武所封子弟同姓甚众；然后属疏远，相攻击如仇雠；诸侯更相诛伐，周天子弗能禁。今海内赖陛下神灵一统，皆为郡县。诸子功臣，以公赋税重赏赐之，甚足，易制。天下无异意，则安宁之术也。置诸侯不便。"始皇也说："天下共苦战斗不休，以有侯王。赖宗庙，天下初定，又复立国，是树兵也，而求其宁息，岂不难哉？廷尉议是。"于是把天下分做三十六郡，置"守""尉""监"，中国郡县的制度，到此才算确立。

第三件，便是收天下的兵器，把它都聚到咸阳销毁了，铸做"钟""锯"和十二个铜人，每个有一千石重。

第四件，是统一天下的"度""量""衡"和行车的轨与文字。

第五件，是把天下的富豪迁徙到咸阳来，一共有十二万。

这都是初并天下这一年的事，后来又有"焚书""坑儒"两件事。

"焚书"这件事，在公元前213年。它的原因，是因为始皇置酒咸阳宫，博士七十人前为寿；有一个仆射周青臣，恭维始皇行郡县制度的好处，又有个博士淳于越，说他面谀，而且说郡县制度，不及封建制度。始皇下其议。丞相李斯，便把淳于越驳斥一番，因而说："诸生不师今而学古，以非当世，惑乱黔首。"又说："他们尊私学而相与非法教；人闻令下，则各以其学议之。入则心非，出则巷议。夸主以为名，异取以为高，率群下以造谤。如此弗禁，则主势降乎上，党与成乎下。禁之便。"因而就拟了一个"禁之"的办法：是"臣请史官，非秦记，皆烧之；非博士官所职，天下敢有藏诗书百家语者，悉诣守尉杂烧之；有敢偶语诗书者弃市；以古非今者族；吏见知不举者与同罪；令下三十日不烧，黥为城旦。——所不去者，'医''药''卜''筮''种树'之书；若欲有学法令，以吏为师。"秦始皇许了他，烧书的事情，就实行起来了。

　　"坑儒"的事情，在焚书的明年，是方士引出来的。当时讲神仙的方士颇有势力，秦始皇也被他惑了，便派什么齐人徐市，发童男女入海求三神山；又派什么燕人卢生，去求羡门、高誓，炼"不死之药"。这些事情的无效，自然是无待于言的。偏是这一年，卢生又和什么侯生私下谈论始皇，说他"乐以刑杀为威""贪于权势""未可为求仙药"。因而逃去。始皇听得，大怒，说：我烧书之后，召"文学""方术"之士甚多。召文学之士，要想他们"兴太平"；召方术之士，要想靠他们"求奇药"；很尊重赏赐他们。如今不但毫无效验，而且做了许多"奸利"的事情，还要"诽谤"我。因而想到，说诸生在咸阳的，有"惑乱黔首"的事情，就派个御史去按问。诸生就互相告发，互相牵引，给他坑杀了四百六十多人。

　　这几件事情，其中第二、第四两件，自然是时代所要求。第三件，后人都笑他的愚，然而这事也不过和现在"禁止军火入口""不准私藏军械"一样，无甚可笑。第五件似乎暴虐些，然而这时候，各地方旧有的贵族、新生的富者阶级，势力很大，要是怕乱，所怕的就是这一班人（后来纷纷而起的，毕竟是六国的王族和将家占其多数，否则就是地方上的豪杰。并非真是"瓮牖绳枢之子，甿隶之人，迁徙之徒"，可见地方上的特殊势力，原是应当铲除的）。汉高祖生平，是并不学秦朝的政策的。然而一定天下，也就"徙齐、楚大族于关中"，可见这也是时势所要求，还没甚可议之处。最专制的，便是第一件和"焚书""坑儒"两件事。为什么呢？"皇帝"是个空名，凭他去称"皇"，称"帝"，称"王"，称"皇帝"，似乎没甚相干。然而古人说："天子者，爵也。"又说："天子一位，公一位，侯一位，伯一位，子男同一位，凡五等。"可见天子虽尊，还不过是各阶级中之一；并不和其余的人截然相离。到秦始皇，便无论"命""令""自称"，都要定出一个特别名词来，天子之尊，真是"殊绝于人"了。"太古有号无谥"，自是当时风气质朴，并不是天子有权利，不许人家议论。到始皇，除去谥法，不许"子议父，臣议君"，才真是绝对的专制。"焚书"这件事，不但剥夺人家议论的权利，并且要剥夺人家议论的智识。——始皇和李斯，所做的事，大概是"变古"的，独有这件事，是"复古"的。他们脑筋里，还全是西周以前"学术官守，合而为一"的旧思想，务求做到那"政学一致"的地步。人人都要议论，而且都有学问去发议论，实在是看不惯的。"坑儒"的事情，虽然是方士引起来，然而他坐诸生的罪名，是"惑乱黔首"，正和"焚书"是一样的思想。这两件事都是"无道"到极点的。

以上所述的是秦始皇对内的政策；他的对外，还有两件事情。

其一是叫蒙恬去斥逐匈奴，收取河南的地方。于公元前213年，修筑长城，"起临洮，迄辽东，延袤万余里"。

其二是发兵略取南越的地方，把它置了南海、桂林、象三郡。又夺了句践的子孙的地方把他置了闽中郡。秦始皇的武功，有一部分人也颇恭维他。然而这也不过是时势所造成（中国国力发达到这一步，自然有这结果），无甚稀奇。不过"北限长城，南逾五岭"，中国疆域（本部十八省）的规模，却是从此定下来的。——后来无甚出入。

秦朝所以灭亡，由于奢侈和暴虐。他灭六国的时候，每破一国，便把它的宫室，画了图样，在咸阳仿造一所；后来又在渭南造一所阿房宫。《史记》说它的壮丽是"东西五百步，南北五十丈。上可以坐万人，下可建五丈之旗"。又在骊山自营万年吉地。单骊山和阿房宫两处工程，就要役徒70万人。还要连年出去"巡游""刻石颂德"——封泰山，禅梁父。又要治什么"驰道"。他又自推"终始五德之传"，说周得火德，秦得水德。水德之始，应当严刑峻法，"然后合五德之数"。秦国的刑法，本来是很野蛮的，再经秦始皇有意加严，自然是民无所措手足了。

（选自《中国通史》，新世界出版社，2008年）

【交流之窗】

吕思勉《中国通史》这本书初版于1923年，此后不断再版，虽是学术著作，预设的读者对象却是青年学生。这篇选文很可以看出史学大家的功力：结构清晰，言简意赅，简单几笔便将秦始皇一生功过勾勒出来，既有对秦始皇功绩的肯定，也有对他"无道"的批评，但并不进行空洞的道德评判，而是点到为止。一些所谓"不克制"的点评，往往用今人标准要求古人，没有理解古人行事自有的逻辑，当为学史而未通之故。

彼得大帝

[英国]西蒙·蒙蒂菲奥里著　谷蕾、李小燕译

俄国沙皇彼得一世身长6英尺8英寸（约2米），是不折不扣的巨人。他为君勤政，拥有惊人的政治智慧、远大志向、冷酷手段和非同寻常的精力。他将俄国建设成了欧洲强国，极大地扩大了俄国的版图，建成了名城圣彼得堡。人们总是把他形容为一个亲西方的改革者，这未免过于简单化：彼得大帝确是改革者，亦是西方先进技术的倡导人，但本质上，他是无情的独裁者，英雄与猛兽的结合体。

彼得一世成长于磨难之中。和伊万四世、路易十四这些大独裁者一样，他的童年充满了危险与不确定，政变此起彼伏，利益错综复杂。彼得一世是罗曼诺夫王朝第二位沙皇之子。父皇阿列克谢去世后，彼得一世病快快的哥哥费奥多当了几年沙皇，权力实际上被强大的贵族家族把持着。1682年，费奥多去世，沙皇的两个弟弟，伊万五世和彼得一世联合继位。伊万五世也不是当皇帝的料，且兄弟二人均年幼，因此朝政实际由他们那摄政的母亲把持。不久，旧都莫斯科守备军"射击军"叛乱，彼得一世的姐姐索菲亚趁机夺取了实权，以弟弟的名义统治俄国。

彼得一世渐渐长成了过人的身板，出奇地高大，头却相当地小，

但聪慧过人。虽偶得小恙，有传闻他患过癫痫，但不影响其旺盛的精力。彼得一世自幼起便着迷于军事、航海和科学技术，还号召自己的朋友和密友组成了他自己的小军队。

1689年，彼得一世罢黜了姐姐，开始亲政，并结婚生子。掌握权力后，彼得一世的第一步便是举兵南下，进攻奥斯曼土耳其帝国和盘踞克里米亚的鞑靼人，以期占领亚速。这一行动遭遇了失败，直到1696年他才得以将此地收入囊中。

1697年，彼得一世开始了名为"大出使"（the Grand Embassy）的西欧求学之旅，先后出访荷兰、英格兰等地学习造船技术。此番出访异乎寻常，既是科学考察又是政治调研、旅游访问以及寻花问柳之旅。

彼得一世的我行我素尽人皆知，这是他作为沙皇的特权。他常常乔装成裁缝或士兵，并让他人假扮自己人前应酬狂饮，自己则偷享片刻安闲。有时应酬饮酒过于频繁，以至于有身体不够强壮的替身为此丢了性命。

彼得一世出国18个月后，势力膨胀的克里姆林宫守军"射击军"再次叛乱，彼得一世不得不火速回国镇压乱党，同时借此机会组建了自己的军队。彼得一世从不介意让敌人的血脏了自己的手。他曾在一次公开的暴乱中亲手折磨并处决了一众乱党。彼得一世还启动了著名的"彼得一世改革"，要让俄国在欧洲占有一席之地：禁止蓄须，训练新军，改革行政；向北勘察瑞典控制的波罗的海，向南勘察奥斯曼土耳其控制的黑海，以期为俄国寻得一个良港。

为在波罗的海掌握一个出海口，彼得一世发动了波及波罗的海沿岸、乌克兰和波兰的"大北方战争"（Great Northern War）。这场针对瑞典国王——杰出勇猛的查理十二的战争后来演变成了大规模且破坏性极大的持久战。战争初期，俄军在纳尔瓦遭到惨败，但彼得一世不顾失败，继续进军并修建了圣彼得堡，最终凭借卓越的意志和远见迁都于此——这是后话。战事持续多年，查理十二对俄国的入侵达到高潮。此番入侵规模之大、雄心之盛均媲美日后的拿破仑战争和希特勒的"闪电战"。1709年，彼得一世和瑞典人在波尔塔瓦进行了决定性的一战，并最终取胜，圣彼得堡终于安全了。战争此后又持续数十年，直到查理十二去世。

1710年，一向缺乏耐心、好高骛远的彼得一世南下进攻奥斯曼土耳其，结果俄军陷入奥斯曼土耳其大维齐尔指挥的军队的重围，因此大败，彼得一世侥幸逃脱。

然而俄军还是征服了波罗的海沿岸大部，彼得一世也集中精力进行改革与新都的建设。这些事业的支持者均由他一手扶植，他赐予其财富和贵族的身份。亚历山大·缅希科夫就是其中一人，曾是士兵又卖过馅饼的他成为彼得一世的亲信和密友，后来成为亲王和陆军元帅。

缅希科夫有一个旧情妇，年轻的利沃尼亚女孩玛莎·斯卡福隆斯卡娅，是彼得一世最爱的女人，彼得一世赐她"叶卡捷琳娜"之名。叶卡捷琳娜后来成为他的忠实盟友、知己与多个子女的母亲，当中包括未来的女皇伊丽莎白。多年以前，彼得一世就与第一个妻子——王储阿列克谢的母亲欧多西娅离婚。小阿列克谢代表了深受彼得一世厌恶的老莫斯科派的利益，政治上与个人间的嫌隙导致这对父子长期不和。终于有一日，担惊受怕的皇储逃亡维也纳，寻求哈布斯堡王朝的庇护去了。

彼得一世为此勃然大怒，感到这既是羞辱，又是威胁，遂下令抓捕皇储，并以保证他人身安全的承诺引诱他回国。所有和皇储出逃的相关人士被施以钉刑、折磨，随后悉数被处决——很多都是由彼得一世亲自动手。阿列克谢重返俄国国土即遭逮捕，并被生父折磨致死。彼得一世始终是个危险而多疑的暴君。当他得知他的旧情人安娜·蒙斯的兄弟和叶卡捷琳娜皇后的关系非同寻常后，他砍下了蒙斯的头，腌制起来，呈给他的皇后。

1721年，彼得一世终于同瑞典人达成了和平协议，并因此得到了波罗的海沿岸的更多土地。他成为俄国的皇帝，也是第一个将此头衔并列于传统敬语"沙皇"的俄国统治者。然而，由于他杀害了亲子，又没有一位男性继承人，俄罗斯帝国的未来充满了不确定性。彼得一世死后，他庶出的女儿在其亲信缅希科夫亲王的扶植下继位为叶卡捷琳娜一世。叶卡捷琳娜一世死后，旧莫斯科保守派控制的彼得一世之孙被推上了王座，成为彼得二世。皇权不稳导致了数十年的宫廷内乱，也为女人登基成为女皇提供了条件，这当中包括彼得一世的女儿伊丽莎白和他的孙媳妇——日后的叶卡捷琳娜大帝。

彼得一世也许是俄国最伟大的沙皇，开启了冷酷而富有革新精神的俄国统治时代，他多重的人格激发这块土地产生了多种多样的君主和领导人。这样一个生命终结于1725年，在世不足53年。

（选自《大人物的世界史》，湖南人民出版社，2016年）

【交流之窗】

有史家说彼得大帝是俄国历史上最杰出的沙皇：做事果断，思想开放，锐意改革，且改革范围之广，变革幅度之大在人类历史上罕见。他"野蛮"地让一个国家接受先进的文明，继而成为一个强国。

拿破仑

[美国]亨德里克·威廉·房龙著　唐陈等编译

　　法国天才拿破仑其实是意大利人。1769年，他出生在古代曾是希腊、迦太基、意大利殖民地的科西嘉岛。科西嘉岛为争取独立而斗争了多年，要独立首先得摆脱热那亚人的控制。18世纪中叶后，法国人来到科西嘉岛，表示要帮助科西嘉人争取自由。结果法国人把热那亚人赶走后，就占领了这个岛屿。

　　科西嘉人就转而向法国人斗争，希望能摆脱法国人的控制。拿破仑的前20年，是个职业的科西嘉爱国者，他希望把祖国从法国人手里解放出来。法国大革命发生后，革命党人出人意料地同意科西嘉岛独立。

　　拿破仑在布列纳军事学校毕业后，就开始为法国效力，尽管他一辈子都没学会正确地拼写法语，说法语时也总是带着浓重的意大利口音，但这并不妨碍他成为一个法国人，还被众人看成法国天才的象征。

　　拿破仑个子小小的，年轻的时候身体不太好，而且貌不惊人，给任何人都难以留下深刻印象。他也没有文学天赋，他曾参加过里昂学院举办的一次作文比赛，那次总共有16个人参赛，结果他得了第15名。但他对自己的命运有着绝对而毫不动摇的信心，他相信自己会有辉煌的未来。

他还是个拿着半饷的中尉时，就很喜欢读希腊历史学家普鲁塔克写的《名人传》。在土伦当炮兵司令被困期间，他认真研究了佛罗伦萨政治家马基雅维利的作品，他遵循了里面"如果食言对自己有利，就一定不守信"的劝告。他对军队的每一个部门都极为关心，但就是忽略了医疗部门。为了不闻到可怜的士兵身上散发出来的汗味，他给自己的军装上洒了大量古龙香水。

1794年热月政变结束后，法兰西革命政权任命了五个执政，在历次战役中已经崭露头角的拿破仑成为执政之一。4年后，权力落入了拿破仑一人手里。1799年，他成为法国的"第一执政"，成了法国革命的伟大领袖。

他打败了奥地利、意大利、英国、俄国，他本人和他的军队是"自由、博爱、平等"新信仰的信徒，是人民的朋友，宫廷的敌人。1804年，拿破仑叫来教皇庇护七世给他加冕，成为法国的世袭皇帝，从革命的领袖转变成了哈布斯堡君主的一个模仿者。他不再是所有被压迫者的保护神，而是压迫者中的罪魁祸首，他的军队随时都准备着处决那些违背他命令的人。

拿破仑的军队入侵西班牙，强迫西班牙人承认他扶植的一个傀儡国王，屠杀那些效忠旧统治者的马德里人。欧洲的公众舆论开始反对这位曾在马伦戈、奥斯忒兹以及100多个其他革命战役中立下赫赫战功的英雄。英国开始迅速传播对拿破仑的仇恨情绪，这种情绪让所有正直的人都成了法国皇帝的敌人。英国人就开始憎恨雅各宾派，认为他们是妖怪，而拿破仑又是最大的魔鬼。

从1798年开始，英国舰队就包围法国，破坏了拿破仑越过埃及入侵印度的计划，迫使拿破仑在尼罗河获胜后就颜面扫地地撤退。1805年，英国将军尼尔森在西班牙西南的特拉法尔加角，消灭了拿破仑的舰队，使拿破仑彻底丧失在海上的优势。从此拿破仑就被困在了大陆上，他把仇恨转向了有着一望无际平原的俄国。

拿破仑远征俄罗斯失败

当时俄国由叶卡捷林娜女皇那半疯的儿子保罗一世统治着，但保罗最后被他的手下给谋杀了，保罗的儿子亚历山大继承王位。亚历山大把拿破仑看成是人类的敌人，永远破坏和平的魔鬼，他发誓要把世界从拿破仑手里拯救出来。

他加入了普鲁士、英国、奥地利的行列，结果5次被拿破仑打败。1812年，不愿服输的亚历山大再次向拿破仑挑战。拿破仑狂怒之下，发誓要在莫斯科与亚历山大签城下之盟。拿破仑从西班牙、德国、荷兰、意大利、葡萄牙招募军队，然后向俄罗斯进发。两个月后，拿破仑攻下了莫斯科，把自己的总司令部设在了神圣的克里姆林宫。

1812年9月15日晚上，莫斯科起火，一直燃烧了4天4夜，到第五天傍晚，拿破仑才下令撤退。两周后，俄国开始下雪，拿破仑的军队在淤泥、霰雪中艰难地跋涉着。11月26日，他来到了别列津那河。早就埋伏在那里的俄国哥萨克士兵蜂拥而上，围住了早已被长途行军拖垮成乌合之众的法国大军。到12月中旬时，幸存的寥寥几个法国士兵退入了德国东部城市。

拿破仑早就丢下自己那战败的军队，坐着一个小雪橇冲回巴黎：最后一次招募军队，与联军作战，保卫神圣的法国领土不受到外国侵犯。1813年10月的16日、18日、19日，可怕的莱比锡战役中，拿破仑新招募的十六七岁的男孩子与联军殊死搏斗，血染埃斯特河。

10月17日下午，大批俄国援军终于突破了法国的防线，拿破仑仓皇逃回巴黎。他宣布退位，把宝座让给他的小儿子，但联军坚持要让已故国王路易十六的兄弟路易十八继承法国的王位。路易十八在哥萨克士兵、德国长枪骑兵的簇拥下，成功地占领了巴黎，把拿破仑赶到了地中海上一个叫厄尔巴的小岛上。

拿破仑兵败滑铁卢

1815年，拿破仑突然在戛纳附近登陆。不到一周时间，法国军队就背叛了路易十八的王朝，投奔了拿破仑。

拿破仑军威大振，于3月20日长驱直入，抵达巴黎。他提出议和，但联军坚持开战，整个欧洲都起来反对这个"背信弃义的科西嘉人"。拿破仑见议和无望，就率领军队迅速北进，以便在敌人把部队集结起来之前取得胜利。

但这时的拿破仑已经不如以前了，他常常感到身体不舒适，很容易疲倦，想睡觉。本该在指挥先头部队进攻敌人时，他却在睡觉，而且他的那些忠诚的老将军也几乎先于他离开了人世。6月初，拿破仑的军队进入比利时。16日，他打败了布吕歇率领的普鲁士军队，但拿破仑手下的一个将军没有按照他的命令去消灭撤退的敌军。

两天后，也就是1815年6月18日，拿破仑的军队与英国人威灵顿率领的军队在滑铁卢附近相会。那天下午2点，看样子拿破仑赢定了。结果到了3点，东边的地平线上腾起一股尘沙，拿破仑喜出望外，认为是他增援的骑兵来了，这下英国人注定是要被他打败了。到了4点，拿破仑才发现，原来是布吕歇率领他那被打败的疲惫之师卷土重来了。法军吃惊之下，乱了阵脚，而拿破仑这时已经没有了增援部队。拿破仑告诉手下人赶紧逃命，然后他就率先逃跑了。

拿破仑向英国投降

回到巴黎后，拿破仑又一次逊位给他的儿子，然后他朝海边出发，想去美国。1803年，为了一首歌，他把法国在北美大陆的殖民地路易斯安那卖给了年轻的美利坚合众国。但英国舰队时刻监视着法国的所有港口，拿破仑夹在联军与英国舰队之间，进退维谷。

滑铁卢战役后1个月，他收到了法国新政府的命令，命令他在24小时内离开法国领土。拿破仑于是给英国的摄政王子写了封信，告诉王子，他想向英国投降。

7月15日，他登上了英国"贝勒洛封号"船，把自己的剑交给了霍特汗姆将军。在英国普利茅斯，他被转到了"诺森伯兰号"上，最终被带到了圣赫勒拿岛，在那里度过了他一生中最后的6年时间。

（选自《房龙讲历史》，四川美术出版社，2013年）

【交流之窗】

征服了欧洲的拿破仑无疑是一位有巨大影响力的军事家和政治家，房龙的文章也侧重描写他纵横沙场的人生。同时，他也注意在文章中加入一些细节，比如拿破仑在军装上喷洒古龙香水以免闻到士兵汗味。这样的细节使拿破仑的形象更加生动，而描写历史人物的目的之一就是让读者如见其人。

华盛顿的选择

傅国涌

1776年7月4日，由北美新大陆13个殖民地代表组成的大陆会议通过了杰斐逊起草的《独立宣言》，并决定把军权授予44岁的华盛顿，以便通过战斗实现独立建国的梦想。其实那一刻，大陆会议并无一兵一卒，所谓军权充其量只是组织军队的权力。

华盛顿受命以后，历经千辛万苦，从无到有，创建了一支军队，经过8年苦战，终于在1783年使这块新大陆赢得了自由。这个时候战功赫赫的华盛顿无疑是举国上下最有威望的人，但他谢绝了黄袍加身的提议，功成身退，平静地回到自己的庄园，过起独立战争以前的生活。临行前夕他只是利用他的巨大威望做了一件事，亲自解散了打赢这场独立战争的军队。当他确知国会没有钱可以遣散他的将士时，他所能做的就是以他在8年戎马生涯中建立起的全部威望，站在将士们面前，告诉他们美国真的没有钱，大家就此回家做个好公民。这些第一代美国公民无条件地服从了他们崇敬的统帅最后一个命令。

无论是200多年前的那一刻，还是今天，美国人几乎都知道没有华盛顿领导他们浴血奋战，就没有一个独立、自由的美国。据林达夫妇在《总统是靠不住的》一书所说，在美国国会大厦里至今仍悬挂着一张巨幅油画，画面上开国元勋济济一堂，那是美国的开国大典。油画下面有个小小的说明，记载了华盛顿向国会交出军权那简单而动人的一幕。华盛顿说："现在，我已经完成了赋予我的使命，我将退出这个伟大的舞台，并且向尊严的国会告别。在它的命令之下，我奋战已久。我谨在此交出委任并辞去我所有公职。"

议长答道：你在这块新的土地上捍卫了自由的理念。为受伤害和被压迫的人们树立了典范。你将带着同胞们的祝福退出这个伟大的舞台。但是，你的道德力量并没有随着你的军职一起消失，它将激励子孙后代。

这个仪式如此简单，却如此庄严。它不仅感动了所有在场的人，也感动了世世代代的美国人。当华盛顿发表简短讲话时，每个人的眼中都饱含着泪水。200多年后，我每一次读这一段文字都禁不住泪流满面。我相信人类的心灵是相通的。我从中知道在他们的人生奋斗目标中，即使追求人的"生命、自由和幸福"不是唯一的目标，也是一个十分重要而不可放弃的目标；而所谓公职、军职一类的东西，对他们说来，是可有可无的。

仪式结束后，华盛顿沿着波托玛克河，迫不及待地回到了自己久别的家园，重新开始以牛马为伍的田园生活。几百年来，他家门前的河水依然静静地流淌着，仿佛还记着他两度应召为国服务，两度沿着这条河流回家的身影。

4年以后（1787年），美国各州的代表才重新坐到一起，讨论起草一部宪法。1789年（也就是法国大革命爆发的那年），由华盛顿主持的制宪会议成功地制定了美国宪法。华盛顿众望所归，无可争议地当选为美国历史上第一位总统，这也是人类历史上第一位真正民选产生的国家元首。那时离独立战争已6年，离独立宣言发表已13年了。

此后，华盛顿虽然勉强接受连任了一届总统，但他坚决拒绝第三次连任。1796年9月17日，他在当了8年总统以后，在国会发表了激动人心的告别演说：

> 这个政府是我们自己选择的，不曾受人影响，不曾受人威胁，是经过全盘研究和深思熟虑而建立的，它的原则和它的权力分配是完全自由的，它把安全和活力结合在一起，而且本身就含有修正其自身的规定。……我们政治制度的基础是人民有权制定和变更其政府的宪法。可是宪法在经全民采取明确和正式的行动加以修改之前，任何人都对之负有神圣的履行义务。人民有权力和权利来建立政府，可这一观念是以每人有义务服从所建立的政府为前提的……我秉持正直的热忱，献身效劳国家已经45载，我希望因为能力薄弱而犯的过失，会随着我不久以后长眠地下而湮没无闻。
>
> 对于这件事也和其他事一样，均须仰赖祖国的仁慈。由于受到强烈的爱国之情的激励——这种感情对于一个视祖国为自己及历代祖先的故土的人来说，是很自然的——我怀着欢欣的

期待心情，指望在我切盼实现的退休之后，能与同胞们愉快地分享自由政府治下完善法律的温暖——这是我一直衷心向往的目标，并且我相信，这也是我们相互关怀、共同努力和赴汤蹈火的理想报酬。

就如他当初率军苦战8年，赢得胜利之后解甲归田一样，他再次回到了自己的田园。在一个到处还是国王、君主、世袭制的世界，华盛顿毅然选择放弃权力，开创了总统连任不超过两届的宪法惯例，从而为美国奠定了坚实的民主基础，也为人们树立了一个政治家的人格风范。

这一年华盛顿只有64岁。1799年12月24日，华盛顿在自己的庄园安然去世。作为美国国父，美国历史上最伟大的总统之一，其人格风范将成为一切政治家永远的楷模。

（选自普通高中新课程实验教科书《高中语文（必修）》第五册，山东人民出版社出版，2012年）

【交流之窗】

乔治·华盛顿是美国第一任总统，美国国父。1776年，华盛顿在无一兵一卒的情况下，接受军权，领导美国人民经过8年独立战争，建立了独立、自由的美利坚合众国。他威名大振，却选择了交出军权，过起了平民生活。

1789年他又成功主持制定了宪法，至1797年连任两届总统。这时他又做出了一个选择，拒绝继续连任，重新回到自己的庄园，过起平民生活。这就是华盛顿的选择：临危受命，功成身退。

第二编
史家谈：历史事件

人类历史原本是因果环环相扣，但为理解之便，我们常常将其中较为明显的变化当作一桩桩事件。影响人类历史的事件何止百千亿万，本编所选真可谓挂一漏万。

这些事件或者当时给人类带来重大后果，或者后人赋予了它们莫大的重要性。（有些事件，比方说文艺复兴，仅是在长时间内十分缓慢地发展的，因此同时代的大多数人可能根本没有意识到它重要，只有到了后世人们回顾过去，意识到这些变化汇成的洪流，将人类历史导向了某一个方向时，才将其看作一个重要的历史事件。）

在记述这些事件时，作者的视角直接影响了所传递的信息。我们可以从自己的角度提出问题进行思考。

我们希望读者通过阅读而发展自己的批判性思维，并且体会这些作者的视角和他们分析材料的方式。

古罗马

[德国]曼弗雷德·马伊著   王智泰译

罗马的标志是一只母狼身下有两个男孩在吸吮它的乳汁。这幅图像源于一个传说。据说罗马是公元前753年由孪生兄弟罗慕洛斯和勒莫建立的,他们在婴儿时期被遗弃,在一只母狼哺育下长大。实际上,罗马的形成并没有多少传奇。人们现在估计,早在公元前800年,就有农民、牧民和渔民生活在台伯河沿岸山丘上的小村落中。从这个小小的开始,在后来的300年中,发展成为一个富裕的大城市。它和整个北部意大利一样处于埃特鲁斯坎人(意大利的第一个文明民族)的统治下。

大约在公元前510年,罗马人开始反抗埃特鲁斯坎人的统治,并推翻了残暴的国王。和雅典人一样,罗马人也不再愿意受一个国王的统治;但另一方面,他们觉得民主制度也并不符合他们的奋斗目标。于是,他们选择了一条中间路线:他们选举了一个城市政府,为首的是两名执政官。执政官的任期只有一年,两人中任何一人没有另一人的同意都不能单独决策。这种制度旨在防止一个人的权力过于强大。但真正的权力却在参议院手中:这是一种会议形式,其中的终身制成员均是来自富有家庭(Patrizier)中的男子,普通人民的男子(Plebejer),

虽然也可以在全会上发言，共同决定法律，选举市政府，但在罗马并不是所有的表决权都是等值的。一个十分烦琐的表决制度，保证了富有的罗马人永远占有多数，所有决议都是在他们的意志下做出的。

罗马的"res publica"（全体人民的共同事业），实际是为富人服务的富人的事业。由于长此下去Plebejer越来越不满意，因此经常出现冲突。随着时间的推移，他们虽然得到了多一些的权利，但根本的力量对比却没有改变。

尽管如此，Plebejer仍然为自己的国家感到骄傲。估计，这是罗马的先进的法律起了作用，它们是公元前450年在12块石板上公布的法律。它保护市民不受专制的侵犯，保障他们的法律安全。不经过正式法律的程序，没有罪证，任何人都不受惩罚。这在今天似乎是理所当然的事情，但对当时来说却是一场革命。罗马的法律制度后来成了世界各国法律效仿的榜样。

罗马的新主人，很快就不能容忍他们只是很多城市中的一个。罗马必须成为意大利的第一大城。这个目标，他们想借助强大的军队得以实现。一个战争接着一个战争，使罗马的统治地域不断扩大，到公元前270年，几乎统治了整个意大利，人口达300万。一般情况下，被征服的城市，在内部仍然保持独立，他们的生活习惯也得以保持，包括他们的宗教信仰。他们只需要向罗马交纳赋税，在战争时期提供兵源。通过这种"松散的关系"，罗马避免了武装反抗的发生。而且，人们在罗马的法律和高效的管理体制下，生活也比过去得到很多改善。

　　罗马统治了意大利的南端之后，又开始进攻西西里。这样就发生了和北非的迦太基人的冲突。迦太基在当时是西部地中海地区最大的航海和贸易强国。公元前264年，开始了一连串的损失惨重的战争，其中包括所谓的"布匿战争"。公元前146年，这场战争的结束，也就意味着迦太基的彻底毁灭。原来属于迦太基控制的西西里和其他地区（如沙丁、科西嘉、西班牙和部分北非），都变成了罗马的省份。但罗马仍不肯罢手。他们还想把希腊和地中海东部各国置于自己的控制之下，而且在不到20年的时间里实现了这个目标。从此，他们称地中海为"Mare Nostrum"（我们的海）。

　　从罗马的征战中获利最多的是Patrizier。他们分配战利品，他们获得战俘，作为奴隶为他们劳动或被他们出售。罗马历史学家萨卢斯特批评Patrizier"贪婪无度"，说："人人都在拿、抓和夺取一切他们需要的东西。"富人越来越富，而Plebejer却两手空空，或者像农民那样越来越穷，尽管他们经受了战争的主要负担。他们被迫连续出征作战，无数的人在战争中生病、受伤、残废，甚至再也不能返回家园。庄园荒废或者债台高筑，土地被大地主廉价收购。即使在停战期间返乡的农民可以经营他们的庄园，但也无法与大地主竞争。大庄园使用奴隶经营，成本越来越便宜，致使农民无法出售自己的产品，因而越来越贫穷。很多人迁移到城市，希望在那里有一个更好的生活。但手艺人和大工场，宁肯使用无偿的奴隶为他们劳动，也不愿雇佣他们。作为没有工作的无产者——"proletarii"，这些原来的农民每日为了简单的生存而奋斗，最终变成了历史上第一批城市无产阶级。

这种发展，甚至一部分Patrizier都觉得不合适。这其中就有主张限制个人土地占有和财产的格拉古兄弟，他们要求进行土地改革，以便让贫穷的农民及其家庭重新获得生存的机会。但参议员们却反对进行改革。他们认为格拉古兄弟是危害国家制度的煽动民意分子。提比里乌斯·格拉古于公元前133年在市民会议上发言时，竟被殴打至死，同时被打死的还有300名他的支持者。12年以后，他的弟弟盖尤斯，同时还有他的3000个支持者也被处死。参议院无法制止罗马的市民分成了两派。后来的70年里，暴力和内战成了政治生活的常事。历史学家萨卢斯特有这样的记载："一切都变成了两派，共和国在两派之间走向没落。"

在一次这样的内战中，于公元前45年，战绩显赫的统帅尤利乌斯·恺撒脱颖而出。参议院任命他为执政官，任期10年，后来变成了终身职务。从形式上看，罗马一直还是一个共和国，但实际上，恺撒已经成为惟一的统治者——当然不是很长，因为一年之后他就在一次会议上被参议员们谋杀。

为了确定恺撒的接班人和未来的政治体制，又进行了多年的斗争。最后，恺撒的养子屋大维占据了优势，于公元前27年被参议院任命为"国家第一公民"。人们赋予他"大将军"（军队的最高指挥官）的头衔和"奥古斯都"（至尊者）的荣誉称号。此外他又是恺撒名字的继承人。恺撒这个名字后来演变成为"皇帝"的代号。

奥古斯都从恺撒的命运中接受了教训。他不是锋芒毕露地显示自己的权势，而是安抚参议院和市民会议，让他们相信他们仍然在操纵罗马的命运，共和国仍在正常运行。但他是罗马军队的主帅和国库的主管，任何人都无法违反他的意志行事。罗马的"res publica"变成了君主国家，一切权力最终操纵在皇帝的手中。

奥古斯都在他漫长的执政时期里，不仅在政治上利用这个权力，而且也在文化领域有所作为。他特别关注文学，把诗人召进宫中，为他们创造一个无忧无虑的生活。在韦季尔、贺拉斯和奥维德的参与下，罗马的文学在公元1世纪达到了一个顶峰。这个时期，优秀的哲学家是塞涅卡；在史学领域，是历史学家李维乌斯和塔西佗，在很长时期里为主宰力量。

公元120年，罗马帝国的疆域达到了极限。地中海沿岸所有国家，加上高卢（后来的法国）、日耳曼，直到莱茵河，以及大部分不列颠，巴尔干以及黑海和小亚细亚，均属罗马所有。聪明的皇帝知道，只用武力是不能统治这个巨大的国家的。因此，各个不同的民族继续允许保留他们的风俗习惯。但罗马的法律和钱币适用整个帝国，并要求所有的人都崇拜罗马的神灵，当然最后一点最难加以控制。两个官方语言是拉丁文和希腊文，通行整个帝国。这样很有利于贸易。此外，罗马很早就重视修筑道路，以便于其军队的快速运动。这个道路网也为通商带来了繁荣。同样为经济发展有利的，还有船运和港口，在和平时期得进一步扩建。

听起来可能很奇怪，但事实确是如此。罗马的各个省份从被占领中获得了很多好处，并经历了前所未有的繁荣。城市被新建或扩建，市中心大多为一个周围建有房屋的大广场，供召开政治会议或司法审判使用。手工作坊、商店、旅馆和公共浴池，都成了城市不可缺少的组成部分。某些房屋和输水管道，一直保留到今天，向人们展示了罗马建筑艺术的辉煌。

有权势的人和富人都住在豪华装修的大别墅中，均同公共的上下水道相连，甚至有自己的浴室和地面取暖设施；他们让奴隶为自己服务，充分享受生活。但普通百姓可以享受的东西却少得可怜。农民、工人和他们的妻子必须从事繁重的劳动，也只能得到仅能糊口的报酬。在城市中，房租十分昂贵，很多家庭在大营房中租一间房子居住。尽管如此，大部分人总的说来还是满意的，在皇帝统治时期的前250年里，没有像前一个世纪那样发生值得一提的骚乱、起义或内战。由于奥古斯都之后的罗马皇帝除极个别外都没有发动远征战争，所以人们几乎在和平中生活了近200年的时间。

和平时代的结束和罗马帝国的没落，是皇帝软弱，内部困难和外部侵袭的结果。这其中也包括了产生于中东的耶稣基督的学说在地中海地区的传播，并在罗马统治地区赢得了越来越多的信徒。特别是对普通百姓，这个新的信仰是很有吸引力的，为他们的此生带来了慰藉，为来生预示了更为美好的前景。但罗马有自己的神灵，不想知道有什么新的上帝，因此开始了对基督徒的迫害。

公元284年，罗马皇帝戴克里，先把帝国划分为4个宗教区域，任命4个主宰，以便于统治和防御。但不久这4个主宰就开始相互争斗起来，导致整个帝国的力量大大削弱。直到君士坦丁大帝登基，才重新统一了4个区域。为了在帝国内建立稳定的局势，他于公元313年宣布"宗教自由不受干涉"，并允许基督徒自由行使其宗教行为。君士坦丁大帝想让基督教为己所用，但实际上基督教在他的保护下很快就成为罗马帝国的第一大教。君士坦丁大帝又做出了另一个影响深远的决定：公元324年，他把拜占庭定为罗马的首都，更名为君士坦丁堡。它位于战略位置极其重要的博斯普鲁斯海峡旁，形成了对东西方的钳制。君士坦丁大帝让人在首都修建豪华的建筑和设施，使其成为罗马统治制度同基督学说和希腊及东方文化相结合的体制。君士坦丁堡成了帝国最重要的城市，东部很快就在经济和文化上超过了西部。帝国统一的纽带就是基督教，皇帝成了基督教会的监护人。

君士坦丁堡的最高主教"牧首"，处于皇帝政令之下，但罗马的主教却不愿意。在信仰问题上他要求对教会和自己有终决权。他还指出，是耶稣基督的代表圣徒彼得建立了罗马教会，并把罗马的基督教领导权赋予了他的接班人。远在君士坦丁堡的皇帝只好同意了他的请求，随着时间的推移，罗马的主教后来获得了"教皇"的称号，从此被承认是西方教会的最高领袖。罗马不再是帝国的首都，作用也随之消失之后，直接走上了基督教会首府的道路。帝国的东部又发展了自己的教会，即"希腊东正教"。它的领袖是皇帝，作为上帝的代表，在肖像上始终带有光环。

就像年轻的基督教被分裂一样，罗马帝国也于公元395年再次分裂。它的西部一再受到日耳曼部族的袭击，力量日益削弱，崩溃的趋势已经不可阻挡。公元476年最后一个皇帝退位，西罗马帝国从此消亡。东罗马，即拜占庭帝国尽管不断遭到外来的袭击和削弱，却仍然继续存在了1000年。它的艺术家和学者保护了被西方逐渐遗忘了的古希腊文明遗产。

（选自《一口气读完世界历史》，海南出版社，2004年）

【交流之窗】

罗马帝国是世界古代史上横跨亚、非、欧三大洲，无论是领土面积、还是民众数量都数一数二的大帝国。公元476年，西方的帝国瓦解于战火。15世纪的第53个年头，千年之城君士坦丁堡成了帝国最后的棺椁。罗马帝国看起来从这个星球上消亡了，但是它对后世的影响至深至远。

秦帝国

[美国]勒芬·斯塔夫罗斯·斯塔夫里阿诺斯著　　吴象婴、梁赤民、董书慧、王昶译

在中国长达数千年的历史上，有过三次大革命，它们从根本上改变了中国的政治和社会结构。第一次发生于公元前221年，它结束了领主封建制，创立了实行中央集权制的帝国；第二次发生于1911年，它结束了帝国，建立了民国；第三次在1949年，建立了共产党领导的政权。

策动第一次大革命的是秦国的领导人。秦地处中国西北部的渭河流域，这一地理位置本身有助于秦获得胜利，因为渭河流域大部分地区难攻易守。秦统治者可以进攻东面的其他国家而无后顾之忧。地处边远地区的位置也使秦军队由于经常要对蛮族作战而处于战备状态。事实上，秦人是最早用钢制武器取代青铜武器、用骑兵取代战车兵的中国人。秦胜利的另一重要因素是，公元前318年，秦占领了四川的产粮大平原；这大大地扩大了秦的地盘，增强了秦的力量，使秦与中国其他国家的关系有点如同早先马其顿与诸希腊城邦的关系那样。最后，秦统治者是些能干而又野心勃勃的现实主义者，率先应用法家学说，将所有权力集中到自己手上。

凭借上述这些有利条件，秦统治者不断地扩大自己的属地，征服周围一个又一个国家。当时的人恐惧地称"秦为野兽"，把秦无情

的扩张比作"蚕食"。到公元前221年，秦统治者成为全中国的主人，他采用了始皇帝的称号。始皇帝就是"第一个皇帝"。他的继承人将为"第二个皇帝"，这样一代一代传下去，"至千万世，传之无穷"。

新皇帝开始将早先在本国取得辉煌成功的法家学说应用到全中国。他废除了所有的封建国家和王国，将广阔的国土划分为若干行政区，每一行政区都配备一批由中央政府任命，并向中央政府负责的官员。他还解除了除他自己军队之外的所有士兵的武装；下令迁徙各国的旧贵族到首都，以便监视他们；把秦原来的卫戍部队派到全国各地。此外，新皇帝还通过统一度量衡和货币来实行经济集中化。

从后来的历史看，中国最重要的改革之一是废弃了早先在诸王国发展起来的写法众多的语言文字，而代之以全中国都能理解的统一文字。这种统一文字由于中国文字所具有的性质，证明是一种非常有效且持久的统一的粘合剂。这种文字不是以表示一个词的语音成分的若干注音符号为基础，而是由大量的书写符号即汉字所组成，每一汉字表示一个物体或一个抽象概念。这种方法正同于西方的数字表示法。尽管西方人可以把"5"念成five、funf、cinque或cinq，但所有西方人都知道符号"5"的意思是什么。汉字这种表意文字的情况也是如此，它们有意义而无声音。它们和数字一样，可以表示概念，但每个读者念的时候却可以根据自己的方言发音。因之，秦朝这种新的统一文字（它经过数次修改后一直存在到现在）是所有受过教育的中国人都能阅读并理解的，尽管他们所操的方言常常彼此听不懂。基于同一原因，这种文字也是外国人所能理解的，所以，受过教育的日本人、朝鲜人或越南人都能阅读汉文，但不会说一个汉字。这种文字对中国后来的民族统一，对中国文化对整个东亚的影响来说，其重要性是不难想象的。

从后来的历史看，当时的这些改革不管其理由多么充分，却侵害了许多既得利益集团，引起了激烈的反对。就文人学士而言，情况尤其如此，因为法家的学说和政策是他们最憎恶的。因此，始皇帝决定下令"焚书"，使文人学士丧失知识方面的靠山。于是，所有的经典都被付之一炬，只有那些有实用价值的书，如医学、农业和卜筮方面的书，给保存了下来。但是，"焚书"计划实际上失败了，因为那些文人学士不惜冒一切风险把书藏起来，或者在交出之前将它们整本地背下来。后来，秦王朝覆灭之后，传统文献中的大部分作品又由于先前藏下的书和老人们的回忆而恢复原状。不过，秦的迫害有效地阻抑了周时期所特有的百家争鸣的局面。中国思想上的黄金时代结束了。

知识方面的损失由于更有效地利用人力资源和自然资源所带来的显著经济效益而得到抵销。度量衡和货币的统一促进了经济发展。修筑的驰道网以首都为中心，向各方伸展到大部分边远地区。为了最大限度地利用这些驰道，皇帝统一了中国两轮车的车轴长度——这一措施是必不可少的，因为车轮在松散的沙土上留下了很深的车辙，使每一辆车子要么循着现有的车辙走，要么以新的车轴来适应之。皇帝还利用国家的统一和力量将疆界向南扩展到现在的越南。在西北面, 击退了游牧部落; 为了防止他们卷土重来, 还修筑了世界闻名的长城。长城西起内蒙古, 东至大海, 延袤1400英里。为了完成这一巨大工程, 耗去了大量生命, 以致2000多年后的今天, 人们仍要谈起这一事实: 有100万人为修筑长城而死去, 长城的每一块石头都值一条人命。正如文人学士诅咒皇帝"焚书"那样, 老百姓都为筑长城的事咒骂皇帝。

正是这种普遍的憎恶, 加上秦王朝缺乏能干的继承人, 说明了民众奋起造反和公元前207年、也就是始皇帝去世才4年时秦王朝覆灭的原因。不过, 秦的统治虽然如此短命, 却给中国留下了深刻且持久的印记。中国已由分封制的国家改变为中央集权制的帝国, 并一直存在到20世纪。如果说中国的西方名字(China)由秦(Ch'in)而来, 那是恰当的。

(选自《全球通史: 从史前到21世纪》, 北京大学出版社, 2006年)

【交流之窗】

战国末年, 七雄中日益强大的秦国在秦王嬴政的领导下, 最终消灭六国, 一统天下, 结束了诸侯纷争局面, 并建立起中国有史以来第一个大一统的君主制王朝——秦朝。秦王嬴政开始称皇帝, 即赫赫大名的秦始皇。中国历史从此翻开了崭新的一页。秦在中央创建皇帝制度, 任命三公九卿, 管理国家大事; 地方上废除分封制, 代以郡县制; 同时又书同文, 车同轨，统一度量衡；对外北击匈奴，南征百越，修筑长城。他把中国推向了大一统时代，为建立专制主义中央集权制度开创了新局面，对中国和世界历史产生了深远影响，奠定了中国2000余年政治制度的基本格局。

意大利文艺复兴

[美国]亨德里克·威廉·房龙著　唐陈等编译

文艺复兴的条件形成

13世纪的欧洲人，建立了伟大的国家，发展起了大商业中心，到处都崛起了哥特式的教堂，教堂的尖塔比城堡、市政厅的屋顶还要高。市政厅那些富有的绅士，为了争取更大的权力，与封建主斗争着；那些行会成员依仗着人多势众，与那些绅士斗争着；而国王却从中浑水摸鱼坐山观虎斗，捞到不少好处。

文艺复兴时期的人们，虽然仍温顺地接受着教会、王公贵族的领导，但他们对生活的态度已经发生了变化，他们穿着和以前不一样的衣服，嘴里说着多种语言，住在不同的房子里，过着不一样的生活。到了傍晚，在灯光暗淡的街道上，没有人聚集在一起谈论政治、经济的问题。在屋子里，漂亮女人们围坐在行吟诗人和歌手周围，听他们讲述、歌唱着各种传奇、冒险、英雄主义和忠诚故事。

不管是在英国、法国，还是意大利、德意志，当时所有接受过教育的人都会说拉丁语，这消除了各地的语言障碍，使各种思想能顺畅地进行交流。尽管当时欧洲分成了很多个大大小小的国家，但那些接受过教育的人都被一个国际文人共和国统治着，这个文人共和国跨越了整个欧洲大陆，没有国界的限制，而各种大学就是这个共和国的城堡。中世纪的大学和我们现代的大学是有着天壤之别的，只要有一个老师、几个学生在一起，那里就成为大学。当时的年轻人对社会发展的缓慢感到很不耐烦，他们就都蜂拥到大学里去学习。

大学的形成

让我们先来看看当时的大学是如何形成的吧。

首先是一个智者认为自己有什么重大发现，必须要把知识传授给别人，于是他就在街头找几个能听他说话的人开始宣讲自己的智慧。如果他的课讲得引人入胜，那么路过的人们就会停下脚步来听他讲课。逐渐地，一些求知欲望强烈的年轻人开始固定地来听他讲课，带着笔记本、墨水和笔，把老师讲的比较重要的东西记下来。碰到下雨天，师生就移到屋子里去，老师坐在椅子上，学生席地而坐。这样的大学是老师和学生的团体，以老师为中心，老师走到什么地方，大学就移到什么地方。

9世纪的时候，那不勒斯附近的萨勒诺市，有几个优秀的医生想把公元前5世纪古希腊伟大的医生希波克拉底的医术向年轻人传授，于是就形成了萨勒诺大学：延续了有1000年之久，直到1817年萨勒诺大学才解散。

12世纪早期，有个来自法国布列塔尼的阿伯拉尔年轻教士，开始在巴黎讲授神学和逻辑学，吸引了成千上万的年轻人来到巴黎听他讲课。而与阿伯拉尔持有不同看法的教士就来到巴黎，站出来宣扬自己的立场，他们也吸引了一批跟随者。于是，巴黎到处都是来自英国、意大利、瑞典、匈牙利等地的年轻人，在塞纳河中一座小岛上，就诞生了著名的巴黎大学。

后来，巴黎大学发生了一场争论，一群老师带着自己的学生渡过海峡来到英国，在泰晤士河畔一个叫牛津的小村子住了下来，牛津这个小村子就诞生了现在著名的牛津大学。

在意大利的博罗尼亚，有个叫格拉提安的僧侣，他编写了一本教科书，想让人们懂得更多教会的律法。为了听格拉提安讲解他的思想，欧洲各地的年轻教士和不少俗众就来到博罗尼亚，后来就形成了博罗尼亚大学。

1222年，博罗尼亚大学也与巴黎大学一样发生了争论，一些老师带着学生迁到了帕都亚，从此帕都亚也有了自己的大学。

哀伤诗人但丁

在年轻人如饥似渴的求学中，文艺复兴开始了。文艺复兴之前，在中世纪最后一幕即将落下的时候，历史舞台上有一个哀伤诗人形单影只地走过，我们不该忘记他，他就是但丁。

但丁1265年出生在佛罗伦萨，他的父亲是个律师。但丁小时候，拥教皇派古尔夫派与拥皇帝派吉伯林派之间发生了无休止的战争，但丁惊恐的眼睛里经常看到地上到处是大摊大摊的血迹。由于他的父亲是拥教皇派,所以但丁长大后也成了拥教皇派。

几年后,但丁意识到,意大利1000多个城市之所以长期处在混战和动乱中,是因为缺乏一个强有力的皇帝。于是他就变成了拥皇帝派。他向阿尔卑斯山以外的国家求助,希望能有一个强大的皇帝来到意大利,重新建立意大利半岛的团结和秩序。可是他的愿望落空了。

1302年,拥皇帝派被赶出了佛罗伦萨,但丁一直到1321年死在拉文纳荒凉的废墟中的时候,都是一个无家可归的流浪者。

贝雅特丽齐·鲍提纳里是但丁心中永远的情人,她嫁作了他人妇并在拥皇帝派事件前10多年就死了。在长期的流亡生涯中为了为自己的行为辩解,也为了纪念心爱的贝雅特丽齐·鲍提纳里,但丁用诗歌创造了一个幻想的世界,详细描述了导致他沦亡的情况,描绘了意大利那充满着贪婪、色欲、仇恨的混乱局面。

但丁在他的作品里告诉人们,公元1300年复活节前的那个星期四,他在森林中迷失了方向,遇到了一只豹子、一只狮子和一匹狼,正当他感到无望的时候,古罗马的诗人和哲学家维吉尔穿着白衣出现在他面前。维吉尔是奉圣母和贝雅特丽齐的命令来解救但丁的。贝雅特丽齐带着但丁穿过炼狱和地狱,一路上遇到了在佛罗伦萨的历史上扮演过这样那样角色的所有人,包括教皇和皇帝、勇敢的骑士和高利贷商人,他们被判以永恒的惩罚,等待着救赎的一天。他们来到最深的那层地狱,但丁看到魔鬼撒旦被冻成了永恒的冰人站在那里,周围是世界上最邪恶的罪人、叛徒和撒谎者，以及那些用谎言欺骗人们赢得名声与成功的人。

"桂冠诗人"彼特拉克

当历史的大幕将但丁湮没的时候，生命的大门却对一个孩子打开了。他就是文艺复兴第一人弗兰西斯科·彼特拉克，阿莱佐小城一个公证员的儿子。

彼特拉克的父亲和但丁同属一个党派，也遭到了流放。15岁的时候，彼特拉克被送到法国南部城市蒙彼利埃学习法律以便今后做一个律师。但彼特拉克痛恨法律，他想做一个诗人、学者。

彼特拉克到处旅行，在佛兰德、莱茵河畔的修道院、巴黎、比利时东部城市列日以及罗马抄手稿。后来，他去到沃克鲁斯荒山的冷清谷地中居住，研究学问并开始写作，很快他就因诗歌和学问而名声大振，巴黎大学和那不勒斯国王向他同时发来邀请，去教授他们的学生和子民。

在赴任途中，他经过罗马时，人们授予了他"桂冠诗人"的荣誉。此后，他一生中不断得到各种荣誉和嘉许，当他来到某个城市的时候，所有人都倾城而出，像迎接凯旋的英雄一样欢迎他。

彼特拉克不写神学争论，他写爱情，写大自然，歌颂美好的东西：认为生活是美好的，人活着应该快乐。人们生活在古罗马伟大帝国的光环下，地下埋藏美丽的古代雕塑、花瓶和古建筑遗迹，在被遗忘的尘封图书馆里，还藏有维吉尔、奥维德、卢克莱修等古代拉丁诗人的手稿，所以，对任何人来说，这个现实世界已经是一个天堂了。生命只有一次，就快乐而高兴地活着吧。

很快，意大利很多城市的大街小巷里就开始流传着彼特拉克的这种快乐生活的精神。彼特拉克让意大利人认识到了埋在地下的古罗马世界的伟大，人们开始疯狂地发掘古罗马的一切，如果谁发现了一个珍贵的手稿，那全国就会放假来庆祝；谁写了一本法书，就会像发明蒸汽机一样出名。那些人文学者不再把时间耗费在没有结果的神学研究上，而是主要用来研究"人"，他们受到人们的极大礼遇和尊敬。

人文主义获得胜利

与此同时，在大学里，那些老派的经院学者仍在教授着古神学和过时的逻辑学，向学生解释着《旧约》的微言大义，讨论着各种版本的亚里士多德的奇怪科学。他们一天天恐惧而愤怒地看到自己的学生离开大学，跑去听那些人文学者的"文艺复兴"的想法。他们忍无可忍了，跑去告状，可当局对此一点也不感兴趣，于是经院老派学者们迅速地丢掉了他们的阵地。

一些狂热的宗教分子找到他们，结成了联盟。在文艺复兴的中心佛罗伦萨，新旧秩序之间爆发了恶斗。多明我教派一个叫萨沃纳罗拉的僧侣对文艺复兴深恶痛绝，他天天咆哮着，警告人们不要触犯上帝。他向小孩子们布道，要求他们不要走他们父辈的路，还组织童子军，为上帝献身，还开始幻想自己听到了神的声音，就向人们自称是上帝的先知。惊恐的人们慑于他的淫威，向他保证忏悔，为对美和快乐的邪恶热爱而忏悔。

萨沃纳罗拉命令人们把自己的书、雕塑和绘画都拿到集市上当众销毁。当那些文化财宝化为灰烬后，人们开始意识到失去的是多么的惨重，他们奋起反抗，把萨沃纳罗拉关进了监狱，严刑拷打他，但萨沃纳罗拉拒绝忏悔他所做的一切。萨沃纳罗拉是个虔诚的教徒，他竭力让人们过圣洁的生活，喜欢异教徒的书和异教的美就是邪恶，他有责任去毁掉那些邪恶。

尽管这样，他所效忠的教廷还是抛弃了他，罗马教皇这时都已经变成了一个人文学者，梵蒂冈成了罗马和古希腊文物的最重要的博物馆，那个中世纪已经结束了。罗马教皇连手指都没动一下，更别说来救他的命了。最后，萨沃纳罗拉同意了让"忠诚的佛罗伦萨人"将他拖到绞刑架上把他绞死并焚烧他的尸体。

基督教的虔诚子民托马斯

托马斯出生在坎普腾村，12岁的时候，他被送到德文特。在学校里，他学会了拉丁语，宣誓接受圣职，成为修士。然后，他就背着背包，一路游荡到茨沃勒附近的圣阿格尼斯山修道院，在修道院的围墙里，他度过了72年的时间，1471年死的时候，他活了91岁。

尽管生活在一个动荡不安、瘟疫盛行、人命贱薄的时代。托马斯隐居在自己安静的僧舍里，对外面的浮华世界一无所知。他把他对上帝虔诚的爱倾注在他写的《效法基督》一书里。这本书后来被翻译成多种语言，阅读它的人和研究《圣经》的人一样多，影响了无数人的生活。

托马斯代表了中世纪最纯洁的思想。他们在文艺复兴的胜利歌声中，发出最后一击，简朴、正直、诚实的僧侣想以自己无愧的德行、虔诚的生活为榜样，竭力想让人们回到基督教导的正直道路上来，再次谦卑地服从上帝的意志。可时代发展的脚步是阻挡不住的，"坐在一个小角落里，手捧一本小书，安然度过一生"的时代已经结束了，伟大的表现时代来临了。

表现时代

当人们意识到自己的生活就是快乐时，他们就不再满足于呆坐着听皇帝和教皇的命令了，他们要做自己生命舞台的演员，自己的个人想法，要坚决表达出来。所以，文艺复兴期间诗歌、雕塑、建筑、绘画、印刷的书籍不断出现，推动着历史的车轮迅速前进。

表现时代的杰出人物是达·芬奇，他把他的快乐和对天地万物的兴趣，表现在他的散文、绘画、雕塑和构思巧妙的机械中。他喜欢绘画，对颜色和线条充满了热爱。他还对机械学、水力学充满了兴趣，实验气球和飞行器，在伦巴底平原兴修水利。

而米开朗琪罗则觉得画笔和调色板太柔和了，无法表达自己内心对美的强烈感受，所以他就转向了雕塑和建筑，用厚重的大理石，雕琢出最令人惊叹的作品；在建筑上，他设计了著名的圣彼得教堂。

此外，乔托、安吉利科、拉斐尔等人也以杰出的绘画而使自己的名字家喻户晓。

在表现时代里，首先是从意大利，然后遍及整个欧洲，不少人毕生都为表达他们积累的全部知识、美和智慧而辛勤奋斗着。在德国的美因兹城，约翰·古登堡研究古代的木刻后，完善了一个印刷系统，单个的软铅字母可以组合起来构成词语和整页甚至一本书的文字。他在一场官司里耗尽了家财，最后在贫困中死去，但他发明的印刷术，很快就在欧洲传播开了。

威尼斯的埃尔达斯、巴黎的埃提安、安特卫普的普拉丁、巴塞尔的伏罗本等著名的出版商，用古登堡发明的那种哥特式字母印刷精心编校的古典著作，各种书籍迅速地在世界各地传开了，学问垄断在少数特权者手里的时代结束了，只需要花很少的钱，欧洲普通老百姓就能和亚里士多德、柏拉图、维吉尔、贺拉斯、普林尼等古代作家、哲学家、科学家成为好朋友。

（选自《房龙讲历史》，四川美术出版社，2013年）

【交流之窗】

在物质生活发达的当下，很难想象几百年前人们如果重视享受和快乐，会被教会视作异端。文艺复兴作为对教会高压的反抗，不仅是个人行为（比如但丁和彼特拉克），更造就了大学等宣扬人文主义的组织。然而在房龙笔下，文艺复兴的支持者并不全都信奉"以人为本"并尊重生命，反对者也并不都陈腐守旧。

"黑死病"侵袭

[英国]彼得·弗兰科潘著　邵旭东、孙芳译

　　尽管我们不十分清楚14世纪中叶的这场瘟疫到底源于何物，但它在14世纪40年代迅速冲出了草原，蔓延至欧洲、伊朗、中东、埃及和阿拉伯半岛。瘟疫暴发于1346年，当时的一个意大利人描述道："这种神秘得能让人立即死去的疾病"横扫了黑海边上的金帐汗国。为了解决一次贸易争端，一支蒙古军队包围了热那亚的贸易小城卡法（Caffà），然而大部队却被疾病吞噬，"每天有成千上万的人死去"，一位评论家如是说。军队撤退之前"受令将死尸用投石机抛入城中，希望用无法忍受的恶臭把城里人熏死"。但城里人并没有被恶臭熏死，而是被极具传染性的病菌所感染。最终蒙古人无意间用生物武器打败了敌人。

　　连接欧洲和世界各地的贸易通道如今变成了传播黑死病的死亡之路。1347年，疾病抵达君士坦丁堡，然后是热那亚、威尼斯和地中海。病菌都是通过避难回家的商人传入的。当西西里岛的墨西拿人（Messina）意识到回来的热那亚人状况异常时（满身满脸的脓包），已经为时太晚了。越来越多的人开始呕吐、咳血，然后就死了。尽管他们赶走了热那亚人的帆船，但当地人已经开始遭受灭顶之灾。

在北方，瘟疫也同样扩展迅速，至1348年中期已直抵法兰西北部和巴伐利亚。当时，船只已经将"商人和海员携带的……首批瘟疫"传入不列颠的各个港口。英格兰众多城镇和乡村人口开始死去，教皇不得不"善意地宽容了所有悔过的罪孽"以希冀消除灾情。据同时代的人估算，大约只有不到10%的人最终存活了下来。其他文献上则说，死人太多，已经没有活人去掩埋他们。

穿越地中海的商船带回的不是货物和珍品，而是死亡和悲伤。病菌传染并非只通过瘟疫死者或船上常见的老鼠，船上的货物同样是致命的传染源。跳蚤会藏到运往欧洲大陆、埃及港口、黎凡特和塞浦路斯的皮毛和食物当中。在这些地方，最先遭到感染的似乎是婴儿和年轻人。很快，疾病沿着商道传播，抵达了麦加，导致大量朝圣者和学者丧生，并引发了新的灵魂困惑：先知穆罕默德应该说过，7世纪袭击美索不达米亚的瘟疫永远不会进入伊斯兰的各座神圣城市。

伊本·瓦尔迪（Ibn al-Wardī）写道，在大马士革，瘟疫"坐在国王的宝座上施威，每天处死上千人，毁灭着人类"。开罗到巴勒斯坦的道路上死者遍布，野狗在撕咬着比勒拜斯清真寺（Bilbais）墙下堆满的尸体。同时在埃及北部的亚西乌特（Asyut）地区，纳税人的人数从黑死病前的6000人降低到了116人，降幅高达98%。

尽管人口数量的骤降可能包含着人群避难的因素，但仍可以毫无疑问地说，死亡人数相当巨大。"人类的所有智慧"对此都无能为力，谁都无法阻止疾病的扩散，薄伽丘在他的《十日谈》前言中写道。他还说，在3个月之内，仅佛罗伦萨就丧失了10万多条性命。威尼斯的人口也大幅缩减：统计数字均说，瘟疫暴发期间，至少有四分之三的人口丧命。

对很多人来说，这好像就是世界末日的到来。在爱尔兰，某方济各会的修士在他关于瘟疫灾难的记录中用一段空白作为结尾："如果将来万一有人能活下来，请将我的工作继续下去。"人们已经意识到世界末日将要来临，法兰西编年史中说天上"掉下了许多青蛙、毒蛇、蜥蜴、毒蝎和其他很多类似的有毒动物"。天上也有明显的表示上帝沮丧的迹象：冰雹席卷大地，造成数十人死亡；城镇和乡村被闪电击中烧毁，散发"恶臭熏烟"。

…………

在德国还流传着一种谣言，说瘟疫不是从天而降，而是犹太人在水井和河流里投的毒。于是人们开始实施一个邪恶的计划，据说德国人将"所有从科隆到奥地利的犹太人"统统抓起来活活烧死。反犹太热潮开始爆发，教皇不得不出面干预。他发布指令，禁止在基督教国家对犹太人采取任何暴力行动，并要求所有犹太人的财产和资产都应受到保护。这项指令是否有效另当别论，不过由于对灾难、苦难和宗教泛滥的恐惧，在德国大规模屠杀犹太人早已不是第一次：第一次十字军东征的时候，莱茵兰的犹太人就因信仰不同而遭到迫害。在危急时刻，不同信仰的存在是非常危险的。

欧洲在这场瘟疫中至少损失了三分之一的人口。据保守估计，死亡人数在2500万左右，而欧洲总人口数估算在7500万。后世对瘟疫的研究还表明，在大面积传染病暴发之际，小型村落和远郊地区的人口死亡率都远远高于城镇。看起来瘟疫传播的关键因素并不是以前人们所认为的人口密度，而是大量聚居的老鼠。疾病在人口众多的都市地区传播并不比乡村地区更快，所以其实，从都市逃往乡村并不能增加任何存活的概率。从田野到农场，从城市到乡村，处处是黑死病造成的人间地狱：腐烂的尸体，鼓起的脓包，大范围的恐怖、焦虑和怀疑。

其影响是毁灭性的。"我们对未来的希望都随着朋友的死去而一起埋葬。"意大利诗人彼特拉克（Petrarch）这样说。人们对未来在东方谋取利润的野心于此蒙上了深深的阴影。彼特拉克还说，唯一的慰藉是，"我们还可以追随先人的智慧。我不知道我们的日子还有多久，但我知道那天很快会到来"。他写道，印度洋、里海或是黑海的所有富商都无法弥补灾难造成的损失。

瘟疫带来了恐怖景象，但它也成为社会变革和经济变革的催化剂。其深刻影响远不只是欧洲的死亡，它促进了欧洲整体的再生。这一变革为欧洲在西方的崛起奠定了重要的基础。这种影响分为几个阶段。首先是社会结构的彻底重组。黑死病之后，人口长期缩减，导致劳工工资陡升，因为劳动力变得更抢手了。那么多人死于瘟疫，直到14世纪50年代，"侍从、工匠、技工、农业工人和普通劳工"的短缺状况才终于开始缓解。这为曾经处在较低社会阶层和经济阶层的人提供了相当大的谈价资本。有些人根本"对打工不屑一顾，除非有三倍的工资，否则极少有人入职"。有证据显示，黑死病之后的10年间，城市雇员的工资出现了巨幅上涨。

农民、劳工和妇女同样从有产阶级的衰落中感受到益处。地主和房主被迫接受更低的租金，有租金总比没有好。低租金、轻义务和长合同都让农民和城市租户获得了大量利益。这种状况还得到低税率的推动，14世纪和15世纪整个欧洲的贷款税率都大幅下降。

显然，随着财富在各社会阶层的分配日趋平均，人们对奢侈品（进口商品）的需求大幅回升，因为有更多的消费者能够购买他们原来买不起的商品。瘟疫带来的人口变化还影响到了消费模式，特别是那些工薪族的年轻人，他们面前摆着各种新的机遇。新生代们与死神擦肩而过，他们本来就不愿省钱，挣的工资还比父母要多，前途更为广阔，所以愿意花钱买他们感兴趣的东西，尤其是追赶时尚。这反过来又刺激了欧洲纺织工业的投资和发展，欧洲纺织品的产量巨大，导致亚历山大港进口规模的大幅缩减。欧洲甚至开始转进口为出口，他们的纺织品充斥中东市场。面对西方生机蓬勃的经济发展，中东不得不为经济紧缩感到忧愁。

近来伦敦一座古墓中发现的尸骨研究显示，当时财富的增长促进了人们的饮食结构和健康水平。统计结果表明，瘟疫之后的重大影响之一是延长了人们的寿命。伦敦瘟疫的幸存者在身体素质上明显比黑死病暴发前的人更为健康，当然也使人的平均寿命显著提升。

欧洲的经济发展和社会发展并不平衡。大陆北部和西北部的变革最为迅猛，主要是由于这些地区与南部相比经济水平更低。这意味着地主和租户的关系比较融洽，因而更容易达成适合双方利益的协议。还有一个同样重要的因素，即北方城市与地中海城市拥有不同的意识形态和政治理念。在地中海城市，几个世纪的地区及长途贸易已经形成了一些能够操控商业竞争的机构（如行会），由个别商业团体垄断。相比之下，欧洲北部的繁荣则是得益于在商业竞争方面没有限制，因此在都市化和经济成长上比南方更为迅速。

新的生活方式也开始在欧洲各地出现。比如在意大利，女性一般不愿意，也没太多能力进入劳工市场，还像瘟疫暴发前一样，到了年纪就结婚，努力生更多的孩子。而在欧洲北部国家，情况却有所不同。这些地区的人口缩减为妇女提供了更多的就业机会，从而推迟了女性的结婚年龄，并对家庭规模产生了长远影响。"别那么着急结婚，"诗人安那·拜恩（Anna Bijns）在尼德兰（Netherlands）写成的诗歌中建议说，"能为自己挣到衣食的女人不要急着去忍受男人的棍棒……尽管我不反对结婚生子。没有束缚最好！祝没有男人的女人幸福！"

黑死病带来的转型为欧洲西北部的发展奠定了长期的基础。尽管这些改变还未在欧洲各地全面开花结果，但灵活的体制、开放的竞争，以及最重要的，意识到只有勤奋劳作才能克服北方恶劣地理条件从而赢得收益，都为后来欧洲在近代早期的彻底转型奠定了基础。正如现代研究所不断昭示的，18世纪的工业革命根植于瘟疫后的世界：

随着产量的提升，人们的野心变得更大，财富不断积累，同时消费的机会也变得更多。

（选自《丝绸之路：一部全新的世界史》，浙江大学出版社，2016年）

【交流之窗】

弗兰科潘笔下的"黑死病"固然恐怖，但它也催化了欧洲后来的崛起。历史的因果演化往往不是单方面的、黑白分明的，这取决于我们从什么角度、在怎样的时间范围内去看待它，这也是为什么读历史常使人唏嘘的原因。

新航路开辟

[美国]勒芬·斯塔夫罗斯·斯塔夫里阿诺斯著　吴象婴、梁赤民、董书慧、王昶译

　　当西班牙人入侵美洲、双方发生对抗时，这究竟意味着什么呢？首先，它意味着印第安人发现自己在经济和技术上远远落后于侵略者的文明。印第安人高度发展的艺术、科学和宗教，不应用来掩饰他们在更多的物质领域里都极为落后这样一个事实。这种悬殊差别在中美洲最为明显，但在安第斯山脉地区也普遍存在。农业上，印第安人虽在培植植物方面取得了卓越成就，但在实际生产中却很少生效。他们的耕作技术从未超过养活全体居民所须达到的最低限度，而他们的人口也很少达到东半球的人口密度。他们的工具仅用石头、木头或骨头制成。印第安人不会冶炼矿石，尽管他们也使用金属，但几乎只用于装饰目的。他们所制造的船只有独木舟和远洋木筏。至于陆上运输工具，印第安人还没有利用轮子；他们虽已知道轮子，但只是用作玩具。除美洲驼和羊驼外，人的背是唯一的运输工具；美洲驼和羊驼虽已用于安第斯山脉地区，但不能运载重物。

　　这一技术落后的直接意义不应夸大。印第安人用长矛和弓箭对付西班牙人的马和枪，显然处于极为不利的境地，但是，在经历了最初的打击之后，印第安人渐渐习惯了火器和骑兵。而且，西班牙人很快就

发现，印第安人的武器非常锋利耐用。他们开始更加喜欢印第安人的棉制盔甲，而不喜欢自己的盔甲。一个征服者叙述道：

> 阿兹特克人有……两座军火库，里面装满了各种武器，其中许多武器都饰以黄金和宝石。这些武器包括不同规格的盾牌、军刀和一种大砍刀。这种大刀需用双手挥动，刀刃用燧石磨制而成，因此，极其锋利，比我们西班牙人的剑更适合砍杀。此外，长矛也比我们的长，全长6英尺，一端装有尖头，也是用几种锋利的燧石制成的。这种长矛非常锋利坚硬，能刺穿最坚固的盾牌，刺杀起来像剃刀一样便利；墨西哥人甚至用这些石头刮脸。另外，还有极好的弓箭、单头和双头长枪、专用于弹射的皮条，以及为他们特制的圆石投石器和一种大盾牌。这种盾牌结构非常精巧，不用时可以卷起来，只是在战场上才展开，能从头到脚将整个身体遮盖住。

这番言论表明，技术上的悬殊不是促使西班牙人获胜的唯一因素。还有一个因素是，印第安各民族之间缺乏团结。在墨西哥和秘鲁，西班牙人能利用对库斯科和特诺奇蒂特兰的暴虐统治不满的被征服的部落。过于严格的控制和过分的依赖也削弱了印第安人。他们的头脑里被灌输了绝对执行命令的思想，并对此习以为常，因此，当其首领被推翻时，他们不能自己组织起来进行抵抗。一旦国王蒙提祖马和阿塔瓦尔帕落入西班牙人手中，阿兹特克帝国和印加帝国就群龙无首，丧失抵抗力。

这种被动性因宗教的抑制而进一步加剧。当地人认为，墨西哥的科尔特斯和秘鲁的皮萨罗都是回来应验古老预言的神。库斯科的阿塔瓦尔帕和特诺奇蒂特兰的蒙提祖马之所以会发生动摇以至自取灭亡，原因就在于此。对阿塔瓦尔帕来说，西班牙人就是造物神维拉科查及其追随者。为此，这位统治者温顺地等待着皮萨罗的到来；皮萨罗和其手下的180人迅速控制了这个庞大的帝国。同样，对蒙提祖马来说，科尔特斯就是魁扎尔科亚特尔神，他正回来要求他的合法王位。因此，这位统治者也就无精打采地恭候着西班牙人在其首都安营扎寨。

阿兹特克人的战争观念同样使他们遭受灾难。他们认为，战争是短期的，是为宗教仪式尽力。他们在战争中主要关心的是捕捉俘虏，用俘虏的心脏祭神。因此，他们发动的战役常常就是礼仪上的争夺；争夺期间，他们尽可能以最小的混乱和破坏来捕捉俘虏。这种军事传统显然是一大障碍。西班牙杀人是为了获胜，而阿兹特克人只想捕捉俘虏。

如果说美洲印第安人缺乏击退欧洲人的技术和内聚力，那么更严重的是，他们缺乏抵御欧洲人所带来的种种疾病的免疫力。由于印第安人在数万年前渡过白令海峡之后没再与其他大陆诸民族有任何联系，所以他们在生物上变得很易受欧洲人及其非洲奴隶所带来的天花、麻疹、斑疹伤寒、黄热病和其他疾病的伤害。

近几年，对1492年前美洲印第安人口的估计数已加以修订，使其急剧上升。现在认为，居住在南北美洲的人口总数达4300万至7200万。如所预料，绝大部分人都居住在中美洲的三大文明区内。不论居住在哪里，所有印第安人在首次与欧洲人接触时，都以骇人的速度死亡。这就是为什么新到达的移民常常发现被遗弃的田地和无人居住的村庄的原因，他们只需将这些田地和村庄接管过来就行。据估计，1492年墨西哥的人口有2500万，到1608年时，已缩减到100万左右。其他地区的人口数也同样猛跌。1508年，伊斯帕尼奥拉岛（即今日的海地和多米尼加共和国）有6万美洲印第安人，1554年时为3万，至1570年仅剩500人。1586年来自秘鲁的以下这份报告清楚地表明了这场浩劫的规模和所带来的恐怖：

> 流感不像钢刀那样寒光闪闪，但印第安人都躲不开它。破伤风和斑疹伤寒比一千只目露凶光、口吐白沫的灵提更能夺人性命……天花比所有的枪炮消灭更多的印第安人。四下流行的鼠疫正在使这些地区荒芜。受鼠疫感染的人都倒地身亡：鼠疫吞食人的身躯，啮噬人的眼睛，封住人的喉管。一切都散发出腐臭的气味。

后来，当大批移民开始从欧洲移居美洲时，印第安人陷于绝境，被征服了。最早到来的是商人，他们几乎未遇到任何竞争和抵抗便渗入南北美洲各地，因为南北美洲不像非洲，没有与之抗衡的土著商人阶层。其次是移民，他们被宜人的气候和肥沃的土地所吸引，源源不断地来到这里，淹没了不幸的印第安人。当印第安人在绝望中偶然拿起武器时，由于他们缺乏团结和基本的人力、物力资源，因此注定要失败。格兰德河以北地区的情况尤其如此。那里的印第安人一开始时就十分稀少，因而幸存下来的寥寥无几，他们被赶进印第安人居留地。在阿兹特克人、印加人和玛雅人所在的地区，人口较为稠密，很多人在经历欧洲移民潮后幸存下来。由于他们对欧洲人和非洲人带来的种种疾病产生了免疫力，这些幸存者渐渐地又东山再起。今天，在玻利维亚和危地马拉等国，印第安人占人口的大多数。1990年，美国人口统计局公布的美国印第安人总数是190万，其中人数最多的是切罗基人（308132人），其次是纳瓦霍人（219138人）、奇佩瓦人（103826人）和苏人（103255人）。

很明显，美洲的力量对比完全不同于非洲的力量对比。地理环境，较少的人口，发展水平较低的经济、政治和社会组织，所有这些都对印第安人不利，使欧洲人能占领南北美洲；而这时在非洲，欧洲人仅在沿海地区占有几个不稳定的小立足点。虽然美洲印第安人不能有效地抵抗欧洲入侵者，但事实依然是，他们对人类的发展做出了突出贡献。这些贡献中最重要的是，他们培育了如今已成为全世界日常饮食支柱的多种植物。最著名的是玉米、马铃薯、大豆（蛋白质的主要来源）、南瓜、西红柿和可可。总之，南北美洲培育出来的植物与整个东半球一样多——这是一个真正非凡的成就。今天，美国50%以上的农产品都源于原先由印第安人培育的植物。由于美国是向世界市场提供食品的主要出口商，因此可以说，如果没有美洲印第安先驱者，今日世界的总人口数实际上会低一些。

最后，应该指出，正在进行的考古调查研究使我们必须不断修正对美洲印第安人文化的认识。例如，最近的发掘表明，除玛雅文化、阿兹特克文化和印加文化外，在南美洲亚马孙丛林区，可能还存在着第四种文化。这一发现颇让人感兴趣，因为迄今为止，人们一直认为，早期的食物采集者缺乏在热带雨林中生存的技术和技能。不过现在，考古学家们正在发现和分析在亚马孙河口附近，在大约11000年前便已被人占用过的洞穴中找到的数千件人工制品和烧焦的剩余食物。这是一种特殊的文化，因为它同美洲印第安人的其他文化不一样，主要依靠的不是猎取大猎物，而是在河流和森林中搜寻食物——处于这种文化中的人主要靠鱼、软体动物、鳖和鸟类过活。

（选自《全球通史：从史前史到21世纪》，北京大学出版社，2006年）

【交流之窗】

著名历史学家彭慕兰曾论证过，西方正是在发现美洲之后，利用美洲大陆广袤的土地和丰富的矿藏开展工业革命，才将富饶发达的东方甩在身后的。而斯塔夫里阿诺斯在讲述新航路开辟的历史时，不仅关注其积极意义，更介绍了殖民活动对美洲的破坏。人类历史作为一个整体，牵一发而动全身，研究历史也就不能囿于片面。

法国启蒙运动

    18世纪的法国仍然是一个君主政体的封建国家，封建专制和天主教会控制着国家的社会生活和人民的思想，农村在封建领主和教会的盘剥下已是满目疮痍，宫廷贵族挥霍无度、国库空虚。天主教会与专制王权相互勾结，推行文化专制主义和蒙昧主义，疯狂残害异教徒和有进步思想的人们。与封建制度严重衰败景象形成鲜明对照的是资本主义经济迅猛发展，资产阶级日益壮大，他们强烈要求冲破旧制度，在政治、经济、思想方面的束缚。因此，众多的资产阶级先驱们展开了一场在人类历史上占有辉煌一页的思想革命——启蒙运动。

    启蒙运动是法国大革命的前奏，它在政治上、思想上、理论上为大革命做了充分的准备。

    启蒙一词在法文里是启迪的意思，启蒙运动意味着用光明驱逐黑暗，开启人们反封建的意识。启蒙运动从兴起到发展几乎贯穿整个18世纪，所以人们也把18世纪称之为启蒙时代。启蒙运动并没有统一的组织，启蒙思想家们的主张并非一致，但是，这场运动反封建的目标始终如一。

    启蒙思想家提出，人生来就是自由和平等的，都有追求生存与幸福的权利，这就从根本上否定了封建特权的合理性。此外，启蒙运动又是普及科学、宣传新科技成果的运动。他们认为封建特权得以长久维持的重要原因就是生产落后造成的蒙昧状况的长期存在。他们宣传新的科学研究成果，揭露和批判愚昧无知，不仅启迪了人们的思想，而且普及了科学知识。启蒙思想家们高唱理性的赞歌，向往理性的王国。他们把封建专制制度比作漫漫长夜，呼唤用理性的阳光驱逐现实的黑暗，奏响了消灭神权、王权和特权，追求政治民主、权利平等和个人自由的雄浑乐章。

启蒙时代的法国，可谓群星璀璨、人才辈出。伏尔泰、孟德斯鸠是早期启蒙思想家的两大代表。伏尔泰1694年出生在巴黎一个资产阶级家庭，他是一位多产的作家、剧作家、诗人、史学家、哲学家和政治宣传家，他的作品和演说以尖刻和激昂地反对封建制度和教会而著称。人们说，他的思想之敏捷犹如闪电，语言之炽烈犹如天火。他坚持不懈地揭露和嘲讽教会的贪婪和教权主义的罪恶，因而，触犯了教会和贵族，曾经两次被关进巴士底狱，后被驱逐出国。1753年，他定居在瑞士和法国交界的菲尔奈，年逾花甲的伏尔泰在幽静的住所里写出了大量的著作、小说和诗歌。1778年，84岁的伏尔泰在菲尔泰去世，后人为纪念他，将他的骨灰移入先贤祠。伏尔泰社会政治观点的核心是平等，主张在法律面前人人平等，这是对当时封建等级社会的否定，他的政治思想核心是自由，主张建立开明君主制，主张言论出版自由、人身自由等等，他的著作种类繁多、卷帙浩繁。文学作品有《哲第格》《天真汉》等。他的文笔幽默而犀利，嬉笑怒骂的力量无人可望其项背。他把教皇和神父说成是两足禽兽，教会是国家分裂、内战和一切罪恶的根源，是建立在最下流的无赖编造出来的、最卑鄙的谎言之上的，在公众中产生极大的反响。《哲学通信》是他全部启蒙思想最集中、最明确的表述。史学著作有《查理十二》《路易十四时代》等。伏尔泰不仅在法国，而且在欧洲都有广泛的影响，被誉为启蒙运动的领袖和导师。甚至欧洲一些封建君主都仰慕他的才华。普鲁士国王还曾邀请他来到普鲁士成为宫廷的上宾，这些封建君主企图以此抬高自己的身价，并想利用伏尔泰学说中的保守部分，但他和他们最终还是分道扬镳了。

与伏尔泰不同，孟德斯鸠出身于贵族世家，少年时期接受教会的古典教育，后潜心研究法律，19岁获得法学学位、成为律师。1716年，他承袭父亲和伯父的职业，成为波尔多法院院长和男爵。踏入仕途的孟德斯鸠对朝政的腐败和贵族的堕落深恶痛绝。由于波尔多是法国最大的商港之一，资本主义经济比较发达，而他本人也从事葡萄酒贸易，因此切身感到专制制度对制造业和商业的阻碍，于是他卖掉了波尔多法院院长一职，前往巴黎，专心研究改变这一状况的出路。他后来游历了欧洲的一些国家，考察那里的社会生活和政治制度，这使他受益匪浅。他苦心钻研30年，写成历世不衰的名著《罗马盛衰原因论》和《论法的精神》。《论法的精神》一书具体规划了资产阶级国家的政治模式和各项基本制度，特别是，他发展了英国哲学家洛克的分权思想,建立了三权分立的政治学说。洛克在《政府论》一书中提出,为实现民主与法制,国家机构必须分权,实行立法权、外交事务权和行政权分立。孟德斯鸠更明确提出立法权、司法权、行政权三权分立的原则:立法权由人民享有;司法独立;君主虽然享有行政权,但不能超越立法和司法权。三权分立,互相制约,为的就是要保障公民的自由。孟德斯鸠这种资产阶级建立自己政权的最基本的理论很快就被资产阶级政治家们奉为经典。大革命中产生的几部宪法的基本原则,都体现着他的法学理论,有许多原理至今仍然是资产阶级国家在法律和政治体制上遵循的原则。

18世纪中叶,代表城市平民、资产阶级和广大民众等第三等级利益的启蒙学者竞相出现,其中思想最激进、对法国资产阶级革命影响最大的是小资产阶级民主思想代言人——卢梭。在众多的启蒙思想家中,卢梭是唯一生活在社会最底层的人。他出生在日内瓦的一个钟表匠家庭,母亲在他呱呱坠地后5天就离开了人世,父亲为躲避牢狱之灾只身逃离,10岁的卢梭便失去了双亲的呵护,开始过流浪生活。他当过仆人、学徒,从事过各种卑贱的工作,甚至像乞丐一样被送进收容院,备尝人间艰辛。此后,他在红粉知己的照顾下,度过了8年安居欢愉的时日。这8年也是卢梭发奋读书的日子,这使他的学识大增。1741年,他来到巴黎,结识了狄德罗等启蒙学家。1749年,在第戎举办的征文竞赛中,卢梭因荣膺榜首而一举成名。其后,他陆续写了许多重要著作。因为触犯了政府和教会,卢梭四处躲避,直到1770年才返回巴黎。1778年，卢梭与世长辞。坎坷的生活经历使卢梭的政治观点十分激进，这集中体现在《论人类不平等的起源和基础》《社会契约论》两部著作中。卢梭的思想核心是平等，他从分析人类不平等的起源出发，提出了天赋人权的理论。他认为：人类的不平等不是从来就有的，私有财产的出现和私有观念的产生是不平等产生的根源，而专政暴君的出现更使不平等达到极点。卢梭的政治主张是人民主权论和社会契约论，他认为消灭不平等的办法就是建立人民主权。人民主权就是人民根据自身的利益来订立社会契约，以此来体现公共意志，这是最高权力，公共意志由法律来保护，因此国家要实行法治，而法律面前人人平等。他建立了18世纪平民和小资产阶级的思想体系，他的人民主权论和社会契约论成为下层人民群众的理论武器，他是对大革命影响最大的启蒙思想家。法国大革命的风云人物罗伯斯庇尔自称是卢梭的学生。著名的《人权宣言》、法国大革命期间革命政府的许多决策及民众的革命行动，都体现着卢梭的主张。

启蒙运动在伏尔泰、孟德斯鸠和卢梭等人的发动和引导下，逐渐走向高潮。18世纪中期，以狄德罗为代表的百科全书派和以魁奈为代表的重农学派成为新一代的启蒙思想家，代表法国中产阶级的利益。狄德罗是18世纪唯物主义哲学的最主要代表，他的唯物主义自然观，对辩证唯物主义的形成产生了重要影响。他从1745年起开始编纂《百科全书，或科学、艺术与工艺详解辞典》，他不畏强暴的威胁，勇敢地担当起主编的职责。著名的科学家、思想家、律师、工艺师等160多人参加了编写工作，其中有老一代的启蒙学者伏尔泰、孟德斯鸠和卢梭，又有新一代的启蒙学者达朗贝尔、孔多塞等，于是他们又被称为"百科全书"派。

《百科全书》汇集了当时自然科学和社会科学的最新成就，除科技外，还广泛涉及政治、经济、哲学、文化、艺术、习俗等众多领域，不仅是一部工艺与科学的百科全书，更是一部批判封建特权和宗教迷信的读物，代表了18世纪的最高学术水平。《百科全书》的出版沉重打击了封建势力和教会，由封建贵族组成的王政会议和天主教会十分害怕人民接受这种无神论的全新思想，他们把《百科全书》称为魔鬼的新巴比伦塔，多次禁毁，狄德罗被捕入狱。新老启蒙学者不畏艰险，顶住教会和政府的各种形式的迫害，冲破一道道禁令，呕心沥血20余年，全部出齐35卷《百科全书》，为人类建立了一座精神文明的丰碑。1784年7月30日，狄德罗临终前留下了他著名的至理名言：迈向哲学的第一步，就是怀疑。

启蒙运动在欧美各国迅速传播，推动和影响了欧洲和北美的资产阶级民主革命。美国的《独立宣言》就深受卢梭影响，宣布了人有生而平等、自由和追求幸福的天赋人权。俄国反对封建农奴制的斗争，意大利的启蒙社团的纷纷成立，中国的戊戌变法、辛亥革命，无不体现启蒙运动的影响。启蒙学家的思想和政治理论是人类重要的文化遗产。

18世纪法国的启蒙运动，犹如一股气势磅礴的洪流，猛烈无情地荡涤着封建王权的权威，展示着绚丽多彩的新思想、新理论，在人类社会发展史和人类思想史上写下了光辉灿烂的篇章。

（选自中央电视台百集大型纪录片《世界历史》解说词）

【交流之窗】

从封建主义向资本主义过渡的时代，随着资本主义与封建专制主义矛盾的不断深化，法国人在意识形态领域中，反对封建统治与教会特权的斗争也迅速展开。法国启蒙运动是继文艺复兴后，在欧洲历史上出现的第二次伟大的思想解放运动。启蒙，就是启迪人们的反封建意识，给尚处在黑暗中的人们带来光明与希望，反对蒙昧主义、专制主义和宗教迷信，打破旧的传统观念，传播新思想、新观念。伏尔泰、孟德斯鸠、卢梭和狄德罗等为代表的"百科全书"派起了显著作用。

英国工业革命

  18世纪下半叶和19世纪，一场影响深远的经济大革命把世界带入了工业时代，这场大变革就是工业革命。所谓工业革命，简单地说，是以机器生产取代手工劳动，以工厂制取代家庭作坊和手工工场的过程。工业革命不仅使社会生产力飞跃发展，而且有力地促进了社会变革。18世纪60年代，工业革命首先在英国发生，然后在欧洲其他国家和北美扩散开来。

  英国工业革命是从棉纺织业的机器发明与使用开始的。纺纱织布在英国已经有了很长的历史。最初，它是一种农村家庭手工业，一般是女人纺线、男人织布，在自己的茅屋里操作，一次纺一根纱，织布的方法也很原始。织布用的梭子要用手从一端掷到另一端，织出的布幅面窄、质量不高。

  1764年，木匠哈格里夫斯发明多轴纺纱机，用他女儿的名字命名为珍妮纺纱机。珍妮机最初可纺8根纱线，后来，经过改进，每次能纺出80根，甚至更多的纱线，大大提高了功效。1769年，阿克莱特制造了水力纺纱机，用水轮机推动，这种机器纺出的纱线坚韧而结实，克服了珍妮机的缺点。

1771年，阿克莱特与人合作，在德比郡的克隆福德建立了英国第一座水力纺纱厂，后来，他又陆续投资开办新厂，到1792年去世之前，共拥有6家工厂。人们从阿克莱特那儿学到了成功办厂的有益经验。18世纪末和19世纪初，纺纱厂在英格兰西北部地区如雨后春笋般地建立起来。工厂制度的诞生，吹响了工业时代的号角，从此一种全新的生产组织形式和生产方式诞生了。阿克莱特被后人誉为"近代工厂之父"。

在阿克莱特之后，纺织行业的技术革新不断深化。1779年，纺纱工人克隆普顿发明了走锭精纺机；1785年，牧师卡特莱特制成了水力织布机；同时，棉纺织业中的净棉、梳棉、漂白、染整等一系列工序也采用了新技术，毛、麻、丝等纺织部门逐渐走上了机械化的道路。

英国工业革命的另一个重大成就是蒸汽机的广泛使用。用蒸汽力作为机械动力的活动很早就开始了。1698年和1705年，英国人萨维利和纽康门先后发明了蒸汽抽水机。不过，将蒸汽力变为大工业的机械动力的任务是由詹姆斯·瓦特完成的。关于瓦特发明蒸汽机有很多的传说，其中之一是瓦特在看到水壶烧开、壶盖被蒸汽掀起后大受启发，从而发明了蒸汽机。其实，事情并非那样简单。瓦特是在吸收前人研究成果的基础上，经过不断改进才取得成功的。瓦特在1769年取得蒸汽机专利后，继续进行试验，于1782年制成了复动式蒸汽机，这种机器通过传动装置可以带动各种机器转动，后来成为广泛使用的机器动力。瓦特的发明开创了蒸汽动力时代，而机械化大工业的普遍发展和最终胜利，还有赖于冶金业的技术革新。

长期以来，英国的冶铁业一直以木炭作燃料，发展十分缓慢，不仅如此，还造成了英国森林资源的枯竭。如果把树木都砍光了，以后英国人拿什么来做船舶的桅杆呢？冶铁业如何继续发展呢？因此，寻找新的燃料刻不容缓。1709年，亚伯拉罕·达比发明了用煤焦冶铁的方法，以后经过达比后代的不断改进，煤焦炼铁技术日益成熟，为冶铁业的发展开辟了广阔的前景。随着铁产量的增加，在生产和生活中铁的用途不断扩大。1779年，人们在科尔布鲁克戴尔附近的塞文河上修建了一座完全用铸铁构建的桥梁。今天，这座铁桥作为工业文明史上的一个里程碑依旧巍然屹立在塞文河上。

与此同时，炼钢技术也取得重大进步。1740年，钟表匠亨茨曼发明了坩埚炼钢法。1856年，贝塞麦发明了酸性转炉炼钢法。18世纪60年代，法国人马丁和德国人西门子发明平炉炼钢法。1878年，英国人托马斯又发明碱性转炉炼钢法。钢铁冶炼进入规模化生产阶段，钢铁生产量成十倍、成百倍地增长。钢铁冶炼方法的革新无疑是材料科学的一次伟大革命。

工业部门的重大飞跃始终伴随了交通运输业的变革。为了运送煤炭等笨重物品，英国人首先掀起了开凿运河的热潮。1761年，煤矿主布里奇沃特公爵在两位工程师的帮助下，建成英国第一条运河，把他矿上的煤运到了曼彻斯特，这条运河就叫布里奇沃特运河。后来，英国人又修建了许多运河。到19世纪初叶，英国大大小小的河流被运河连接起来，形成了全国范围的水运网。

18世纪后期，人们开始将蒸汽动力用于水上运输的试验。1788年出现了船用蒸汽机。1802年，第一艘实用汽船试航成功。1812年，苏格兰人亨利·贝尔建造的"彗星号"汽船建成下水，开始了定期的运输服务。起初，汽船是用明轮推动的，明轮安装在船的两侧，体积较大，激起的浪花波涛汹涌，会损伤运河堤岸，因而遭到运河所有者的反对。1838年以后，明轮逐渐被螺旋桨取代，船体也逐渐改用铁板和钢板制造。

陆上交通的改善是从改进公路开始的。过去的道路质量非常差，一遇下雨天，道路就成了乱泥坑，马车根本无法通行，只好用驮马运输。工业革命开始以后，英国工程师梅特卡夫、特尔福德和麦克姆等人发明了用石块和碎石修筑硬路面的新技术，改进了公路的质量。无论白天黑夜、晴天雨天，公路都通行无阻，而且使车辆的速度大大加快。过去从爱丁堡到伦敦，路上需要14天，在新公路上乘快速马车只要40个小时就到达了。

19世纪初，人们又开始了用蒸汽机牵引车辆的试验。1804年，特里维西克发明了火车头。10年后，斯蒂芬逊也发明了机车。在1825年，斯蒂芬逊制成了世界上第一台客运机车，并负责建成了从斯托克顿到达林顿的铁路，这是世界上第一条铁路，从而开创了铁路运输时代。火车这一新的交通工具的出现，引起了极大的震动，对火车这一新生事物，赞成者有之，反对者亦有之。有些反对者说：火车冒出的黑烟会影响庄稼的生长，毒害家禽和牲畜，火车的隆隆声吓得母鸡都不下蛋了。但是，新生势力是什么力量都阻挡不了的。19世纪30、40年代，英国出现了修建铁路的热潮，到1850年，已建成通车的铁路线接近1万公里，英国铁路网的主干结构已初步形成。

工业革命过程中，各工业生产部门的机械化有赖于机器制造本身的机械化。最先投入使用的一批纺织机器基本上都是手工制造的，制造机器的材料主要是木头，只有最关键的部件才是铁制的。18世纪下半叶，开始出现简单的工作母机。1825年，克莱门特发明了刨床和镛床。1839年英国著名的土木工程师詹姆斯·纳斯密斯发明蒸汽锤。1848年罗伯茨发明了镗床。制造机器所需要的主要工作母机都先后发明出来。19世纪40年代，机器制造作为一个独立的工业部门发展起来，到这时，英国工业革命已基本完成。

英国工业革命的成功还有赖于独特的历史机遇。1801年以后，英国与拿破仑的法国军队进行了长达14年的战争。英国皇家海军控制了制海权，英国工业品出口成倍增长。战争的最终胜利扩大了英国的殖民地，这些殖民地成为英国工业的原料供应地和商品倾销地。历时将近一个世纪的工业革命彻底改变了英国的面貌，工业领域首先发生了翻天覆地的变化，机器大工厂逐渐取代了昔日的手工作坊和手工工场。工业革命改变了英国的经济布局，经济重心向工业地区转移，英格兰西北部变成了英国的经济中心。

工业向城市的集中推动了城市化的发展，农村人口大量向工业地区和工商业城市流动，曼彻斯特、伯明翰、谢菲尔德、格拉斯等一大批工业城市迅速崛起。到1851年，英国的城市人口就超过了农村人口，英国成了初步实现城市化的国家，城市文明取代了乡村文明。这一巨大变革使人们的思想观念和生活方式都发生了深刻变化。工厂的机器日夜不停地运转，推动了英国生产力的飞速发展，各主要工业部门的产量都几倍几十倍地增长，工业劳动生产率不断提高。1835年，一个工厂系统的赞美者得意地说道：现在一个棉纺工所干的活在60年前需要两三百人才能完成。与此同时，工业产值在国民总产值中的比重日益上升，到19世纪中叶，英国已成为世界上工业化程度最高的国家，英国的经济地位发生了根本变化。1850年，英国生产了世界煤产量的60.2%、铁产量的50.9%，加工了世界棉花产量的46.1%，被称为"世界工厂"。

1851年5月1日开幕的伦敦万国工业博览会是英国工业革命成就的一次大检阅。博览会在英国伦敦海德公园的一座建筑物内举行，这座建筑物全部用透明玻璃和钢管搭建而成，金光闪闪，被誉为水晶宫。就在博览会开幕的前两天，维多利亚女王在日记中写道：我们什么都能做。女王的思想概括了当时英国人自豪的心情。

（选自中央电视台百集大型纪录片《世界历史》解说词）

【交流之窗】

英国工业革命始于18世纪60年代，以棉纺织业的技术革新为始，以瓦特蒸汽机的改良和广泛使用为枢纽，以19世纪30、40年代机器制造业机械化的实现为基本完成的标志。英国工业革命不仅扩展到欧陆西部和北美，推动了法、美、德等国的技术革新，而且影响到欧陆东部和亚洲，俄国和日本也出现了工业革命的高潮，它标志着世界整体化新高潮的到来。发生在18世纪60年代的英国工业革命并非偶然，它是英国社会政治、经济、生产技术以及科学研究发展的必然结果。这次革命从开始到完成，大致经历了100年的时间。英国工业革命的主要表现是大机器工业代替手工业，机器工厂代替手工工场。这次革命完成的主要标志是工厂制度的最终确立。英国工业革命使英国社会结构和生产关系发生重大改变，生产力迅速提高。

政治革命中的女性

[美国]勒芬·斯塔夫罗斯·斯塔夫里阿诺斯著　吴象婴、梁赤民、董书慧、王昶译

妇女在所有的政治革命中都扮演了一个积极的角色，但结果却是有好有坏的。基本原因在于，女性没有坚持要求革命纲领正式接受和体现她们的需求。相反，她们满足于做男性控制的政治运动中的辅助者。在权力斗争中，她们的支持当然是欢迎的，但在赢得胜利之后，她们即被忽略了，并被迫回到革命前的从属地位。这一模式在从17世纪的英国革命到20世纪的俄国和中国革命的所有现代革命中都表现得很明显。

法国革命的各个阶段清楚地表明了这一模式是如何形成的。革命之前，法国妇女和全欧洲的妇女一样，婚前接受父权，婚后接受夫权。孔多塞侯爵是法国革命领导人中为数不多的几个公开主张女性应该拥有与男子相同的财产权、投票权、工作权以及接受公共教育权的人中的一个。但是，侯爵的思想超越了他那个时代，人们更容易接受卢梭的观点。卢梭在他的《社会契约论》中阐述了进步的政治观点，但在他的小说《爱弥尔》（1762年）中，他却建议女人"衣着俭朴，在家中辛勤劳作，永远不要到需要讲话的公众集会上去……世界上还有什么比看到被孩子围着、指挥佣人干活、为丈夫谋得幸福生活、把家收

拾得井井有条的母亲这样的情景更感人、更让人尊敬呢？"。

革命开始时，中产阶级的妇女向三级会议提出了她们的书面要求。她们要求确保妇女的嫁妆不被丈夫肆意挥霍，确保妇女不遭受丈夫虐待，要求国家为因经济贫困而卖身的妇女提供工作，要求建立为妇女增加就业机会的公共教育制度。但是，妇女没有将她们的要求坚持到底，因此，1789年8月26日国民会议通过的《人权宣言》没有提到妇女的权利。工人阶级妇女则更强硬，因为巴黎没有面包，她们在挨饿。1789年10月，她们向凡尔赛宫进军，并将皇室带回巴黎，称他们是"面包师、面包师的妻子和面包师的孩子"。

到1790年时，妇女们已在出版自己的报纸，要求获得选举权、参加集会的权利、担当法官的权利和提出离婚的权利。这些要求被写在1791年妇女领导人公布的《女权宣言》中。1793年春天，当国王以叛国罪被处死、法国遭到5支外国军队入侵时，女性表现得最为活跃。处于困境的巴黎政府号召妇女参加保卫祖国的斗争。她们热烈响应，在医院里卷绷带，为士兵们制作衬衫、长裤、帽子、袜子、手套，一些人甚至自愿参加了革命军队的战斗。

共和政府为此表示感谢，通过了一系列法律：使离婚合法化，使婚姻成为公民的契约，承认妻子拥有一部分家庭财产，为女孩和男孩提供免费的小学义务教育。在其活动鼎盛时期，"共和国革命妇女"的成员穿着长裤，腰间别着手枪，头上戴着红帽，在街上游行。

一年后，当外国入侵的危险过去之后，对妇女革命者的反击又开始了。一个具体的事件是结束物价控制，减少面包配额。工人家庭在受苦，而牟取暴利者却在炫耀他们新获得的财富。当数以千计的绝望的男女拿起武器时，会议召集了正规军并包围了起义的街区。1793年的民主宪法被废止了，刚刚授予妇女的大多数权利也被废止了。拿破仑通过在他的《法典》中重新恢复父亲和丈夫的绝对权威巩固了这一反击。

出现反复的根本原因是，女权事业在妇女自身中缺乏群众的支持。革命期间，她们主要是对自己阶级的需求而不是对自己性别的需求做出反应。她们上街游行主要是为了社会改革和经济救济，而不是为了女性的权利。当法国革命和在此之前英国革命一样拒绝社会重组和转向保守之后，妇女作为女性所获得的利益随着她们作为工人所获得的利益一起被冲走了。除孔多塞外，革命的高层领导人都全力拥护卢梭的主张，认为妇女应待在家里。他们承认并称赞妇女在革命中所做的贡献，但是，革命结束后，这些政治领导人又发表演说，认为将来妇女的贡献应在家里，而不是在外面。

法国革命期间形成的女权主义的主题革命后并未被忘记。整个19世纪，欧洲的中产阶级和上层阶级妇女恢复了这些主题。女权主义运动的领袖出版了自己的书刊，建立了国内和国际妇女联合会的网络。这些组织提倡妇女教育，反对国家控制的娼妓制度，援助孤儿和未婚母亲，反对酗酒，发起和平运动，称战争是男人政治最终的表达方式。因为其进展微乎其微，因而在19世纪后期，女性运动的积极分子得出结论：除非妇女在平等的基础上与男性享有相同的政治权利，否则，她们的目标就无法实现。从此，选举权成为所有国家主张妇女应有参政权者的一个主要问题。这一问题在20世纪取得快速发展，以致妇女享有选举权的国家从1900年的1个增加到1910年的3个、1920年的15个、1930年的21个、1940年的30个、1950年的69个、1960年的92个、1970年的127个和1975年的129个。

选举权并不像预想的那样是解决妇女问题的万应灵药。在投票日投下的一票不会自动授予政治权利。几乎没有妇女被选入代表机构，最终在行政当局谋得职位的妇女就更少。事实上，国际妇女运动在赢得选举权后活力大减。这种停滞状态一直持续到二战，当时几个新的、具有决定性的因素结合在一起，给女权运动注入了活力。

（选自《全球通史：从史前史到21世纪》，北京大学出版社，2006年）

【交流之窗】

女性在政治革命中的作用不可忽视，但传统史学对此关注甚微。女性参加政治革命和运动这一行为本身具有双重意义，一是争取和维护女性权利，二是与社会大众一道发出政治诉求。相较两者的迫切性，前者常被认为不及后者，所以才会出现革命后女性被迫回归家庭的现象。然而，女性投身政治革命无疑提高了社会对女性生存和生活权利的关注，为后来的女权运动奠定了基础，其重要性自然不可小觑。

第一次世界大战

[美国]勒芬·斯塔夫罗斯·斯塔夫里阿诺斯著　吴象婴、梁赤民、董书慧、王昶译

　　粗看第一次世界大战前后的全球，它们所显露出的变化相当少。欧洲的边界虽因四大帝国的消失而不同，但就整个世界而言，欧洲的统治似乎并没有减弱。英国、法国和其他帝国仍然统治着与1914年以前一样多的海外殖民地。实际上，它们的领地甚至更大，因为它们这时控制了以前曾在苏丹统治下的中东领土。因此，欧洲的全球霸权在第一次世界大战后比大战前看上去要更完整。

　　不过，在这一表面之下，形势却完全不同。实际上，从全球的观点来看，第一次世界大战的主要意义恰恰在于它开始了欧洲霸权的削弱——这一过程在第二次世界大战之后宣告完成。这一削弱至少表现在三个方面：经济衰落、政治危机和对殖民地的控制日益减弱。

　　1914年以前，欧洲的经济在很大程度上都要依靠大规模的海外投资，这些投资每年都能产生大量的利润。然而，第一次世界大战期间，英国失去了其对外投资的四分之一，法国失去了三分之一，而德国则失去了其全部对外投资。这一趋势的完全改变从美国所具有的新的金融实力中可以看出来。到1914年时，美国欠欧洲投资者的债务约为40亿美元，但到1919年时，它已成为一个借出款项达37亿美元之多

的债权国，到1930年时，这个数字已上升到88亿美元。在工业上，与此相同的格局很明显，因为欧洲的许多工业区都已遭到破坏，而美国的工厂却在战时极大需求的推动下，犹如雨后春笋般惊人地发展起来。到1929年时，美国的工业产量至少占世界工业总产量的42.2%，这一产量大于包括苏联在内的所有欧洲国家的产量。因此，欧洲与美国的经济关系因第一次世界大战而完全改变。欧洲已不再像在19世纪时那样，是世界的银行家和世界的工场。这两方面的领导权都已转到大西洋彼岸。

战争不但在经济上，而且在政治上也使欧洲内部遭到摧残。1914年以前，欧洲已是近代基本的政治思想和政治制度的发源地。正如我们所看到的那样，这些思想和制度的影响已波及全球各个角落。然而，战争的浩劫却使欧洲人士气低落，失去信心。在欧洲大陆的各个地方，古老的秩序正在受到怀疑和挑战。英国首相劳合·乔治在1919年3月的一份秘密备忘录中写道："在反对战前形势的工人中间，存在着一种不仅是不满，而且是愤怒和反抗的强烈意识。所有现存的政治、社会和经济方面的秩序都受到了欧洲各地广大人民的怀疑。"

在这一革命的紧要关头，许多欧洲人都期待美国的威尔逊和苏俄的列宁这两位非欧洲人的指导。威尔逊的《十四点和平纲领》引起了一场民主愿望和期望的骚动。1918年12月，当威尔逊踏上欧洲血染的土地时，广大民众以发狂的热情把他当做"人类的国王""救世主""和平王子"来欢迎。他们贪婪地聆听着他的有关和平和安全的远景规划。

与此同时，另一个拯救福音则正从东方传来。数百万死伤的人和城乡冒着烟的废墟使得广大民众易于接受进行革命和实现社会新秩序的号召。为了模仿布尔什维克革命，柏林、汉堡和布达佩斯都建立了苏维埃。伦敦、巴黎和罗马街头也举行了示威游行。威尔逊的密友豪斯上校在1919年3月22日的日记中写道："不满的呼声每天都有。人民需要和平。布尔什维主义正越来越为各地的人们所接受。匈牙利刚刚屈服。我们正坐在一座露天火药库上，总有一天，一颗火星便能将它点燃。"

最后，欧洲的霸权也被第一次世界大战削弱，因为这次大战对海外殖民地产生了影响。欧洲列强的一个集团同另一集团血战到底的惨状不可弥补地损坏了白人主人的威信。白人不再被认为几乎是天命注定的统治有色人种的人了。数以百万计的殖民地居民作为士兵或劳工加入战争，同样具有破坏性。印度几个师在西线和美索不达米亚作战；许多身着法军制服的非洲人在法国北部作战；大批的中国人和印度人在后方的劳动营里服劳役。不用说，有过如此经历后返回家园的殖民地居民对欧洲领主显然不可能再像以前那样恭顺。

革命思想还因与战争行为有关的宣传而在殖民地中得到传播。诚然，威尔逊的《十四点和平纲领》所提到的只是殖民地民族的"利益"而不是"愿望"。但在战时，这是一个极其细微的差别。"民族自决"这一革命术语已不仅在欧洲而且在殖民地世界留下了印记。同样具有影响的是社会主义和共产主义的思想体系。第一次世界大战之前，亚洲的知识分子已为西方的自由主义和民族主义所激励。他们引用过伏尔泰、马志尼和约翰·斯图尔特·穆勒的话，但现在，他们的后裔很可能会引用马克思和列宁的话。1919年7月25日，孙中山博士为这一转变提供了证据，他宣布："如果中国人民希望自由的话……中国人民在争取民族自由的斗争中的唯一的伙伴和兄弟就是苏俄工农红军。"

第一次世界大战对殖民地世界的所有这些影响不可避免地带来了深刻的政治结果。但在当时只有少数几个人清楚地看到了这一点，而美国黑人领袖W.E.B.杜波伊就是其中的一个，他于1918年写下了以下这一有关即将到来的世界的非凡预测：

这场战争既是一个结局，也是一个开端。世界上较蒙昧的人们决不再仅仅占据他们以前所占据的地方。在他们所占据的地方，迟早将出现独立的中国、自治的印度、代议制的埃及、非洲人的（而不仅仅是供他人进行商业剥削）的非洲。从这场战争中，还将出现一个不受侮辱、有权选举、有权工作和有权生存的美国黑人民族。

（选自《全球通史：从史前史到21世纪》，北京大学出版社，2006年）

【交流之窗】

　　"一战"既然是世界大战，其影响也要以全球视野来估量。斯塔夫里阿诺斯所描绘的"一战"后的世界，是一个混乱而充满可能性的世界。欧洲的霸权地位动摇，各殖民地"民族自决"的呼声日益高涨。在东方，俄国提供了布尔什维克的道路，被追求民族独立的人们看作福音和希望。远隔重洋的美国，则趁战争的机会超过欧洲，成为经济强国。"一战"具备"破"的威力，也孕育了"立"的希望，后者固然不能用来为战争的破坏性辩护，但在相关历史研究中却也不容忽视。

第二次世界大战之德国入侵苏联

[英国]彼得·弗兰科潘著　邵旭东、孙芳译

　　英国的目标是利用战争的威胁将德国困住,使其不敢对东部邻国采取任何攻击行动。实际上,正如希特勒马上就意识到的,他得到了一张王牌,不过打出这张牌需要极大的勇气:同共产主义苏联做交易。尽管对纳粹德国来说,苏联在所有方面都是一个难以对付的敌人,然而随着英国等国的突然介入,达成共识的机会来了。斯大林同样意识到了牌局的变化,他也有了一个机会,一个同样需要极大勇气才能抓住的机会:与希特勒达成协议。

　　无论是从理论还是从现实角度讲,这两个国家的结盟都让人觉得不可思议。1933年希特勒上台之后,德国与苏联的关系迅速恶化,两国都展开了恶毒的宣传活动,将对方丑化为残忍和危险的魔鬼。两国之间的贸易也几乎中断:1932年,苏联50%的进口货物都来自德国,而6年后这一数字下降到了不足5%。不过,两国最终还是找到了一些共同点:那就是消灭夹在两国之间的波兰。

　　1939年的春天是个外交活动频繁的季节。苏联驻柏林的临时代办与德国首席东欧问题专家会面,为改善两国关系打基础,并寻找可能的合作领域,包括重启贸易。

到了夏天，德国外长约阿希姆·冯·里宾特洛甫（Joachim von Ribbentrop）已经能够向莫斯科传递消息，并解释说，正是因为国家社会主义与共产主义完全不同，因此"两国之间没有理由相互敌视"。

事情进展得很快。在斯大林答复同意签署协定两天后，两架福克－沃尔夫秃鹰（Focke-Wulf Condor）战斗机在莫斯科降落。苏联仪仗队列队欢迎，两排旗帜在风中飘扬：一排是代表着城市工人阶级和农民的镰刀斧头图案，这显然是共产主义的象征；另外一排是由希特勒本人设计的第三帝国的旗帜。他在《我的奋斗》（Mein Kampf）中这样解释道："红色象征我们（国家社会主义）的社会意义，白色象征民族主义思想，'卐'则象征为雅利安人的胜利而斗争的使命。"这是20世纪最奇异和最意想不到的场景之一，当德国人走下舷梯时，代表着共产主义和法西斯主义的旗帜一齐飘扬。德国代表团由德国外交部长里宾特洛甫率领，他的一位老师曾认为他是"班上最笨的学生"，然而现在他受命在两个敌国之间协调并达成协议。

在进入克里姆林宫与斯大林和莫洛托夫会面时，里宾特洛甫表达了他对两国友好关系的期盼。他说道："除了和平与贸易之外，德国对苏联别无他求。"斯大林的答复一如既往地直接："许多年来，我们一直向对方的头上泼狗屎，我们的宣传机构乐此不疲。如今我们却突然要让我们的人民相信所有这些都已经过去了，可能吗？事情不会那么快。"

然而实际上，事情进展确实很快。两国在几个小时之内就达成了协议的基本框架，其中包括一个公开的协议文本以及一个秘密附属议定书，规定了双方在波罗的海沿岸以及波兰的势力范围，并划定了一条明确的分界线，允许双方在各自地盘上肆意行事。斯大林非常满意，在次日凌晨叫了一瓶伏特加来庆祝。他用德语说："我知道德国人有多么爱戴他们的元首，我要为他的健康干杯。"几轮干杯之后，莫洛托夫几乎不能抑制他的兴奋之情，他眉开眼笑地说道："我们伟大的斯大林同志开启了这一特别的政治关系，为他的健康干杯！"

第二天，斯大林与政治局高层一起，在他莫斯科郊外的别墅中举行了一场射鸭子活动。他说道："毫无疑问，这完全是糊弄人的把戏，就看谁能骗了谁。我知道希特勒要干什么。他以为他比我聪明，但上当的是他。"当然，希特勒也是这么想的：当协议签署的消息在夜半时分被送到他在阿尔卑斯山的小屋时，与斯大林一样，他的反应就像一个坚信自己会连连取胜的赌徒，得意洋洋地宣告："我们赢了。"

苏联领导人是为了争取时间才同德国妥协。斯大林对希特勒及其带来的长期威胁没有丝毫幻想。事实上，1934年苏共第十七次代表大会上就引用了《我的奋斗》中的部分内容，以说明德国和这位德国总理的危险性。斯大林本人也读过这本声名狼藉的著作，该书强调，要满足德国的需求，只能向东扩张。然而，苏联大面积的饥荒以及短视而残忍的政策，导致了数百万人在20世纪30年代初病死或饿死，在漫长的动荡时期结束后需要时间来恢复。

希特勒坚信他已经找到了捍卫德国未来的道路。国内农业产量的不足是德国的一个明显软肋。最近的研究表明，在德国开始启动战争机器，并且消耗大量资源、时间和金钱的20世纪30年代，农业生产更是进一步恶化。事实上，这一时期还通过了新的法律，导致了对农业投资的大幅减少。德国无法靠国内的生产自给自足，因此只能严重依赖进口。1939年8月，在与一位但泽（Danzig）的高级外交官谈话中，希特勒提及这一让德国在第一次世界大战中无法承受的压力——这也是他最常谈到的主题之一。然而现在，他声称找到了答案：我们需要乌克兰，"这样就没有人能够让我们像在上一次战争中那样挨饿了"。

1939年的《互不侵犯条约》将乌克兰，或者说是其肥沃土地上的粮食收成送给了希特勒。里宾特洛甫造访苏联首都后的数月内，纳粹和苏联的官员在莫斯科和柏林之间不停往来穿梭。德国人相信，这一良好的开端终将带来进一步的协议，特别是关于里宾特洛甫在1939年8月对莫洛托夫所说的"从黑海到波罗的海之间的领土问题"。更多细节的谈判都围绕着贸易条款进行，尤其是苏联小麦、石油和其他物资的数量和价格，这些都是德国人入侵波兰以及入侵之后所必需的。斯大林正在为希特勒的战争推波助澜。

与苏联的结盟给了希特勒信心，他不仅有了入侵波兰的资源保障，而且他相信，他在东方的地位也会受到他与斯大林之间协议的保障（苏联领导人在签约时说："我用我的名誉担保，苏联不会背叛它的盟友。")然而，据一位更加敏锐的高级官员分析，瓜分波兰将使德国的防线更为脆弱，因为这让苏联的边界线大幅度地向西推进了。弗朗茨·哈尔德（Franz Halder）指出，德国人不如保持与苏联的友好关系，而将注意力集中在中东及地中海的英国人地盘。

1939年9月1日，在这一历史性协议签署后仅仅1周，德国军队就越过国境，毫不留情地突破了波兰的防线。德国的先头部队包围了华沙，取得控制后立刻着手消灭波兰的精英阶层。在希特勒看来，"只有上层社会被粉碎的国家才能被奴役"。于是，官员和杰出人物成为清洗的目标。德国人很清楚他们要找什么样的人。在奉命进行搜捕和消灭工作的25名德国刺杀小组指挥官中，有15位拥有博士学位，其中绝大部分主修法律和哲学。

对此，伦敦和巴黎制订了一个又一个遏制德国和苏联的计划。所有策略的核心都是切断德国的供应链。然而，德国对法国发动的闪电战使得这些联合行动计划胎死腹中。在许多人看来，德国人的这次进攻可以说是战争史上的一个天才杰作，身经百战、对占领别国领土有着丰富经验的军队熟练地实现了事先精心布置的计划，通过一系列令人眩目的行动出其不意地突破了防线。不过最近的研究表明，德国人在法国取得的成功在很大程度上或许要归功于运气。开战后，希特勒不止一次失去了勇气，命令部队按兵不动。但是集团军司令部已经离开了他们本来驻扎的地点，直到推进了数英里之后才收到这些命令。勇往直前的坦克司令、普鲁士人海因茨·古德里安（Heinz Guderian）

甚至因为拒不从命、继续前进而被解除了职务，尽管他很可能根本没有收到坚守阵地的命令。在此期间，连希特勒本人都认为他的军队正陷入敌人的陷阱，以至于害怕得几乎精神崩溃。因此，德军的神速推进不过是赌徒碰运气的结果。

西欧帝国的时代早在"一战"结束就进入了尾声，而现在，它连缓缓落幕的机会都没有了——德国人打算给予其致命一击。随着英国皇家空军准备投入不列颠战役，一个时代宣告结束。德国驻喀布尔公使忙着预测，希特勒或许将在夏末出现在伦敦。为了迎接英帝国最后的崩溃，德国向阿富汗政府提出了具体提议：如果该国放弃自开战以来的中立立场，德国承诺将把到手后的印度西北大片土地以及卡拉奇（Karachi）港口割让给阿富汗。这无疑是个诱人的建议。连英国驻喀布尔公使也意识到，英国这艘船"看起来正在下沉"，想要"留在船上赌一把"需要足够的勇气和忠诚。英国人只能做出一些微不足道的、象征性的举动，比如削减阿富汗的棉花运输成本，以维持当地经济不至于崩溃——这也显示出英国选择的余地是多么的有限。幸好在这危急关头，阿富汗人还是坚持住了，或者至少他们犹豫了，没有直接投入德国的怀抱。

1940年夏天，英国人和他们的帝国正在垂死挣扎。纳粹德国与共产主义苏联前一年夏天在莫斯科签订的协议很快就让这个世界看起来完全不同了。通过苏联，柏林与亚洲和印度次大陆建立了一系列新的联系，这将改变西欧与中亚地区未来的贸易和资源路线。

然而，这种改变极度依赖于苏联持续而坚定的支持。尽管在入侵波兰后的数月内，大批货物和原材料涌入德国，但这一过程并不总是那么顺利。谈判相当激烈，特别是涉及小麦和石油，德国人对这两项物资的需求极为迫切。斯大林亲自过问这些交易条款，决定是否批准满足德国要求的80万吨石油，或是仅仅运发其中的一小部分。每次交货的谈判都令人担忧且耗时长久，几乎成了德国人焦虑的最大根源。

德国外交部自然意识到这种合作的脆弱，并在报告中强调对莫斯科过度依赖的危险性。不管什么原因——领导人的变更和固执己见，或者仅仅是商业上的分歧——一旦合作发生破裂，德国将立刻陷入窘境。对于志在欧洲赢得非凡军事胜利的希特勒来说，这无疑是最大的威胁。

这种忧虑和不安致使德国做出了一个以数百万德国士兵和数百万苏联士兵——以及数百万犹太人——的生命为代价的决定：入侵苏联。1940年7月，希特勒以其最典型的风格宣布了这一冒险行动，他将其描述成意识形态之战。他对约德尔上将说，现在要抓住时机消灭布尔什维克。而实际上，资源以及最重要的粮食，才是冒险的真正原因。

1940年下半年至1941年年初，为入侵做准备的不仅有军方，还有制订经济计划的人。他们由农业专家赫伯特·巴克（Herbert Backe）领导。巴克在20年代初就加入了纳粹党，之后一路稳步高升，成为食品与农业部长理查德·达里（Richard Darré）的接班人。巴克对纳粹事业的绝对忠诚结合他在农业方面的特长，使他有机会在20世纪30年代的改革中负责规范进出口市场定价及设置贸易限制，并逐渐积累了自己的影响力。

俄罗斯也许就是德国人胜利的关键，巴克对这一想法念念不忘。随着俄罗斯帝国的扩张，那里从游牧民族的定居点逐渐转变为了优质粮仓，占据着平原上无边无际的广袤农田。那里的土地相当肥沃，特别是在那些土壤因矿物质丰富而呈黑色的地区。俄罗斯科学院的研究调查让人们对这片从黑海一直延伸到中亚的土地充满了期待，报告说，这里的条件非常适合大规模耕种高产作物。

希特勒认为这是成败攸关的一刻，并于1941年夏发起攻击。当德军在入侵的第一天以令人震惊的速度向东推进时，元首几乎无法抑制自己的兴奋。他高兴地表示，德国永远不会放弃这块新征服的土地；它将是"我们的印度""我们自己的伊甸园"。

宣传部长约瑟夫·戈培尔（Joseph Goebbels）同样毫不怀疑入侵的目标是资源，特别是小麦和谷物。他在一篇写于1942年的文章中，以特有的冷酷无情的语言宣称，发动战争是"为了粮食和面包，为了充足的一日三餐"，这是德国的目标，除此之外不会要求更多。他继续写道："东方泛着金色麦浪的广阔土地足以养育我们的人民以及所有的欧洲人，甚至还能有剩余。"

不过，眼下德国人正面临着残酷的现实：他们发现粮食和物资越来越短缺，从苏联进口无法解决长期的供应问题。如在1941年2月，德国电台称，英国的贸易封锁造成了全欧洲的粮荒；而之前播音员在提到封锁行为时，还说英国人是患上了"精神错乱"或"不列颠痴呆症"。到了1941年夏天，戈培尔在日记中记录道，柏林的商店里只剩货架了，罕有蔬菜出售。这导致了价格的波动以及黑市的繁荣，从而进一步加深了民众的焦虑。虽然还未表现出不满，但是人们已经开始质疑德国的扩张到底能带来什么好处——希特勒的宣传主管为此焦头烂额。正如一位地方官员所指出的，他治下的德国男人和女人们"疲惫而劳累""不理解为什么战争一定要深入到亚洲和非洲"。那些无忧无虑的日子现在只剩下回忆。

巴克及其率领的分析师们为此提供了解决方案。巴克的提议十分激进。苏联幅员辽阔，气候多样，被一个自然的分界线分为两部分。在南部，包括乌克兰、南俄罗斯和高加索地区在内的土地和资源构成了一个"获利"区；北部则包含俄罗斯中北部、白俄罗斯和波罗的海各国，属于"亏损"区。在巴克看来，分界线的一边是粮食生产区，而另外一边则是粮食消耗区。德国要做的是占领前者，并且忽略后者。"获利"区必须拿到手，并将其资源和产出转移至德国；"亏损"区则必须被抛弃，而且无须关心它能否以及如何存活，失去这块地方就意味着得到。

在代号为"巴巴罗萨"（Barbarossa）的入侵苏联计划发动前几周的一次会议上，这一提议得到了明确。5月2日，计划制订者们讨论了攻击的先后顺序以及预期的效果：在先头部队的推进过程中，德军将搜刮一切能够搜刮到的以养活自己；尽快占领目标地区，并及早投入生产。一旦突破苏联防线，德军就将从俄罗斯获得给养。

此次会议还提到了入侵行动对生活在"亏损"区居民的影响。他们注定会被整体抛弃。一份历史上最冷酷无情的文件备忘录简单地写道："数百万人无疑会因此而饿死，如果我们必须如此榨取土地的话。"德国人要养活自己，就必须以这些人的死亡为代价。这数百万人是德国赢取胜利和生存道路上的附带损害及必要牺牲。

会议继续讨论了确保计划顺利实施的其他后勤事务。德军必须确保运输通道能够将农耕平原上的物资运回德国。会议还仔细研究了今后负责监督收获以及耕种事宜的农业主管们的服装：带有银灰色条纹的平民装。正如一位一流学者所指出的，这是一场典型的糅合了日常琐事与冷血暴行的会议。

在接下来的3周内，德国采取了具体的措施统计可能的死亡人数，以确定"亏损"区内究竟会死几百万人。5月23日，一份长达23页的报告出炉了，其内容不过是在已有结论上略加修正。苏联的"亏损"区将被分离出去，它的谷物及其他农产品将被集中起来运往德国。正如之前在柏林会议上所讨论的，其后果将由当地居民承受。连同之前的结论，这一报告对预计死亡人数进行了公开的评估。该报告称："这一地区将有数千万人是多余的，他们要么死亡，要么迁往西伯利亚。任何试图使这些人不被饿死的做法……都会损害欧洲的物资供应。他们的存在将使德国无法坚持到战争结束。"入侵苏联不仅仅是为了战争的胜利,它在本质上关系到德国的生死存亡。

尽管参加5月2日会议的人员名单没有留存下来,但是在整个会议的过程和总结中都有巴克的身影。希特勒很看重他,对他的重视超过很多地位比他高的人。巴克的妻子在日记中写道:元首在任务布置会上首先征询了巴克的意见。于是,他在1941年夏出版的博士论文中增加了一篇新修订的前言。他写道,俄罗斯未能合理利用它的资源,如果德国取得了这些资源,一定能够发挥其更大的效用。

最令人印象深刻的还是他在入侵前3周即1941年6月1日写下的短评。他写道,对于俄罗斯人即将经历的事情,我们无须给予任何同情,"俄罗斯人已经忍受了数百年的贫穷、饥饿和简朴……不要以德国人的生活水平来作为俄罗斯人的标准,也不要试图改变俄国人的生活方式"。他接着写道,俄罗斯人的胃"是有弹性的",因此完全没有必要去同情那些即将饿死的人。巴克清晰的思路给其他人留下了深刻的印象。在准备打击苏联的集结势头时,戈培尔在日记中写道:"巴克以高超的手腕统治着他的部门。有了他,每件事都有可能完成,而且也的确都完成了。"

随着进攻的准备工作进入最后阶段,德军的普通士兵和高级军官们都明白成败在此一举。在国防军内一路高升的巴伐利亚职业军人弗朗茨·哈尔德看来,希特勒总是那么的坦率而坚定。他在1941年告诉他的将军们,这是一场你死我活的殊死较量,必须"以最野蛮的形式"痛击俄罗斯,做到"斩草除根"。"部队司令必须知道,局势正处于紧急关头",希特勒说,"对苏联的仁慈就是对我们的残忍"。

1941年5月,所有的准备工作都已做得更加充分。官方已经制定好了《军队在俄罗斯的行为准则》,并且正分发给那些即将参与进攻的人。这些准则列出了"煽动者""游击队员"和犹太人可能制造出的威胁。德国士兵要明白,不能相信任何人,不能有丝毫的怜悯。同时,准则还规定了如何控制被占领区:那些有破坏德国利益嫌疑的人应该被当场审判,一旦确认有罪就要立即处决,无论他们是士兵还是平民。

在最后发出的一系列指示中,包括所谓的"政委命令"(Commissar Order),对可能会发生的事情做出了生动的警告:敌人的做法很可能会违反国际法和违背人性,这些政委(Commissar,对苏联政治精英的简称)的战斗方式只能用"野蛮和亚细亚式"来形容。因此对他们不能心存任何仁慈。

(选自《丝绸之路:一部全新的世界史》,浙江大学出版社,2016年)

【交流之窗】

德国入侵苏联主要是为了获取苏联广袤土地上的资源,尤其是能生产小麦的大面积良田。然而对于被占领区的人们,这意味着土地和口粮的丧失,也就是死亡。作者特别提出,纳粹政权对此是有预估的,然而它以冷血而平淡的口吻宣布为了德国的生存这样的后果无法避免,又高效地做足准备,开动宣传引擎动员军队。国家之间的战争在外交家、政治家以及只研究战争决策的历史学家眼中可能仅是一场为需求而进行的博弈"游戏",但从社会史和生活史的角度看,尤其从受害者和幸存者的角度看,一场这样的"游戏"所带来的毁灭不是几个冷漠的死亡数字就能够概括的。

两次世界大战对人类的警示

李巨廉

世界上不少学者都分析过，20世纪下半叶没有再发生世界大战的原因，并列出了多方面的因素。据我个人看来，最具根本性的是如下两个因素：第一是毁灭性热核武器发展所产生的制约作用。对于一个拥有热核武器的大国来说，已经不能放手无限地使用战争手段，去解决国际政治和经济矛盾。第二是日趋加强的世界整体性发展所产生的制约作用。现在世界各国已经越来越相互依存，已经是"你中有我，我中有你"，构成一个错综复杂的国际社会。人类已经从"零和关系"发展到"共赢的全球关系"。今天的人类已不能再打无限化的总体战争。

回首20世纪的历史，人们会发现，帝国主义列强的争霸，具有导致一再发生世界大战的趋势。但这并不意味着世界大战是注定不可避免或不可制止的。尤其是第二次世界大战前，一直存在着制止世界大战的可能性。其实，战争终究还是手段，而不是目的本身，即使对于那些热衷争霸的大国来说也是如此。要不要打？什么时候打？能不能打这样一场破坏性极大而后果又难以预料的世界性战争？这是一个十分严重的问题。其最后的发展结果，还是要取决于各国统治集团内部和外部的、国内和国际的各种力量的相互制约和斗争。对于世界大战能否避免的问题，必须进行具体的历史考察和分析，不可笼统地说能够避免或者不能避免。但是，第二次世界大战已经把战争推到了一个"临界点"。物极必反，今后人类已经不能再把自己的全部能力和手段都投入战争了。

我们应该看到，导致战争与维护和平的因素从来都不是单一的。和平与发展、和平与民主、和平与世界的公正和平等，都是不可分割的。而恰恰在这些方面，世界仍然存在很多的问题。当人类从20世纪向21世纪过渡的时候，这个世界仍然处在矛盾、斗争和震荡之中。其中有两个矛盾最为突出：第一个是在世界经济迅猛发展中所出现的、新的贫富两极分化的矛盾。这个贫富两极分化之所以说是"新的"，一是它同新科技革命基础上生产结构和社会结构的巨大变革紧密相连，因而同传统的贫富两极分化有不同的内容；二是这个贫富两极分化，同全球经济一体化的发展紧密相连，具有突出的世界性，因而同新的民族矛盾和民族主义浪潮交错在一起。其核心问题可以说，就是人们能不能、以及如何才能使经济和科技迅速发展所带来的物质财富和精神财富，不仅在一个民族国家范围内，而且在世界范围内的社会全体成员中，得到比较合理的分配。第二个突出的矛盾，就是民族国家的利益与主权，同全球走向一体化趋势之间的矛盾。全球走向一体化的世界性趋势（虽然它目前首先是、也主要是表现在经济一体化的趋势上），不单是一般意义上的各个国家之间的国际联系和交流日益密切,而且是全球在经济、政治和社会的发展上日益相互依存。何谓内政问题、何谓国际问题,其界限越来越难以区分,越来越需要有国际性的组织来处理共同的经济、政治和社会问题。然而,由于现实中一直存在着严重的大国强权主义,由于历史造成的严重不合理的国际秩序,还由于大批原殖民地半殖民地落后国家刚刚取得民族独立,它们仍然需要加强自己的国家主权来保护自己的利益。因此,今天全球走向一体化的世界性趋势,同时并存着另一种世界性趋势——民族国家主权利益加强的趋势,两者之间发生着错综复杂的矛盾冲突,这就使国际社会变得更加敏感和脆弱。

(选自《血碑——震撼全球的两次世界大战》,西苑出版社,2009年)

【交流之窗】

百年内发生的这两场战争,给人类留下深刻的教训和启示。殖民扩张和相互争霸所造成的不公正、不合理的国际秩序是两次大战爆发的深层原因。"一战"是典型的帝国主义争霸战争,新老帝国主义国家争夺殖民地和世界霸权的矛盾不可调和。"二战"是爱好和平与正义的国家和人民同人类文明的凶残敌人法西斯进行的一场殊死搏斗。在改变既有国际秩序、侵占他国、称霸世界的共同目的支配下,德意日法西斯发动了"二战",一些大国推行的绥靖政策也在一定程度上助长了法西斯的侵略野心。两次世界大战的历史事实告诉我们的是：第一，帝国主义是战争的根源，是人类和平事业的真正危险；第二，战争必然引起反抗，进而也会导致革命，侵略者发动战争只能是搬起石头砸自己的脚；第三，用战争手段扩张领土、瓜分势力范围的时代走到了尽头。百年的历史值得我们深长思之：只有超越帝国主义、殖民主义和霸权主义的旧时代，建立起公正合理的国际政治经济新秩序，才是防止战争爆发的根本之道。

冷战及其结束

[挪威]文安立著　牛可等译

　　对于冷战的赢家和输家——美国和苏联——来说，这一时代所产生的影响决定了他们的未来。输掉的那个国家崩溃了，同时终结的还有苏维埃社会主义和俄罗斯帝国。到20世纪90年代中期，随着非俄罗斯族加盟共和国的离去，随着经济陷于危机，随着车臣省爆发了一场莫斯科声称是由于伊斯兰主义者的干涉而被迫进行的战争（但车臣人称其为一场反殖民的斗争），在大多数俄罗斯人看来，过去苏联的全球超级大国地位已恍如隔夜之梦。衰落的余波中出现的一种天真的犬儒主义气氛中，很多俄罗斯人试图否定其过去，并极力展示他们是（资本主义）世界的公民，但种族主义却仍以各种形式顽固地存在。一些人认为苏联被第三世界政权和运动利用了，它们在腐败的苏联官员的帮助下，对俄罗斯老百姓创造的财富予取予夺。谣言漫天飞舞，说有多少多少资金被给予了尼加拉瓜、越南、巴解组织。南非的"非国大"尤其被挑出来加以指责。1993年12月，在奥斯陆的诺贝尔奖颁奖典礼之后，《消息报》（Izvestia）的一名评论员写道，"如果三年前，诺贝尔和平奖被授予了德克勒克，人们是能够理解的，因为他凭借一己之力改变了国之巨轮的航线，使之远离了种族隔离。但纳尔逊·曼德拉凭什么拿这个奖？是德克勒克把他从监狱里释放出来的，并给了‘非国大’以合法化的机会”。

不管俄罗斯人认为他们在苏联的废墟中看到了什么，对外干预的直接经济代价，并非苏联解体的主要原因。在其执政的最后10年中，苏共对第三世界的军事和非军事援助，占全部政府开支的份额很可能小于2%—5%。虽然这比当时的任何国家都多，但必须谨记，这些数据也包括了阿富汗战争的大部分开支，单是该战争就占去了全部对外开支的一半。单从经济方面来看，苏联几乎完全可以继续其对外干涉，即便是在一段停滞和下降的时期，特别是如果计划经济还继续存在的话。

就经济方面而言，苏联将自身视为两个超级大国之一所造成的总成本，才是让它难以承受的负担。占全部政府支出三分之一的庞大的军事机构，从国民经济的生产领域抽取了大量资源，从而削弱了苏联。20世纪70年代末以降，当总体经济增长减慢后，苏联政府在财政预算上越来越捉襟见肘，尤其是因为苏联已严重依赖于世界市场上价格波动剧烈的原材料来获取其大部分外汇收入。政府对来自本国民众的压力——无论以何种标准衡量，这种压力根本不算大——做出反应的能力也下降了，而与此同时，民主化则使这种压力的不断上升成为确定无疑的趋势。

在这里才可以看到苏联解体关头的第三世界干涉在主流话语中所起的作用。在经济不断下滑的情况下，当莫斯科和其他城市的人们开始计算他们自己为每一笔国家开支付出了多少钱时，苏联还要继续介入非洲、亚洲和拉丁美洲事务，其政治代价是灾难性的。阿富汗战争成为这些开支的代表，既是民生方面的，也是资源方面的。到20世纪80年代末期，策划执行干涉的苏联领导人被视为非傻瓜即流氓，而对战争及其进行方式的批评也损害了很多人以往对苏维埃政府所抱的信心。人们认为政府在打不必要的战争，支持不值得信赖的政权，这和经济衰退、切尔诺贝利核灾难、东欧剧变一起在公众心中造成一种政衰事败的印象，摧毁了苏维埃政府的合法性。正是因为这些原因，在1991年8月的政变期间，当克里姆林宫的仆人们走到了必须决定何去何从的关头时，他们自己也成群结队地离弃了苏共。

当冷战中一个超级大国解体之后，另一个则继续存在，成为我们这个时代的"顶级大国"（hyperpower）。正如新冷战史研究的趋势所表明的，未来的历史学家似乎不太可能把美国作为顶级大国出现的时间定在20世纪90年代初期。实际上，很可能许多人会把20世纪初期而非末期，作为美国步入这一阶段的时刻。就此而言我们可以说，冷战时期从来就没有两个对等的超级大国，因为其中一个明显要比另一个更"超级"，尽管其实力并非没有限度。美国在所有方面都胜出一筹：实力、增长、思想、现代性等。美国在所有这些方面的扩张，是冷战历史很重要的一部分，无论是从其国内还是从国际上来讲。

卡尔·马克思准确地预见到美国将成为20世纪主要的革命性力量，这个力量将横扫阻挡在它的全球霸权之路上的那些存在已久的经济、政治和文化模式。它变革了贸易和金融市场，创造了一种全新的世界经济模式。它击败了它的敌人——德国、日本和苏联，同时为这些国家重塑其政治和社会的民主革命设定了规则。它在其欧洲盟国的内部以及它们之间的相互关系方面促进了根本性变革，一方面协助其废除特权和社会仆从关系，开创了更为开放的社会，另一方面对其国与国之间的融合加以协助，以创造一个欧洲联盟。它创造了一种全新的"视听文化"（audio-visual culture）以及这种文化所激发的消费模式。而且，通过不断的干涉、对原材料的需求，以及——最为重要的——通过其发展观，它创造了第三世界。

在考察这些宏大演变过程的时候，一些历史学家倾向于将权力与道德相混淆。他们在总体上把美国看做世界上一种善的力量，进而断定，美国的国际角色内含着一种道德的原因和准则。这种目光短浅的观点，只可能是基于意识形态的：他们是如此强烈地认同华盛顿所代表和表达的未来图景，以至于这种图景中的道德内涵遮蔽了它的其他方面。以一种与其共产主义对手惊人相似的方式，目标的正当性完全遮蔽了手段的性质。这种取径不但在智识上是错误的，而且正如苏联的案例所显示的，这也是极端危险的。由于种种原因，美国对世界上的很多人来说是一个有着巨大吸引力的社会，但这并不能成为其在试图对世界施加影响时使用暴力的借口，尤其是在亚洲、非洲和拉丁美洲。

从第三世界的视角来看，美国在第三世界的干涉的后果确实是可怕的。美国的那些介人并没有成为行善的力量——固然美国人认为他们的意图是行善;相反,美国的所作所为破坏了很多社会,使它们更容易受到由自己造成的灾难的危害。华盛顿公开声称它追求的是稳定的增长和稳定的民主的结合,但到目前为止,这种情况只在韩国和台湾地区有所显现,而在自1945年以来美国直接或间接地干涉过的大约30个国家当中都是毫无踪影。其对敌对友所造成的人间悲剧罄竹难书。而且对很多国家来讲,这些悲剧仍然在进行中,因为有相当数量的地雷和其他武器散布在各地,摧毁着人们的生命,甚至威胁着尚未出生的下一代人的生命。

美国的干涉主义会有尽头吗? 我认为可能性不大,但也不是完全没有可能。从其诞生之日起,美国在大部分时间当中都是一个干涉主义的强权,而其作为全球超级霸权的出现,则使得这种状态永久化了。但同时也存在另一个美国,反映在对越南战争的抵制、对在中美洲的干涉的抗议以及对入侵并占领伊拉克的反对之中。在这种处于边缘地位的反干涉主义力量看来,当它能够展现对外战争何以拖垮国内进步的时候,也正是它最强大的时候。就意识形态而言,能够击碎杰斐逊所说的干涉主义"偏好"和民主"理论"之间的联系的唯一途径,很可能是"如何才最有利于国家"的诉求——在所有民主政治中都应如此。这正是今天美国急需的一场讨论,因为随着全球对美国干涉主义的抵制不断加强,其民主实践也将在美国国内面临越来越大的压力。如果不在外交政策上来一次真正的转向,美国的民主最后很可能会遭遇到与苏联社会主义相同的命运。

在冷战结束的时候，世界上大约有四分之一的居民居住在生活水平日益提高的地区。而今天这些幸运的少数人还占不到全世界人口的六分之一，并且少数和多数之间的差距还在迅速拉大。从长远来看，数量日益减少的享有特权的少数派要在世界范围内强制推行其经济、政治和军事法令是行不通的。除非贫困化的进程发生一次逆转，否则，贫困的大多数将开始扭转美国和泛欧洲世界宰制世界的局面，途径便是对对方的国内事务进行干预，用这些国家过去几个世纪以来在它们的国家进行干涉时所用的方法，以牙还牙。就此而言，恐怖分子对纽约的双子塔里的人们所犯下的罪行和冷战期间美苏两国对卢旺达或喀布尔的人们所犯下的那些罪行并没有什么大的差别。从最近一段时间的历史来看，2001年9月11日造成的震动之所以会最大化，显然是由于其发生的地点，而非屠杀行动本身。

因而，我们的未来在很大程度上取决于我们如何修正我们当下的行为，减少暴力冲突的潜在基础。如果说从冷战中我们能得到什么重要教益的话，那就是：单边军事干涉对谁都没有好处，而开放国界、文化交流以及公平的经济贸易，对所有人都有利。这并非一种和平主义的观点——我坚信在受到攻击的情况下，人有权自卫。我的观点其实是基于这样一个认识：在一个意识形态越来越多样化的世界上，在一个我们因交往而越来越紧密地联系在一起的世界上，解决日益加剧的冲突的唯一办法，只能是在承认多样性的同时促进交流，同时在必要的情况下通过多边行动对灾难性事件加以预防。冷战仍然是一个令人警醒的例子,它告诉我们:如果我们不采取上述路线,如果我们听凭奉行全球干涉主义政权的摆布,世界将会是什么样子?

(选自《全球冷战:美苏对第三世界的干涉与当代世界的形成》,世界图书出版公司,2014年)

【交流之窗】

文安立的原书出版于2005年,当时西方学术界对冷战的研究主要集中在美苏两个大国的战略博弈上,而作者在第三世界国家游历的经历让他独辟蹊径,将大国政治和第三世界的命运联系起来讨论。他在结语处评估了冷战对当今世界格局的影响,即超级大国继续持"干涉主义",而作为回应,糅杂了种族、民族和宗教元素的恐怖主义开始抬头。如果我们像作者一样,将近期发生的事件放在一个更长的时间跨度考察,其中有殖民与反殖民,也有干涉与反干涉,那么或许可以超越对"善"与"恶"简单的划分。这当然不是在为干涉主义和恐怖主义任何一方的暴行辩护,而是希望更好地理解事件的来龙去脉,而只有在理解的基础上,冲突双方才能够进行真正意义上的对话。

网络社会的崛起

[美国]曼纽尔·卡斯特著　夏铸九、王志弘等译

互联网在20世纪最后30年间的创造和发展，是军事策略、大型科学组织、科技产业，以及反传统文化的创新所衍生的独特混合体。互联网的起源是世界上最有创造力的研究机构——美国国防部先进研究计划局（The US Defense Department's Advanced Research Projects Agency, ARPA）所执行的一项工作。20世纪50年代晚期，苏联发射了第一颗人造卫星斯普尼克（Sputnik），警示了美国的高科技军事机构，美国国防部先进研究计划局于是采取一连串大胆尝试，其中一部分改变了科技史，并且引领信息时代的来临。这些策略之中的一项，是发展1960年—1964年由兰德公司的保罗·巴兰（Paul Baran）想出的概念，这项策略是设计出不易被核弹攻击摧毁的通信系统。以封包交换通信技术（packet-switching communication technology）为基础，这个系统使网络可以独立于指挥与控制中心而运作，所以信息单位会沿着网络寻找自己的路径，而在网络上的任何一点重新组合成有意义的信息。

后来，数码技术允许所有信息，包括声音、影像与资料，都可以采用封包方式传输，形成一个不需要控制中心就可以在所有节点相互沟

通的网络。数码语言的普及性与沟通系统的纯粹网络逻辑,创造了进行水平式全球沟通的技术条件。

第一个电脑网络在1969年9月1日上线,以其强大的出资者命名,称为"先进研究计划局网络"(ARPANET,奥普网络),刚开始的4个节点设置在加州大学洛杉矶校区、斯坦福研究所、加州大学圣塔芭芭拉校区及犹他大学。这个网络开放给和美国国防部合作的研究中心使用,但科学家一开始是为了他们自己的沟通目的而使用,还包括一个科幻小说迷的信息网络。一时间,要区分军事导向的研究和科学沟通或个人闲谈变得相当困难。因此,不同学科的科学家都可以连接上网,到了1983年便有了区别,ARPANET成为专属科学用途的网络,而MILNET则直接与军事应用有关。20世纪80年代国家科学基金会(National Science Foundation, NSF)也加入了网络设置,创造了另一个以科学交流为目的的网络,称为NSFNET,并且与IBM合作设立了另一个供非科学界学者使用的网络,称为"比特网"(BITNET)。但所有这些网络都以ARPANET作为通信系统骨干。20世纪80年代成立的网络之间的网络称为ARPA-I NTERNET,之后称为互联网(INTERNET),依然由国防部资助设立,由国家科学基金会控制。ARPANET经过20年服务之后,成为在技术上过时的网络,因此于1990年2月28日关闭。之后由国家科学基金会运作的NSFNET接手成为互联网的骨干。然而商业压力、私人企业网络的成长,以及非营利、以合作为目的的网络,导致这个最后由政府运作的网络骨干在1995年4月关闭，开启了互联网全面的私有化。国家科学基金会的区域网络所衍生出来的几家商业公司，合力促成了私有网络之间的合作。互联网一旦私有化之后，就没有任何实际的监督机构。几个在互联网发展过程里特意创设的制度和机制承担了协调技术结构的非官方责任，同时在设定网址方面担任中介协定的角色。1992年1月在国家科学基金会的倡议下，一个非营利组织——互联网协会（Internet Society）被赋予责任监管先前存在的协调组织，即互联网活动委员会（Internet Activities Board）与互联网工程任务组织（Internet Engineering Task Force）的协调任务。在国际上，主要的协调功能是分配全球网域位址的多边协定，这是相当具有争议性的工作。即使1998年建立了以美国为基础的新规范机制（IANA/ICANN），但在1999年无论在美国或全世界，都没有毫无争议而清楚的规范机构可以管辖互联网，这个现象也表现出这个新媒体在技术与文化方面都具有自由运转的特性。

互联网发展的背后是科学、机构与个人的网络，横跨了美国国防部、国家科学基金会、主要的研究大学（特别是麻省理工学院、加州大学洛杉矶校区、斯坦福大学、南加大、哈佛大学、加州大学圣塔芭芭拉校区，及加州大学伯克利校区），以及专业技术的智库，例如麻省理工学院的林肯实验室（Lincoln Laboratory）、SRI（前身是斯坦福研究所，Stanford Research Institute）、施乐公司资助设立的帕罗阿托研究中心（Palo Alto Research Corporation）、美国电话电报公司贝尔实验室、兰德公司，以及BBN（Bolt, Beranek & Newman）。20世纪60—70年代期间，主要的技术发明人包括利克里德（J.C.R.Licklider）、保罗·巴兰、道格拉斯·英格尔巴特（Douglas Engelbart）（鼠标发明人）、罗伯特·泰勒（Robert Taylor）、伊凡·萨瑟兰（Ivan Sutherland）、劳伦斯·罗伯茨（Lawrence Roberts）、亚历克斯·麦肯泽（Alex McKenzie）、罗伯特·科恩（Robert Kahn）、阿伦·凯（Alan Kay）、罗伯特·托马斯（Robert Thomas）、罗伯特·梅特卡夫（Robert Metcalfe），以及一位出色的电脑科学理论家莱昂纳德·克莱罗克（Leonard Kleinrock），以及和他同时期的加州大学洛杉矶校区的杰出研究生，包括文顿·塞夫（Vint Cerf）、斯蒂芬·克罗克（Stephen Crocker）、琼·波斯特尔（Jon Postel）以及其他人，为互联网的设计和发展提供了关键想法。许多这些电脑科学家往返于这些不同机构之间，创造了网络化的创新氛围，而其动态与目标逐渐脱离了与军事策略或超级电脑的关联，成为具有自主性的活动。他们是技术的十字军，相信自己可以改变世界，最终也真的做到了。

但是到了20世纪90年代，对还没有开始使用网络的人而言，在使用上仍然有困难存在。图像传输的能力还相当有限，要标定或检索信息也很不容易。全球信息网（world wide web, WWW）这项新技术的发展，使互联网扩散进入社会的主流，它是一种新应用的设计，依照信息而非位址来组织网站的内容，然后提供使用者方便的搜寻系统，来标定他们想要的信息。全球信息网1990年于日内瓦的欧洲核子研究中心（Conseil Européen pour la Recherche Nucléaire, CERN）发明，这个机构是全世界几个居于领导地位的物理学研究中心之一。全球信息网是欧洲核子研究中心以蒂姆·伯纳斯–李（Tim Berners–Lee）及罗伯特·加里奥（Robert Cailliau）为首的一群研究人员发明的。他们的研究不是以ARPANET的传统为基础，而是基于20世纪70年代"骇客文化"的贡献。具体而言，他们的研究部分依赖泰德·尼尔森（Ted Nilson）的著作，他在1974年发表的小册子《电脑图书馆》（Computer Lib）里，呼吁所有人获取与运用电脑的能力来为自己做事。尼尔森想像一种以组织信息的新系统，他称之为"超文本"（hypertext），基于水平式的信息沟通。在这个先驱洞识之上，伯纳斯–李和他的同事添加了取自多媒体世界的新技术，来为其应用提供视听语言（audio-visual language）。欧洲核子研究中心的团队创造了超文本文件的格式，他们称之为"超文件标记语言"（hypertext markup language, HTML），依据互联网的弹性传统来设计，所以不同的电脑可以在这种共享格式下调整其特有的语言，将这种格式加在TCP/IP协定上。电脑也可以设定一项"超文件传输协定"（hypertext transfer protocol, HTTP）来引导网络浏览器（web browser）与网络服务（web server）之间的沟通，他们也创造了一种标准的网址格式，称为"通用资源识别码"（uniform resource locator, URL.or universal resource location），将应用协定的信息与掌握所需信息的电脑位址结合在一起。在此，URL也不仅能扣上HTTP，还可以和各种不同传输协定扣连，因而促成了一般界面。CERN在互联网上免费分送全球信息网（WWW）软件，而首批网站是由全世界主要的科学研究中心建立，其中之一是伊利诺伊大学的国家超级电脑应用中心（National Center for Supercomputer Applications，NCSA），是历史最悠久的国家科学基金会超级电脑中心之一。由于这些机器的使用几率降低，NCSA的研究人员和其他超级电脑中心一样，想要找些新工作来做。有些职员也是如此，包括马克·安德森（Marc Andreessen），一个时薪6.85美元的兼职大学生。

"1992年末，马克既拥有技术，又对工作感到'无聊透顶'，他决定为了好玩，替网络添加一些原本缺乏的图像、媒介丰富的面貌"，结果产生了为个人电脑设计的"马赛克"（Mosaic）网络浏览器。1993年11月，马克·安德森和他的伙伴埃里克·宾纳（Eric Bina）将"马赛克"免费张贴在NCSA的网站上，到了1994年春天，已经有几百万份拷贝正在使用。一位已经厌倦自己创办且营运良好的硅谷绘图公司（Silicon Graphics）的传奇硅谷企业家吉姆·克拉克（Jim Clark），与安德森和他的团队接触，共同创立了另一家公司"网景"（Netscape）。这家公司制作了第一个可靠的互联网浏览器和网景领航者（Netscape Navigator），并且予以商品化，于1994年10月上市。新的浏览器，或是搜寻引擎快速发展，整个世界都拥抱了互联网，实实在在地创造了一个全球信息网（world wide web）。

（选自《网络社会的崛起》，社会科学文献出版社，2001年）

【交流之窗】

这篇选文介绍了互联网的发明和普及。有趣的是,发明互联网一开始固然是出于国家安全的考虑,但随着技术的推广和普及,互联网应用方面的更新换代渐渐掌握在机构和个人手中。产业创新与科研实力密不可分。今天人们似乎已经离不开互联网,其意义之深远不仅在生活方面,更在我们的思维方式上有所体现。

大象的退却

[英国]伊懋可著　梅雪芹、毛利霞、王玉山译

4000年前，大象出没于后来成为北京（在东北部）的地区，以及中国的其他大部分地区。今天，在中华人民共和国境内，野象仅存于西南部与缅甸接壤的几个孤立的保护区。

在商代和蜀国考古遗址中发现了象骨，当时铸造青铜象，甲骨文记载中提及大象被用于祭祀先人，所有这些情况清楚地说明，在古代，中国的东北部、西北部和西部区域有为数众多的大象。然而，公元前1000年开始后不久，在东北部/东部边界的淮河北岸，大象几乎无法越冬。到公元第二个千年开始时，它们只能在南部活动。在上个千年的后半期，它们日渐集中于西南部。

造成这一灾难（从大象的观点来看）的原因何在？部分原因可能在于气候变冷。大象不能很好地抵御寒冷。但是，既然在稍微暖和了些的时期（例如公元前700—前200年，当时它似乎从长江流域向北退回到淮河沿岸），大象种群恢复得也不多，并且多半根本没有恢复，那么，一定有其他的力量在起作用。最明显的解释即是，大象在与人类持久争战之后败下阵来。可以说，它们在时间和空间上退却的模式，反过来即是中国人定居的扩散与强化的反映。这表明，中国的农

夫和大象无法共处。

必须说明的是，在岭南，因为一些非汉族文化习俗的影响，这里的"中国人"与大象的冲突似乎不那么大。唐代的一位作家评论茫施"蛮"——他们属于傣族一支，写道："孔雀巢人家树上，象大如水牛，土俗养象以耕田，仍烧其粪。"

一般而言，与野生动物搏斗是早期周朝文化——古典中国后来由此发端——所具有的一个明显特征，从《孟子》中可以看出这一点。《孟子》一书记述的是儒家传统中第二位重要的思想家即孟子的思想。这位哲人生活于公元前4世纪，所谈论的是早于他那个时代750多年的事。尽管如此，他针对周公不得不说的一番话，仍然是发人深省的：

　　尧舜既没，圣人之道衰。暴君……弃田以为园囿，使民不得
　　衣食。……园囿污池，沛泽多而禽兽至。及纣之身，天下又大乱。
　　周公相武王，诛纣……驱虎、豹、犀、象而远之，天下大悦。

这大概描写了公元前2000年末期黄河中下游的情况。我们不一定相信其中的细枝末节，但是可以将它作为对某种延绵不断的社会记忆的表达，所忆的则是一种反映了巩固农耕文化之努力的心态。

具体来说，人与大象的"搏斗"在三条战线上展开。第一条战线是清理土地用于农耕，从而毁坏了大象的森林栖息地。我们听说，大象不时侵入有城墙护卫的城市，一个原因可能在于它们面临着可利用

的资源日渐萎缩的压力。第二条战线是农民为保护他们的庄稼免遭大象的踩踏和侵吞，而与大象搏斗。他们认为，为确保田地的安全，需要除掉或捕捉这些窃贼。第三条战线或者是为了象牙和象鼻而猎取大象，象鼻是美食家的珍馐佳肴；或者是为了战争、运输或仪式所需，而设陷阱捕捉大象并加以训练。这三条战线可以分别加以考察，不过在所有的情况中，栖息地被毁则是要害所在。

农作物是人与大象之间第二个冲突点所在。据《宋史》记载，962年大象出现于黄陂县，此县地处长江以北的中部地区。在这里，大象"匿林中，食民苗稼"。它们在其他一些地区也别无二致，包括140英里开外的唐州（在东北部）。这说明了它们迁移的距离。1171年，有同样的一份资料述及潮州说："野象数百食稼，农设阱田间，象不得食，率其群围行道车马，敛谷食之，乃去。"

很久以后，在公元13世纪，据说西部的居民"拔象齿，庋犀角"。象的长牙被做成象牙制品，如朝臣上殿面君时手持的书写笏板。犀牛角则被碾成粉末，具有各种医学用途，特别是用作解毒剂。有时禁止私人出售象牙——例如10世纪晚期在岭南就是如此，但他们照样在黑市中交易。

象鼻可食用。大约5世纪初，在循州和雷州（两地都在岭南），有人觉其滋味类小猪。稍后，唐代一位作家在指出岭南"多野象"后，进而说人们"争食其鼻，云肥脆，尤堪作炙"。

公元前的1000年中，在中国大部分地区，将大象用于战争的做法逐渐停止。西部和西南部则是例外,在那里,这一做法时断时续,又存在了近2000年。在14世纪70年代初,成都城(在西部)的守军用大象运载全副武装的军队,以抗击明朝建立者的军队,但却溃败于敌手所用的火器。西南部的反明抵抗如出一辙。据《明太祖实录》记载:

> 洪武二十一年(1388)三月,时思伦发悉举其众,号三十万,象百余只,复寇定边(在西南部)。沐英选骁骑三万与之对垒。贼悉众出营,结阵以待,其酋长、把事、昭纲之属,皆乘象,象皆披甲,背负战楼若阑楯,悬竹筒于两旁,置短槊其中,以备击刺。阵既交,群象冲突而前……贼众大败,象死者过半,生获三十有七。

200多年以后,西南部的人在抵抗满族时,利用了从本地非汉族人中征来的大象,部分用于军事运输。然而,1662年以后幕落剧终,我们再没听说过中国有战象了。

到帝制晚期,大象在中国仅存于都城里相当于仪式表演的马戏团,以及西南部边境地区。

这里概述的内容,粗略地描述了自农业革命和远古青铜时代以来在中国大地上人类对环境的长时段影响。反过来看,大象的退却,既在时间上也在空间上反映了中国农业经济发展状况。更精确地说,在中国,大象占据的空间与人类占据的空间是互为消长的。它也象征着一种最初缓慢继而加速的转变，即从丰富多彩的环境向人类主导的定居生活的转变；前者存在着野生动物造成的持续的威胁，后者相应地免遭了这种威胁。不过，无论如何，若从一位在丛林中生活多年的澳大利亚人的角度来看，这也象征着感官生活的贫乏，以及从前人类赖以生存的诸多自然资源的匮乏或消失。

用另一种视角来分析也是必要的。在某些地区，人类与野生动物的搏斗是生死攸关的大事。公元第一个千年初期——尽管确切的时间模糊不清，在云南西部洱海周围白族人的土地上有巨大的蟒蛇出没，它们在汉语里以"蟒"著称。这种巨蟒每日不仅吞食家畜，而且吃人。尽管残存的描述不免过分夸大以至难以置信，但是很显然，要消灭它们，就需要一种英勇的、有时甚至绝望的搏斗。只有做到这一点，人们才能安全地耕种湖岸边肥沃的沼泽地。人类与野生动物之间争夺栖息地的例子不胜枚举，这只是其中的一例。那些巨蟒的后代今天仍幸存于洱海的东边，不过它们的尺寸大大变小，以致人们未经特别调查就可以说，它们灭绝的危险也大大减小。

人类像这样战胜食肉动物，失去了什么？又赢得了多少？权衡其利弊得失是很重要的。

（选自《大象的退却：一部中国环境史》，江苏人民出版社，2014年）

【交流之窗】

伊懋可的这部书是环境史的范例之作。环境史是最近国内外史学界的热门，其主要的主张是将环境（包括自然和生物）纳入史学研究的范围，从而使历史的中心不再仅仅是人，而是把人看作环境的一部分。本篇选文将"大象的退却"也看作一个重要的历史事件，是希望大家能够尝试用长期的、延续的眼光，看待人类活动与自然消长之间的关系，认识到人对自然的影响和依赖。另外，对历史研究特别有兴趣的读者，也可以借鉴伊懋可对传统文献的处理，将散落各处的关于攻伐、政治、地理、水文等信息换角度整合并解读，或许会得出新意。

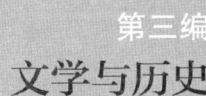
第三编
文学与历史

这一编，我们把历史与文学联系起来，希望能引导读者思考该如何看待文学作品中蕴含的历史因素。

所选文章有些是经典文学作品的前言或序言，相对清晰地讲述了相关的历史人物和历史事件是如何激发作者丰富的文学想象的。

有些是评论家对文学作品的介绍和评论，旨在引导人们更清晰地认知文学人物、文学事件与历史人物、历史事件的异同，从而更清楚地认知文学家的创作目的。

我们还选取了一些文学作品，其中描写的历史是读者比较熟悉的，同时节选了历史著述中与之相关的文段，细心的读者在对比阅读中可以看出同一人物或事件在文学和历史中描摹和记叙的差异。

优秀的历史文学往往具有很强的"同理心"（empathy），就算人物或情节是虚构的，也能反映时代精神，从而在另一层面具有"历史的真实性"。

我们希望这些文章能引导读者了解历史文学作品的创作和表现方式，从而激发阅读历史和历史文学的兴趣，甚至进而产生创作的想法和动力。

荷马史诗与历史

——《伊利亚特》前言（节选）

陈中梅译

    在西方文学史上，希腊史诗《伊利亚特》和《奥德赛》是现存最早的精品。一般认为，这两部史诗的作者是西方文艺史上第一位有作品传世的天才，饮誉全球的希腊诗人荷马。荷马史诗的历史背景是旷时十年、规模宏伟、给交战双方造成重大创伤的特洛伊战争。像许多重大战事一样，这场战争，用它的血和火，给文学和艺术提供了取之不尽的素材。英雄们的业绩触发了诗人的灵感，给他们安上了想像的翅膀，使他们在历史和现实之间找到一片文学的沃土，在史实和传闻之上架起五光十色的桥梁，用才华的犁头，耕耘在刀枪碰响的田野，指点战争的风云，催发诗的芳草，歌的香花。

    久逝的岁月给特洛伊战争蒙上了一层神秘的色彩。但是，包括希罗多德和修昔底德在内的历史学家们一般都不否认这场战争的真实性，虽然对它进行的年代，自古以来便没有一种统一的定论。按希罗多德的推测，特洛伊战争进行的年代在公元前1250年左右，而根据Mor Pchum的记载，希腊人攻陷特洛伊的时间应在公元前1290—前

1298年间。近代某些学者将破城时间估放在公元前1370年左右。希腊学者厄拉托塞奈斯（Eratosthenes，生于公元前276年）的考证和提法得到一批学者的赞同——他确定的时间是公元前1193—公元前84年。大体说来，西方学术界一般倾向于将特洛伊战争的进行年代拟定在公元前13到前12世纪，即慕凯奈（或迈锡尼）王朝（前1600—前1100年）的后期。

根据故事和传说，特洛伊（即伊利昂）是一座富有的城堡，坐落在小亚细亚的西北部，濒临赫勒斯庞特的水流。国王普里阿摩斯之子帕里斯（即亚历克山德罗斯）曾出游远洋，抵斯巴达，备受王者墨奈劳斯的款待。其后，他将墨奈劳斯之妻海伦带出斯巴达，返回特洛伊。希腊（包括它的"殖民地"）各地的王者和首领们于是风聚云集，意欲进兵特洛伊，夺回海伦。舰队汇聚奥利斯，由慕凯奈国王阿伽门农统领。经过一番周折，希腊联军登岸特洛伊，兵临城下，但一连九年不得破获。在第十年里，阿伽门农和联军中最好的战将阿喀琉斯发生争执，后者由此罢兵不战，使特洛伊人（由赫克托耳统领）节节获胜，兵抵希腊人的海船和营棚。赫克托耳阵杀帕特罗克洛斯后，阿喀琉斯重返战场，逼回特洛伊军伍，斩杀赫克托耳。其后，阿喀琉斯亦战死疆场。按照神意，阿开亚人（即希腊人）最终攻下特洛伊，荡劫了这座城堡。首领们历经磨难，回返家园，面对新的挑战，新的生活。

如果说特洛伊战争是一件确有其事的史实，世代相传的口述和不可避免的"创新"已使它成为一个内容丰富、五彩缤纷、充满神话和传奇的故事或故事系列。继荷马以后,诗人们又以特洛伊战争为背景,创作了一系列史诗,构成了一个有系统的史诗群体,即有关特洛伊战争(或以它为背景)的史诗系列。"系列"中《库普利亚》(Kypria,11卷)描写战争的起因,即发生在《伊利亚特》之前的事件;《埃西俄丕斯》(Aethiopis,5卷)和《小伊利亚特》(Ilias Mikra,4卷)以及《特洛伊失陷》(Niupersis,2卷)续补《伊利亚特》以后的事件;《回归》(Nostoi,5卷)叙讲返航前阿伽门农和墨奈劳斯关于回返路线的争执,以及小埃阿斯之死和阿伽门农回家后被妻子克鲁泰奈丝特拉和埃吉索斯谋害等内容。很明显,这三部史诗填补了《伊利亚特》和《奥德赛》之间的"空缺"。紧接着俄底修斯回归的故事(即《奥德赛》),库瑞奈诗人欧伽蒙(Eugamon)创作了《忒勒戈尼亚》(Telegonia,2卷),讲述俄底修斯和基耳凯之子忒勒戈诺斯外出寻父并最终误杀其父,以后又婚娶裴奈罗佩等事件。《库普利亚》和《小伊利亚特》等史诗内容芜杂,结构松散,缺少必要的概括和提炼,其艺术成就远不如荷马的《伊利亚特》和《奥德赛》。亚里士多德认为,史诗诗人中,惟有荷马摆脱了历史的局限,着意于模仿一个完整的行动,避免了"流水账"式的平铺直叙,摈弃了"散沙一盘"式的整体布局。从时间上来看,《库普里亚》等明显地晚于荷马创作的年代,它们所描述的一些情节可能取材于荷马去世后开始流行的传说。

(选自《伊利亚特》,北京燕山出版社,1999年)

【交流之窗】

历史文学中的特洛伊战争是以争夺"世上最漂亮的女人"海伦（Helen）为起因，以阿伽门农（Agamemnon）及阿喀琉斯（Achilles）为首的希腊联军进攻以帕里斯及赫克托尔为首的特洛伊，攻城之战整整打了十年。然而根据《世界通史》的论述，希腊联军发动战争的目的并没有文学作品所描写的那么单纯而浪漫：当时的特洛伊地处交通要道，商业发达，经济繁荣，各君主早对富有的特洛伊垂涎三尺，一心想占为己有，于是以海伦为借口发动了战争。虽然，最终希腊人攻下特洛伊，但战争整整持续了十年，双方损兵折将，伤亡惨重。血与火的战争，给文学和艺术提供了取之不尽的素材；英雄们的壮举触发了诗人的灵感，在史实和传闻之上架起五光十色的桥梁；文学和历史完美结合，催生了绚丽的篇章。

《双城记》：给英国统治阶级敲响警钟

徐人望

　　《双城记》是狄更斯最重要的代表作。在创作《双城记》之前，狄更斯就对法国大革命极为关注，反复研读英国历史学家卡莱尔的《法国革命史》和其他学者的有关著作。他对法国大革命的浓厚兴趣发端于对当时英国潜伏着的严重的社会危机的担忧。1854年底，他说："我相信，不满情绪像这样冒烟比火烧起来还要坏得多，这特别像法国在第一次革命爆发前的公众心理，这就有危险，由于千百种原因——如收成不好、贵族阶级的专横与无能把已经紧张的局面最后一次加紧、海外战争的失利、国内偶发事件等等——变成那次从未见过的一场可怕的大火。"可见，《双城记》这部历史小说的创作动机在于借古讽今，以法国大革命的历史经验为借鉴，给英国统治阶级敲响警钟；同时，通过对革命恐怖的极端描写，也对心怀愤懑、希图以暴力对抗暴政的人民群众提出警告，幻想为社会矛盾日益加深的英国现状寻找一条出路。

　　从这个目的出发，小说深刻地揭露了法国大革命前深深激化了的社会矛盾，强烈地抨击贵族阶级的荒淫残暴，并深切地同情下层人民的苦难。作品尖锐地指出，人民群众的忍耐是有限度的，在贵族阶级的残暴统治下，人民群众迫于生计，必然奋起反抗。这种反抗是正义的。小说还描绘了起义人民攻击巴士底狱等壮观场景，表现了人民群众的伟大力量。然而，作者站在资产阶级人道主义的立场上，既反对残酷压迫人民的暴政，也反对革命人民反抗暴政的暴力。在狄更斯笔下，整个革命被描写成一场毁灭一切的巨大灾难，它无情地惩罚罪恶的贵族阶级，也盲目地杀害无辜的人们。

这部小说塑造了三类人物。一类是以厄弗里蒙地侯爵兄弟为代表的封建贵族，他们"唯一不可动摇的哲学就是压迫人"，是作者痛加鞭挞的对象。另一类是得伐石夫妇等革命群众。必须指出的是，他们的形象是被扭曲的。例如得伐石的妻子狄安娜，她出生于被侮辱、被迫害的农家，对封建贵族怀着深仇大恨，作者深切地同情她的悲惨遭遇，革命爆发前后很赞赏她坚强的性格、卓越的才智和非凡的组织领导能力；但当革命进一步深入时，就笔锋一转，把她贬斥为一个冷酷、凶狠、狭隘的复仇者。尤其是当她到医生住所搜捕路茜和小路茜时，更被表现为嗜血成性的狂人。最后，作者让她死在自己的枪口之下，明确地表示了否定的态度。第三类是理想化人物，是作者心目中以人道主义解决社会矛盾、以博爱战胜仇恨的榜样，包括梅尼特父女、代尔纳、劳雷和卡尔登等。梅尼特医生被侯爵兄弟害得家破人亡，对侯爵兄弟怀有深仇大恨，但是为了女儿的爱，可以摒弃宿仇旧恨；代尔纳是侯爵兄弟的子侄，他大彻大悟，谴责自己家族的罪恶，抛弃爵位和财产，决心以自己的行动来"赎罪"。这对互相辉映的人物，一个是贵族暴政的受害者，宽容为怀；一个是贵族侯爵的继承人，主张仁爱。他们中间，更有作为女儿和妻子的路茜。在爱的纽带的维系下，他们组成一个互相谅解、感情融洽的幸福家庭。这显然是作者设想的一条与暴力革命截然相反的解决社会矛盾的出路，是不切实际的。

《双城记》有其不同于一般历史小说的地方，它的人物和主要情节都是虚构的。在法国大革命广阔的真实背景下，作者以虚构人物梅尼特医生的经历为主线索，把冤狱、爱情与复仇三个互相独立而又互相关联的故事交织在一起，情节错综，头绪纷繁。作者采取倒叙、插叙、伏笔、铺垫等手法，使小说结构完整严密，情节曲折紧张而富有戏剧性，表现了卓越的艺术技巧。《双城记》风格肃穆、沉郁，充满忧愤，但缺少早期作品的幽默。

【交流之窗】

《双城记》中历史只是做了小说中人物活动的背景。小说中的人物都是虚构的，作者创作意图明显：借古讽今。所以作者写的是文学作品，思考的却是现实社会问题，试图为社会矛盾日益加深的英国现状探索一条出路。狄更斯描写革命不同于一般作家：很多作家在描写革命时，往往是进步的革命者不可阻挡，无论过程多么艰难曲折，最终都会无情地惩罚罪恶的统治阶级，并取得胜利；而狄更斯内心充满矛盾，一方面认为革命确实可以惩罚罪恶的贵族阶级，另一方面也会盲目地杀害大量无辜的人民。

美国黑奴的血泪史

——《汤姆叔叔的小屋》尾声(节选)

[美国]哈里耶特·比彻·斯托著　李彭恩译

　　我常常收到从全国各地飞来的信件,要了解书中故事的真伪。在此我将详细答复大家。

　　故事中涉及的情节基本是真实的,而且许多事件曾经是我或者我的朋友亲眼所见。书中所写的人物也大部分是我或者我的亲友见过的原型,而且文中的许多语句也曾经是当事人的原话,经人转述或是作者亲耳所闻。

　　现实生活中的艾莉查,无论容貌还是性情都被如实地写入书中。依据她的见闻,作者塑造了汤姆叔叔坚贞隐忍、忠实诚信的性格。有一些颇含悲剧性和传奇色彩的故事情节也都有事实可循。许多人都知道有位母亲踩着浮冰渡过俄亥俄河的真实事件。第十九章中"老普吕"的事件细节,是作者一位兄弟亲眼所见的。当时他在新奥尔良做收账工作,是一家商店的职员。从他的叙述中作者演绎了另一个形象——烈格雷。作者的兄弟曾到烈格雷种植园去收账,他叙述说:

　　"烈格雷让我摸他的硬拳,像锤子,也像铁块,他说是'打黑奴磨炼出来的铁拳'。我离开他的种植园时简直就像是离开魔鬼的巢穴一样。"

全国各处都有汤姆这样的悲剧，说也说不尽，如今还健在的目击者仍数不胜数。在南方的法庭上，凡是在控诉白人的案件中，黑人的证词根本无效。他们的法规就是如此。因此可以想象，如果一个奴隶主的残酷已经上升到极点、完全不顾及他的暴虐会损失一个奴隶时，而对手却是一个顽强至极、决不肯屈节的奴隶，悲剧也就不可避免了。事实上，除非主人性格良善，要不然奴隶根本就没有生命保障。有时候这类残酷的事件传入众人耳中，众人的评论却往往比事情本身更令人齿冷。他们说："这种事情有可能会偶尔发生，但不能代表全部。"如果新英格兰法律明文规定：假设一个老板可以摧残学徒，偶尔把学徒折磨死掉，又无法寻求公正，那么人们是否能以如此平淡的心绪来讨论这一事件呢？是否可以说："这类事情根本不会发生，不能以一点囊括了全部？"奴隶制之所以得以存在，就是因为它本身固有的这种不公正的现象。

"珍珠号"被拦截以后发生了许多令人不齿的事件。最使它名声败坏的是进行拍卖混血女孩的勾当。作为此案的辩护律师，霍勒斯·曼先生曾叙述过这件事："一八四八年'珍珠号'轮船启程远行，船上有七十六个来自哥伦比亚的黑人，他们想逃跑。当时我是这艘船船员的辩护律师。这些逃亡者当中有许多年轻漂亮的女孩子，她们的身材和气质都非常好，博得了乘客们的赞叹。其中有个女孩名叫艾莉查白·拉塞尔，不幸猝然降临在她的头上，她被奴隶贩子抓获，将被送到新奥尔良的拍卖市场。看到如此美丽的女孩子身陷厄运，人们都怜惜嗟叹，他们纷纷筹钱想赎回她的自由，筹金总额达一千八百美元，有些人甚至把自己所有的钱都捐出来。可恨的是阴狠的奴隶贩子并不就此罢手，他毫不动心，仍然将她运到新奥尔良。幸运的是，这姑娘半路上就患了重病，不治而亡。她以死亡使前路中即将遭受的苦海一般的折磨得以免除。还有两个姐妹，姓埃德蒙森，她们也在被贩卖之列。她们在即将被押送新奥尔良拍卖市场之前，姐姐去旅馆寻找主人，哀求他看在上帝的分上放她们走。可那个卑鄙的奴隶贩子花言巧语地说，她们今后会有漂亮衣服穿，有豪华的家具可以使用。如果想要舍弃这些荣华富贵，真是不识抬举。姐姐回答说：'不错，今生今世也许能够享富贵，但来生来世又有什么样的结局呢？'最终她们还是在拍卖市场上被卖掉了。后来，听说她们又被人以高额赎金救回来了。"从霍勒斯·曼先生的这段话中，我们可以看到在那个时代里有许多个类似埃米琳和卡西的例子。

同样，圣克莱尔乐善好施的品质在现实人物中也有影迹可循。在此我要叙述一个真实的故事：几年前有位年青的南方贵族带着男仆抵达辛辛那提。这个男佣人虽然对从小侍奉的主人情意深厚，却还是趁机逃走了，被收留在一位教友会会员的家里。这位教徒因为一向收容逃亡的黑奴而闻名遐迩，主人找到了线索，前去拜访他。年青的主人恼怒万分，他向来对这位随身侍仆十分宽容亲厚，万万没料到他竟会逃走。可是对仆人的忠诚，主人也坚信不疑，所以断定是有人从中挑拨，使仆人产生了叛逃的心理。教徒接待了这位贵族，向他讲述了自己的看法。贵族渐渐平息了怒气，因为这是自己以前从未曾想过的观点。他说，如果能够与仆人当面讨论这个问题，只要仆人愿意获得自由，他一定成全。于是主仆二人见面了，贵族问内森是否对宅里的生活感到不满。

内森回答："不，少爷。你对我总是那么宽厚仁慈。"

"可你是为了什么原因要离开我呢？"

"少爷，也许有一天你会出事，也许你会死，到那时候，我不知道自己的命运会怎样，不知谁会成为我的主人！我希望自己是自由的人。"

年青的贵族思考了一会儿，说："内森，设身处地来考虑，我也会像你这样做的。我给你自由。"

他给内森写好了自由证书，然后请教徒替他保存一笔钱，并合理支配，留待他的仆人将来使用，以便帮助这个新获自由的人在社会上挣得一席之地。他还给内森写了一封信，满怀善意和劝导之情。我曾经看过这封信。

但愿我能够公道地评议怜慈、慷慨的南方贵族，因为这些人的存在，使我们对人类仍抱有希望。可是是否随处可见品质如此优秀的人呢？试问每一个洞悉社会现实的人：如何回答这个问题？

很多年来我一直拒绝去看关于奴隶制的书籍，也不愿谈论这个问题。因为对奴隶制的研究使我无比痛苦，我相信随着文明的发展进步，奴隶制必将消亡。可我听说某些善良仁义的人和一些基督徒居然也宣扬这样一种公民义务——应该让逃亡者重新受奴役和制约。这个观点使我惊愕。我在自由的北方土地上听到种种传言，那些仁善、德高望重的人终日在讨论着这一项义务，并认为基督徒有责任来尽力实现它。凡是抱有这种观点的人和基督徒都相当无知，他们根本就看不清什么是奴隶制。假如知道奴隶制的本质，他们绝对不会持有这种立场。正是由于这一点，我萌生了描写奴隶制的想法，尽量用生动写实的笔墨向读者揭开奴隶制的面纱。书中所写的仁善之处，可能令人欣慰；可是在它的背面，在那深邃不见底的死一般的黑暗中，有多少罪恶为人们所不见！

我诚挚地向南方贵族中品格高尚的人士致敬，我向你们发出我心底的呼声：久经艰险，你们磨炼出了宽容、坚定、高贵的品质，你们对奴隶制的罪恶和隐患必定感触至深。你们是否觉得，我书中所述的苦难和凄惨远远比不上现实生活的残酷？奴隶制不正是这副丑恶面目吗？人类岂能拥有逃避责任的特权？奴隶制剥夺了奴隶在法庭上作证的资格，不是在纵容奴隶主们变成暴虐的君主吗？难道没有人能够预料到奴隶制后面隐藏的祸患吗？在正直仁善的人们中间存在着共识，同样，在那些暴徒、恶棍中间难道不存在另一种共性吗？奴隶制度允许残暴的恶徒像真正的贵族绅士一样拥有众多数量的奴隶，可是在这个世界上的任何地方，是否正义和高尚的人士都占大多数呢？

美国法律明文指出黑奴买卖是违法的强暴行为,可在这块土地上却产生了规模宏大的奴隶交易市场,它与奴隶制度同步而生、同步发展起来。至于在交易市场中发生的一幕幕悲剧,我们根本说不尽。

我在书中只是概略地描述了这个民族的痛苦:家庭破碎使多少人心灵受到摧残和折磨!这种痛苦是如此无助和悲哀,甚至会使人濒临崩溃的边缘。许多在世的老人在回忆中仍然留有过去凄惨的印迹:迫于奴隶制的压榨和冷酷行径,有的母亲为了免遭生离之痛,被迫杀死自己的孩子,然后再自杀。美国政局的立场和基督教义都维护奴隶主阶层的利益,那么,我们怎能尽述沿海地区的无数悲剧呢?

我呼吁美国的公民关注此事,并且为这个苦难的民族尽力。试问在漫漫冬夜里、偎依在温暖的壁炉旁读着本书的马萨诸塞、新罕布什尔、佛蒙特、康涅狄格各州的农民朋友们,生活在缅因州强壮而大度的船员和船主们,你们赞同这样的制度、容忍这样的苦难吗?还有纽约州英勇、善良的人们,俄亥俄州惬意、富裕的农民们,草原上各州的人们,试问你们支持这样的事吗?美国的母亲们,因为你们爱着自己的骨肉,所以学会了爱其他人,学会了怜悯。你们对自己的孩子满怀深情,在他们的摇篮旁边你们曾度过了一段最圣洁、最美好的时光。想想你们在孩子们成长的路途中如何用母爱督促他们进取向上,想想你们为他们的成长而担忧振奋,想一想你们对上帝祷告,让他们永远善良、公正时的虔诚吧。想想你们自身的这一切情怀,我诚挚地请你们为那些可怜的母亲施予一些怜悯吧。她们也深爱着自己的孩子,可是却被法律制度剥夺了爱护、教导自己骨肉的权利。所有的母亲们，想想你们的孩子病痛时的痛苦吧，想想他们面对死亡时的眼睛，想想他们去世时绝望的哭声吧，这一切使你们心肠欲碎，却无力挽留他们的生命。当你们站在空荡荡的婴儿室中，看到他生前的用具和酣睡过的摇篮时，那种彻骨的痛楚将终生浸透在你们的心魂中。我恳请你们——伟大的母亲，给那些可怜的母亲一些怜悯吧。万恶的奴隶制导演了一幕幕惨剧，难道你们能够容忍这样的罪恶，并且维护它的存在与蔓延吗？

实际上，美国自由的人们在纵容奴隶制的合法化，他们始终对奴隶制抱有容许的态度，自己也蓄养黑奴。我多么希望事实不是这样的啊！难道自由州的人们不能对奴隶制施加有益的影响吗？事实上他们却犯下了罪恶。

假如自由州的人们公正明理，正确引导儿女，她们的孩子就不会成为臭名昭著的凶暴的奴隶主；不会容许奴隶主贵族们在美国的土地上肆虐横行，也不会在交易场所中买卖奴隶，把人的身心视为物品一样来赚取交易利润。许多黑奴在不断的买卖交易中辗转于北方的各个城市，难道除了南方贵族们被指责有纵容奴隶制的罪名之外，其他人就不应该担当这项罪名吗？

北方城市的母亲、男人和基督徒们，你们应该看清楚自身的过失，而不应该把所有的谴责都指向南方人。

每个人都具有合理的判断力来决定自己能够做出多大程度的努力，至少可以使自己的正义感和怜慈心在四周的同情气氛中传扬开去。

无论男人还是女人，只要能够对全人类的整体利益持有正直、健康的态度，他就可以为人类造福。那么请你们反省自己的情感吧！你的情感是否与基督精神一样圣洁伟大？抑或是受制于冷漠狡诈的社会现实而变得有所偏移？

除此之外，北方的基督徒们，你们还拥有祈祷的力量。你们向上帝祷告，是由于笃信他的万能还是出于基督教的习俗呢？你们既然能够替国内外所有的非教会人士祈祷，那么也请你们为那些处境悲惨的基督徒祷告于上帝吧！他们能否提高自身的宗教素养，不能由自己主宰，而要看他的主人是否仁慈；只有上帝赋予他们足够的力量和品质，使他们勇于为道义而献身，那么他们才有可能维护自己的宗教道德。除此之外，他们别无他法。

然而还有另一种奇迹。许多离家弃子的奴隶有幸得到上天的佑助，从奴隶制的黑暗地狱中逃脱，来到自由州的沿海地区。他们脱身于一个基督教义和人伦道德贫乏混乱的制度，所以这些人本身根本不曾接受完善的教育；他们意志脆弱，需要向你们求助，向你们求教文化知识和基督精神。

唉，你们这些基督的信徒啊！难道你们不应该为水深火热中的非洲民族尽一份力量以弥补给他们造成的伤害吗？难道美国的教会机构和学校应该拒绝黑人吗？难道黑人不应该向基督申诉他们所受的折辱和欺凌吗？难道教会可以蔑视黑人民族无助的呼声和求救的双手吗？难道基督可以容忍种种迫使他们逃离国土的暴虐行径吗？如果这种局面不加以扭转,等待着美国的将是隐患滋生的恶劣后果。只有慈悲悯怀、公正无私的上帝才主宰着万事万物的命运,想起这些,美国人怎能不恐惧呢?

你们是否仍然会宣称:"让黑奴们滚回非洲去!美国不需要他们!"

上帝高瞻远瞩,在非洲给他们安置了一个避难所。然而教会并不能因为这一令人欣慰的伟大举措而抛却拯救黑人民族的重任,顾念这个陷入苦难的民族是基督教会的责任和使命。

(选自《汤姆叔叔的小屋》,北京燕山出版社,2001年)

【交流之窗】

《汤姆叔叔的小屋》是一部文学作品而不是历史,但它却对历史产生了深远影响。这是文学作品作用于历史的典例,让我们具体而真切地认识到文学作品的力量和价值。尽管很多评论家认为"《汤姆叔叔的小屋》引发了南北战争"言过其实,但这部作品确实在一定程度上唤醒了人们对黑奴悲惨命运的关注,对人人生而平等的再思考,进而对美国南北战争起到一定推动作用,也推动了人类文明的进步。

"《战争与和平》是我们时代最伟大的史诗"

——《战争与和平》序言

刘文飞

　　列夫·托尔斯泰,一座令人景仰的圣山,人们将他视为世界文学史上继古希腊文学、莎士比亚之后的第三个高峰;《战争与和平》,一部不朽的世界文学名著,它是托尔斯泰三部最著名的长篇小说(《战争与和平》《安娜·卡列尼娜》和《复活》)中最早的一部。

　　托尔斯泰于1828年9月9日生于图拉的雅斯纳雅·波利亚纳庄园,幼时便失去父母,在姑妈的监护下成长,接受了典型的贵族式家庭教育,16岁时考入喀山大学东方系,后又转至法律系,但因迷恋社交、迷恋哲学阅读而淡漠学业,终于在1847年退学,回到划归他所有的他母亲的遗产——雅斯纳雅·波利亚纳庄园,并在这里度过了他一生中大部分的时光。1851年,他以志愿兵的身份去高加索地区服兵役,参加过与当地山民的战斗,两年之后被提升为准尉。克里米亚战争时,他又自愿来到塞瓦斯托波尔,在要塞中任炮兵连长,表现十分勇敢。1856年,他以中尉衔退役,此后游历了西欧诸国。回到庄园后,他先后进行了一些旨在解放农奴的改革，但因得不到农民的理解而收效甚微。1862年9月，他与莫斯科一位医生的女儿索菲娅·安德烈耶夫娜·别尔斯结婚，从此过起恬静、淡泊的庄园式家庭生活，并开始专心致志于《战争与和平》的写作。经过6年艰苦、细致的创作，《战争与和平》终于在1869年问世，并获得巨大的成功。但在这之后，托尔斯泰开始对生活的意义感到怀疑，对贵族的生活方式感到厌恶，由此开始了漫长的思想观念的转变过程。在《安娜·卡列尼娜》（1873—1877）、《复活》（1889—1899）以及众多的小说、剧作和论文中，托尔斯泰卓越地表达了他对社会的批判，宣传了他以博爱和不以暴力抗恶为核心的托尔斯泰主义，从而达到了俄国乃至世界批判现实主义文学的顶峰。1910年11月20日，对庄园生活深感绝望的八十余岁的老人托尔斯泰，终于离家出走，试图彻底地抛弃惯常的生活。几天后，老人因在旅途中染上肺炎而病逝在梁赞至乌拉尔铁路线上一个名叫阿斯塔波沃的小站上。

根据托尔斯泰的遗嘱，他的遗体被运回故园，安葬在雅斯纳雅·波利亚纳的一片树林中。童年时，列夫·托尔斯泰曾与他的哥哥一同在这片树林中寻找过传说中那种能带来幸福的"绿色魔杖"。如今，走进这座已辟为博物馆的托尔斯泰故居，沿着幽深的林中小径，可以一直走到托尔斯泰的身边。托尔斯泰的墓上没有十字架，更没有任何文字，只有一片萋萋的芳草，但这无疑是一座丰碑，简朴然而永恒。

仅从小说的题名来看，《战争与和平》就是一部史诗。自人类出现以来，战争与和平便成了社会生活中最重要的主题，如同生与死、爱与恨之于个人生活一样。托尔斯泰的小说广泛地描绘了自1805年初至十二月党人起义前夕俄国社会生活的画面。这里的"战争"，是指1805—1812年间俄罗斯与法兰西之间断断续续的战争，直到库图佐夫率兵彻底击退拿破仑；这里的"和平"，是指这段时间里俄国社会各阶层的生活，从贵族阶级的舞会、出猎，到普通士兵的战斗生活和农民的日常劳动。托尔斯泰出身贵族家庭，青年时代又长期生活在上流社会的社交界中，他写起这一阶层的生活、刻画起这一阶层人士的心理来，可谓得心应手；他刻意接近下层人民，主动地去体验平民的生活方式，使他又具有了一般贵族所没有的对人民生活的熟悉和理解。托尔斯泰长期在军中服役，并担任过下级军官，这使他能生动地写出战场上的细节，使他能比别人对战争及其意义和性质有更深的理解。可以说，无论是对"战争"还是"和平"，托尔斯泰在写作这部巨著前都已经有了深厚的积累和深刻的体验。他在写作《战争与和平》之前即已创作出的、后为他赢得广泛声誉的自传体小说《童年·少年·青年》和军事题材的小说《塞瓦斯托波尔故事》，就可以分别被视为托尔斯泰在"战争"与"和平"两个方面生活体验的积淀，是史诗《战争与和平》的铺垫。

《战争与和平》以库拉金、罗斯托夫、鲍尔康斯基、别祖霍夫四大贵族家庭的生活为情节主线，恢弘地反映了19世纪初期的俄国社会生活。作者将战争与和平的两种生活、两条线索交叉描写，让他的五百余位人物来回穿梭其间，构成一部百科全书式的壮阔史诗。作者歌颂了俄罗斯人民抗击拿破仑入侵的人民战争的正义和胜利，并将俄国社会各阶层的代表人物置于战争的特殊时代，通过其言行和心理，塑造出众多栩栩如生的人物形象。小说中出现最多的是四大家族以及与四大家族有各种联系的贵族人物，他们被作者大致划分为两类：一类为趋附宫廷、投机钻营的库拉金家族，他们漠视祖国的文化，在国难当头时仍沉湎于寻欢作乐；一类是另外三大家族，尤其是其中的优秀代表安德烈和彼埃尔，是接近人民、在危急关头为国分忧的人物，他们甚至能挺身而出，为祖国献出一切。在赞美这一类型的贵族精华的同时，作者也描写了普通人民中的杰出代表，这些普通的官兵在战争中体现出的朴实勇敢、高尚忠诚的品质，与那些身处高位却卑鄙渺小的贵族统治者恰成鲜明的对比。

《战争与和平》对战争的大场面描写是无与伦比的，作家在短短的一两个章节中，就能将数万人拼搏的战场描写得有声有色。作家又能在几段看似简单的叙述性文字中，准确地描写出一个个关键的政治事件和历史转折过程。与此同时，托尔斯泰又能深入进多个人物的内心，让客观的历史画面描写与微观的人物心理历程相互媲美。托尔斯泰笔下的人物，性格发展合情合理，他的这一艺术手法，后来被车尔尼雪夫斯基概括为"心灵的辩证法"。车尔尼雪夫斯基概括出的托尔斯泰的另一杰出的艺术才华，是其"道德情感的纯净"，这一点在《战争与和平》中也有突出的体现。通过彼埃尔、安德烈等人深刻的内心反省过程，我们似乎能看到托尔斯泰苦苦追求自我灵魂净化的轨迹。与对道德情感的描写相关的，还有托尔斯泰的道德学说，即所谓的"托尔斯泰主义"。托尔斯泰主义是在托尔斯泰的晚年时最终形成的，但其中的一些主要内容，如博爱、不以暴力抗恶等，在《战争与和平》中已有了鲜明的体现，如作者通过卡拉塔耶夫的形象就宣传了他的勿抗恶思想。列宁曾评价说，托尔斯泰及其创作是俄国革命的"一面镜子"，而我们也可以说，《战争与和平》在某种意义上正是托尔斯泰本人追求道德完善之心路的一面镜子。

托尔斯泰是不朽的，《战争与和平》也同样是不朽的。一个多世纪以来，《战争与和平》几乎已被翻译成世界上每一个国家的语言，拥有数不清的版本和读者。早在20世纪之初的1907年（光绪三十三年），托尔斯泰的小说就已被介绍到中国（《托氏宗教小说》）。抗战时期，由郭沫若翻译的《战争与和平》（第一卷）首次与中国读者见面。此后至今，又有多种全译本出现，使几代的中国读者得以在托氏的巨著中神游。

（选自《战争与和平》，中国画报出版社，2013年）

【交流之窗】

刘文飞先生的序言，一方面用简练的语言概括了俄国伟大作家托尔斯泰的人生经历及其主要作品，另一方面介绍并评析了《战争与和平》这部史诗般的小说。小说展示了俄国历史上最壮丽的一页——1812年卫国战争，展示出战争前后俄国波澜壮阔的社会生活画卷。但托尔斯泰显然不仅仅为了客观地记载历史人事，而是为了表达对战争的不满，为了歌颂和平，极力地宣传"不要用暴力和邪恶抗争"和"道德上的自我改善"等他一直坚持的博爱主张，极力弘扬的人道主义与博爱精神。

西游记·径回东土　五圣成真（节选）

吴承恩

却说陈家庄救生寺内多人，天晓起来，仍治果肴来献，至楼下，不见了唐僧。这个也来问，那个也来寻，俱慌慌张张，莫知所措，叫苦连天的道："清清把个活佛放去了！"一会家无计，将办来的品物，俱抬在楼上祭祀、烧纸。以后每年四大祭，二十四小祭。还有那告病的，保安的，求亲许愿，求财求子的，无时无日不来烧香祭赛，真个是金炉不断千年火，玉盏常明万载灯。不题。

却说八大金刚使第二阵香风，把他四众，不一日送至东土，渐渐望见长安。原来那太宗自贞观十三年九月望前三日送唐僧出城，至十六年，即差工部官在西安关外起建了望经楼接经，太宗年年亲至其地。恰好那一日出驾复到楼上，忽见正西方满天瑞霭，阵阵香风，金刚停在空中叫道："圣僧，此间乃长安城了。我们不好下去，这里人伶俐，恐泄漏吾像。孙大圣三位也不消去，汝自去传了经与汝主，即便回来。我在霄汉中等你，与你一同缴旨。"大圣道："尊者之言虽当，但吾师如何挑得经担？如何牵得这马？须得我等同去一送。烦你在空少等，谅不敢误。"金刚道："前日观音菩萨启过如来，往来只在八日，方完藏数。今已经四日有余，只怕八戒贪图富贵，误了期限。"八戒笑道："师父成佛，我也望成佛，岂有贪图之理！泼大粗人！都在此等我，待交了经，就来与你回向也。"呆子挑着担，沙僧牵着马，行者领着圣僧，都按下云头，落于望经楼边。太宗同多官一齐见了，即下楼相迎道："御弟来也？"唐僧即倒身下拜，太宗挽起，又问："此三者何人？"唐僧道："是途中收的徒弟。"太宗大喜，即命侍官："将朕御车马扣背，请御弟上马，同朕回朝。"唐僧谢了恩，骑上马，大圣抢金箍棒紧随，八戒、沙僧俱扶马挑担，随驾后共入长安。……

唐僧四众随驾入朝，满城中无一不知是取经人来了。

却说那长安唐僧旧住的洪福寺大小僧人，看见几株松树一颗颗头俱向东，惊讶道："怪哉，怪哉！今夜未曾刮风，如何这树头都扭过来了？"内有三藏的旧徒道："快拿衣服来！取经的老师父来了！"众僧问道："你何以知之？"旧徒曰："当年师父去时，曾有言道：'我去之后，或三五年，或六七年，但看松树枝头若是东向，我即回矣。'我师父佛口圣言，故此知之。"急披衣而出，至西街时，早已有人传播说："取经的人适才方到，万岁爷爷接入城来了。"众僧听说，又急急跑来，却就遇着，一见大驾，不敢近前，随后跟至朝门之外。唐僧下马，同众进朝。唐僧将龙马与经担，同行者、八戒、沙僧，站在玉阶之下。太宗传宣："御弟上殿，赐坐。"唐僧又谢恩坐了，教把经卷抬来。行者等取出，近侍官传上。太宗又问："多少经数？怎生取来？"三藏道："臣僧到了灵山，参见佛祖，蒙差阿傩、伽叶二尊者先引至珍楼内赐斋，次到宝阁内传经。那尊者需索人事，因未曾备得，不曾送他，他遂以经与了。当谢佛祖之恩东行，忽被妖风抢了经去，幸小徒有些神通赶夺，却俱抛掷散漫。因展看，皆是无字空本。臣等着惊，复去拜告恳求，佛祖道：'此经成就之时，有比丘圣僧将下山与舍卫国赵长者家看诵了一遍，保佑他家生者安全，亡者超脱，止讨了他三斗三升米粒黄金，意思还嫌卖贱了，后来子孙没钱使用。'我等知二尊者需索人事，佛祖明知，只得将钦赐紫金钵盂送他，方传了有字真经。此经有三十五部，各部中检了几卷传来，共计五千零四十八卷，此数盖合一藏也。"

太宗更喜，教："光禄寺设宴，开东阁酬谢。"忽见他三徒立在阶下，容貌异常，便问："高徒果外国人耶？"长老俯伏道："大徒弟姓孙，法名悟空，臣又呼他为孙行者。他出身原是东胜神洲傲来国花果山水帘洞人氏，因五百年前大闹天宫，被佛祖困压在西番两界山石匣之内，蒙观音菩萨劝善，情愿皈依，是臣到彼救出，甚亏此徒保护。二徒弟姓猪，法名悟能，臣又呼他为猪八戒。他出身原是福陵山云栈洞人氏，因在乌斯藏高老庄上作怪，即蒙菩萨劝善，亏行者收之，一路上挑担有力，涉水有功。三徒弟姓沙，法名悟净，臣又呼他为沙和尚。他出身原是流沙河作怪者，也蒙菩萨劝善，秉教沙门。那匹马不是主公所赐者。"太宗道："毛片相同，如何不是？"三藏道："臣到蛇盘山鹰愁涧涉水，原马被此马吞之，亏行者请菩萨问此马来历，原是西海龙王之子，因有罪，也蒙菩萨救解，教他与臣作脚力。当时变做原马，毛片相同。幸亏他登山越岭，跋涉崎岖，去时骑坐，来时驮经，亦甚赖其力也。"

太宗闻言，称赞不已，又问："远涉西方，端的路程多少？"三藏道:"总记菩萨之言,有十万八千里之远。途中未曾记数,只知经过了一十四遍寒暑。日日山,日日岭,遇林不小,遇水宽洪。还经几座国王,俱有照验印信。"叫:"徒弟,将通关文牒取上来,对主公缴纳。"当时递上。太宗看了,乃贞观一十三年九月望前三日给。太宗笑道:"久劳远涉,今已贞观二十七年矣。"牒文上有宝象国印,乌鸡国印,车迟国印,西梁女国印,祭赛国印,朱紫国印,狮驼国印,比丘国印,灭法国印;又有凤仙郡印,玉华州印,金平府印。太宗览毕,收了。

早有当驾官请宴,即下殿携手而行,又问:"高徒能礼貌乎?"三藏道:"小徒俱是山村旷野之妖身,未谙中华圣朝之礼数,万望主公赦罪。"太宗笑道:"不罪他,不罪他,都同请东阁赴宴去也。"三藏又谢了恩,招呼他三众,都到阁内观看。果是中华大国,比寻常不同。你看那——

门悬彩绣,地衬红毡。异香馥郁,奇品新鲜。琥珀杯,玻璃盏,镶金点翠;黄金盘,白玉碗,嵌锦花缠。烂煮蔓菁,糖浇香芋。蘑菇甜美,海菜清奇。几次添来姜辣笋,数番办上蜜调葵。面筋椿树叶,木耳豆腐皮。石花仙菜,蕨粉干薇。花椒煮莱菔,芥末拌瓜丝。几盘素品还犹可,数种奇稀果夺魁。核桃柿饼,龙眼荔枝。宣州茧栗山东枣,江南银杏兔头梨。榛松莲肉葡萄大,榧子瓜仁菱米齐。橄榄林檎,苹婆沙果。慈菇嫩藕,脆李杨梅。无般不备,无件不齐。还有些蒸酥蜜食兼嘉馔,更有那美酒香茶与异奇。说不尽百味珍馐真上品,果然是中华大国异西夷。

师徒四众与文武多官俱侍列左右，太宗皇帝仍正坐当中，歌舞吹弹，整齐严肃，遂尽乐一日。

（选自《西游记》，吉林大学出版社，2011年）

【交流之窗】

《西游记》取材于《大唐西域记》，但二者内容迥异。《西游记》是中国古典小说，有历史的因素，而《大唐西域记》却是大唐和尚玄奘西游天竺的见闻，是史实。公元645年春天，西游天竺17年的玄奘辞别天竺的朋友们满载着天竺人民的友谊、荣誉和657部佛教经论回国了。据说唐太宗听说玄奘从天竺载誉归来非常高兴，并在洛阳亲自召见了他。玄奘叙述了一路上的见闻，唐太宗听得津津有味，要求他把旅途见闻写下来。《大唐西域记》一书就是由玄奘口述、由弟子辩机笔录。书里记述了他游历的110个国家和听闻的28个国家的山川、城邑、物产、风俗。后来被各国翻译，广泛流传，成为今天研究印度次大陆以及中亚古代历史地理的主要资料。选文"径回东土　五圣成真"是《西游记》第一百回，唐太宗召见玄奘是史实，小说基于一点史料创作出奇幻世界，文学和历史之别由此可见一斑。

《水浒传》的成书过程（节选）

侯会

　　《水浒传》《三国演义》《西游记》这几部书有的学者称之为累积型的作品，世代累积型的作品。当然这样说并没有得到所有作家、学者的肯定。我觉得呢，它前边应该有一个作家群，进行了关于《水浒传》故事的前期的创作，提供了《水浒传》故事的一个大致的框架，提供了大量的、初级的水浒故事，最后施耐庵罗贯中在这个基础上进行加工、再创作，完成这部大书。

　　研究它的创作过程我觉得很有意思，里边有很多谜。那么最大的一个谜，就是历史上的宋江起义，三十六人一支小部队，是怎么发展成小说中千军万马、大规模的、史诗式的农民起义的。我们研究这种变化呢，我想从宋江起义的历史说起。宋江历史上实有其人，有很多史书、文人笔记里头都记录了关于宋江的一些事迹。但是都是零星的、零散的、不成系统的。我们这儿介绍几条，《宋史》不是最早的资料，我们提几条最早的。比如南宋有一个著名的历史学家叫王称。王称作《东都事略》，《东都事略》里头他提到"宋江寇京东"。京东就是山东，当时有一个退休官员叫侯蒙，给皇帝上书提建议，说了这样几句话："宋江以三十六人，横行河朔、京东，官军数万，无敢抗者，其材必过人，不若赦过招降，使讨方腊以自赎，或足以平东南之乱。"他所提到的宋江三十六人横行河朔、京东，河朔是河北，京东是山东。又提到这支小部队战斗力非常强，"官军数万，无敢抗者"，几万官军对付不了他。因此，可以断定"其材必过人"，宋江肯定才能很高，超过常人。所以他给皇帝提了个建议，不如赦免宋江造反的罪过，招降过来，改变成官军让他去攻打方腊。因为北宋末年，方腊起义声势浩大，上百万人参加，震动朝野。这样可以平息东南之乱，就是方腊起义，这只是一个建议。至于后来是不是这样发展，历史上没有明文记录。

此外，再举一条，也是《东都事略》，《东都事略》提到有一个人叫张叔夜，他在海州做知州。海州是哪儿呢？就是现在江苏的连云港。他叙述，他说宋江带着部队打到海州，在海边劫掠了十几条海船，准备从海上逃走。那么，张叔夜作为一州的长官，召集了一千多敢死的战士，设下了埋伏，派了一支小部队，摇旗擂鼓，引诱宋江。宋江进入埋伏圈以后，张叔夜一声令下，先把宋江的海船都点火烧了，断了他的退路。宋江一看伏兵四起，没有出路了，这回就投降了。投降以后呢，大概确实是参加了征讨方腊之役。因为还有一些史料，比如《皇宋十朝纲要》里边提到，宋江因为镇压方腊起义，在童贯的率领之下，跟着另一个官军军官叫辛惺怵，两个人一同杀入方腊的上苑洞，杀到洞里头俘虏了方腊手下的宰相和其他的所谓的伪官吧。有这么点记录。但是这些记录数量极少，而且非常粗略，大致上勾勒出宋江起义的一个大概的情况。

　　那么这儿我觉得有三点应该强调：一个就是说宋江人数非常少，大约只有三十六人。再有一个，宋江采取的可以说是一种游击战术，打了就跑。这样官军就很不好对付，所谓官军数万无敢抗者，应该是这么一个情况。此外，很重要的一点，就没有任何一条史料证明宋江曾经在山东梁山泊安营扎寨。这一点我觉得很重要，也就是说，实际上宋江起义跟水没有什么关系。从宣和年间到《水浒传》成书的元末明初，大约是250年的时间。那么这个期间我们设想关于宋江起义的传说，在民间广为流传。实际上等于很多人如一些民间的作者，参加了水浒故事的创作。这些人其中恐怕有一些田夫野老，有一些市井的艺人，有一些戏剧作家等等。形式也是多种多样，水浒故事有一些民间传说，有一些就是画本。过去宋元时期有一种艺术叫说话，实际上就是今天咱们说的说评书，但是这些民间作品大部分都自生自灭，留下来的、能在文献上留下痕迹的非常少。我想打个比方，比如说冰山，这个冰山上面露出一角，90%都在水面下，那么水浒的民间传说大概90%都已经湮没无闻了，我们所能知道的只是那个冰山的一个尖。

（选自《百家讲坛》侯会《品读〈水浒传〉》）

【交流之窗】

　　有专家认为《水浒传》中的人物和故事，基本上都是出于艺术虚构，与历史几乎没有什么关系。但宋江与《水浒传》中一些杜撰出来的人物不同，历史上确有其人。他是农民起义首领，不过真实情况是他所领导的起义具有流寇性质，没有固定的根据地，起义的结局是严重受挫后投降政府。选文探讨了《水浒传》的成书过程及其影响。

红楼十二层（节选）

周汝昌

　　"索隐"是古人为太史公司马迁的《史记》作注解的用语，不料有一派"红学"因考索《红楼》一书中所"隐去"的"真事"，被人称为"索隐派"，又因此派考论时所用方法是很离奇而超出了文学艺术的合理范畴，大多数学者不予赞同，于是"索隐"便成了一种贬词。拙见则以为：既有"隐"，须当"索"，不可以"名"害"义"；我试对书中若干词语作些注解，而方法不同于旧时的"索隐派"，故特标名曰"新索隐"。

　　诗曰：

　　　　有隐何妨一索，须防陷入歧途。

　　　　若果言真成理，原为助解良图。

义忠亲王老千岁

　　老千岁者，东宫太子也。康熙大帝得次子胤礽，两岁即立为皇太子，后封理亲王。"义理"相关，故化称为"义忠"。老千岁的"老"字也另有语味——藏有一个"少千岁"，即胤礽的长子弘晳。

义忠老千岁后来"坏了事"，立而废，废而立，最后救不得，但雄心不死，壮志长存——他通过一名医士秘密传信息；时常算命打卦，问："我还升腾否？"

雍正叫胤禛，用计毁了哥哥太子，谋篡了帝位，整个皇族都气愤不服，胤礽更甚。

所以雍正是假，胤礽是真。雪芹的"真假论"，也包括这方面的内情——假的倒斥真的为"假"。

不幸，曹雪芹家本是康熙家奴，立了太子，当然也就是胤礽的家奴，他们得给太子府里当差办事，那关系可就太密切了，也就感情深厚了。

雍正极忌胤礽，怕他"复活"做真皇上，自己假的要大露马脚。曹家是"太子党"，不会"同情"于假皇帝，于是也嫉恨曹家——因他们尽知"根底"。

老千岁"坏了事"，曹家也就倒了霉，避都避不及，逃也无处逃。

南巡时，坏人阿山、噶礼等进谗，太子（南巡的实际主角人物）要杀"陈青天"（鹏年），曹寅力救而免，就是曹寅在"小主子"跟前的情面。

义忠老千岁的棺木，是薛蟠之父从"潢海铁网山"带来的，无人敢用——给了秦可卿。

冯紫英忽陪父亲"神武将军"冯唐远赴"铁网山"去打围，往返费去一月的时光。冯紫英"上次"还打了"仇都尉"的儿子。

隐隐约约，事故麻烦，形势非常，不知何因？

"潢海铁网山"是"假语"，其实就是辽海铁岭。在明为卫，康熙设县,曹家关外祖居地,被俘归旗即在此地。铁岭明清有大围场,康熙曾在此打猎。

雪芹的笔,半含半露,告知读者:义忠亲王老千岁的事是祸根,不是闲文赘墨。

老千岁被囚死后,少千岁弘皙要报仇——报在雍正安排好的弘历(乾隆)身上,就暗组了小政府,联络皇族多人,要推翻乾隆。

这回曹家又受了挂累。弘皙也"坏了事",于是才有雪芹一生所经的二次抄没,家亡人散。

——这才是作书的"真事隐"。("索隐派"也知此种传闻,但他们却把宝玉解为"传国玺",将袭人讲作"龙衣人",以为这是"争位"的"影射"云云。这就是"索隐"方法与历史考证的根本区别!)

诗曰:

千岁亲王老义忠,曾随银驾住东宫。

铁山潢海谁行猎?怕有遗思在卷中。

雪芹婉笔刺雍正

雪芹自云,写书不敢涉及朝政,书中诸人皆是臣忠子孝……此乃"此地无银三百两"也。据我看来,他骂雍正篡位,至少就有三处痕迹。

一是在维扬郊外酒店里,贾雨村巧遇冷子兴,二人对话,话题转到"正邪两赋"之人,于是又引出冷子兴问道:"依你说,成则公侯败则贼了?"雨村答曰:"正是此意。"这"意"是什么?就是胤禛诡计夺位,成了皇帝,而他的骨肉手足以及不忿反抗的大批皇族贵戚,都变为"不忠不孝"之人,都成了"奸党""逆臣"。胤禛本是"雍亲王",特名年号曰"雍正",表示自己才是"正"宗"正"根——本来成语是"成则王侯败则贼",雪芹故意将"王侯"改"公侯"。这手法将是避嫌遁祸,实则"欲盖弥彰"——人人都会在此一停,思忖为何不用"王"字?

第二处就是《好了歌》。此歌四"股",分为"禄、财、妻、子"。此乃旧时的人生目标(或迷障贪恋),其首"股"云:"古今将相在何方?荒冢一堆草没了。"

这儿,又出现"将相"——其实是不敢明写"皇帝",只好以"相"代之。是说雍正费尽了心机(还发了百万言的自辩自表的"谕旨"),也只坐了十二年的宝座,篡夺了人间的亲情珍宝,终归是草没尘埋而已。

第三处是人们诧异的一段"颂圣"的文词,奇怪如何雪芹会出此俗文败笔——甚至有人疑是他人所妄加。

其实,雪芹的笔法狡狯之至。他说:凡做皇帝的,必仁必圣,那"天命"方让他独当此位。所以,若他"不仁不圣",那天命也就归不了他了!

这是骂语巧说。这全是痛斥雍正不仁不圣。

但为何单标"仁""圣"二义?

不是别的，正是他家怀念的"先皇"康熙大帝，老皇上。因为，老皇上的"庙号"正是"圣祖仁皇帝"！

雪芹是向读者宣言——好一个不仁不圣的假冒皇帝——天命会归于他吗？绝无此理。

我揣度，八十回后佚文中，还会有骂雍正的妙文。是雍正害得雪芹家亡人散，无衣无食，流落荒村，贫困一生。

（选自《红楼十二层》，书海出版社，2005年）

【交流之窗】

看毛泽东评点《红楼梦》时说他读《红楼梦》最初当作小说读，后来当作历史读；又读到清人戚蓼生《石头记序》，在这篇序中将《红楼梦》视为史书，而不是看作一般的小说和野史——都觉得很奇怪：《红楼梦》和历史有什么关系呢？这样解读小说是否太牵强附会了？而且从自己读我国四大名著的感觉来看，觉得《红楼梦》与其它三部名著的差别就是它是一部最纯粹的文人小说，与历史和民间传说相去最远。但随着阅读视野渐渐开阔，对世相人生理解越深刻，越认同《红楼梦》不是纯粹的文人创作的文学作品，而是真真实实关联着历史。周汝昌是新中国红学研究第一人，考证派主力和集大成者，被誉为"红学泰斗"。本文是其著作《红楼十二层》的节选，读其文章更能详知一些小说与历史关联的细节，虽然有些联系感觉有些突兀，但仍值得阅读和玩味。

品三国（节选）

易中天

事实上任何历史事件和历史人物，都有三种形象。一种是历史的本来面目，我们称之为历史形象，这是历史学家主张的样子，比方说《三国志》的记载。第二种是文学艺术作品当中的面目，我们称之为文学形象，这是文学家、艺术家主张的样子。还有一种，是一般老百姓主张的样子，我们称之为民间形象，比方说民间信仰中历史人物的形象，以及我们每个人心目中历史人物的形象。其实我们每个人心目中都有一个自己的历史人物的形象，因此一个历史剧，电视连续剧，或者电影拍出来以后，我们的观众会发表评论说某某演员演得不像，这个曹操不像，这个周瑜不像，这个林黛玉不像，这个贾宝玉不像。你怎么能说不像，你见过吗？可见每个人心目中都有一个形象，这个我们称之为民间形象。

这三种形象是有差距的，对于三国来说，形象最离谱的是诸葛亮。

诸葛亮这个人，至少从晋代开始就已经是很多人追捧的对象。当时有一个叫郭冲的人，郭冲这个人大概是诸葛亮的铁杆"粉丝"，觉得现在大家对诸葛亮的评价远远不够，于是写了一篇文章，叫做《条亮

209

五事，隐没不闻于世者》。什么意思呢？就是说我这里还有五件事情是你们大家不知道的，第三件事情就是空城计。诸葛亮的空城计最早见于郭冲的这篇文章。

后来裴松之为《三国志》作注的时候引用了这个材料，并予以驳斥，说当时在阳平这个地方根本不可能发生这样一件事情。为什么呢？因为当时的司马懿官居荆州都督，驻扎在宛城，不在阳平战场，怎么可能有诸葛亮和司马懿的空城计呢？但是这个空城计的故事实在是太精彩了，所以文学作品是一说再说，戏剧作品也就一演再演，但是这个事情是不符合事实，也不符合逻辑的。我们简单地说一下这个空城计吧，大体上的意思就是说司马懿率兵来进攻，诸葛亮派马谡去守街亭，马谡这个人是个书呆子，空谈可以，打仗不行，把街亭给丢了，于是司马懿就率领几十万军杀奔而来。当时诸葛亮手上已经没有兵了，只好把城门，四个城门全部打开，派了20个老兵在门口扫地，诸葛亮自己搬了一张琴，焚了一炉香，带了两个小孩子，坐在城楼之上"唱卡拉OK"。司马懿的大军跑来一看，不知道是怎么回事，然后司马懿自己打马上前，大为惊诧，说牛鼻子老道搞什么搞？城门大开他开Party啊。于是撤军。

这个事情不合逻辑啊。第一，你不就是怕他城中埋伏了军队吗，派一个侦察连进去看看，探个虚实可不可以？第二，司马懿亲自来到城门楼下看见诸葛亮在城楼上面神色自若，琴声不乱，说明距离很近，看得见听得清，那你派一个神箭手把他射下来行不行？第三，根据这个郭冲的说法和《三国演义》的说法，两军的军力悬殊是很大的，有说司马懿带了二十万大军的，有说司马懿带了十几万大军的，反正至少十万，你把这个城围起来围他三天，围而不打行不行？何至于掉头就走呢？所以是不合逻辑的，诸葛亮的空城计是子虚乌有。

其他的火烧博望、火烧新野、草船借箭等等都是编出来的。其中最可笑的是借东风，大家可以去看一下《三国演义》，当时诸葛亮借东风是个什么形象？披头散发，光着脚丫，穿一身道袍，所以鲁迅先生说《三国演义》状诸葛多智而近妖，这个妖不是妖精也不是妖怪，是妖人。妖人就是当时那些装神弄鬼的，什么巫婆啊，神汉啊，这类的人物。诸葛亮当然不是妖人，诸葛亮不但不是妖人，而且是帅哥。《三国志》说诸葛亮身长八尺，这个八尺是汉尺，汉尺的八尺合现在市尺五尺五寸，相当于一米八四。而诸葛亮出山的时候年龄是多少呢？26岁，大家想一想26岁的年龄一米八四的个子该是什么形象？和我们心目中的，我们舞台上的一样不一样？借东风这个事情当然也是没有的。而且就算有，去借东风的人也不该是诸葛亮，该是周瑜啊。我们读杜牧的诗，"东风不与周郎便，铜雀春深锁二乔"，没说东风不与诸葛便啊。

实际上诸葛亮在赤壁之战期间的主要功绩，是促成了刘备军事集团和孙权军事集团的联合，这是他的主要功绩，而诸葛亮在刘备去世之前的主要功绩也是为刘备定下了三分天下的政治策略。也就是说诸葛亮是一个杰出的政治家，未必是一个杰出的军事家，诸葛亮的军事才能是值得怀疑的。现在成都的武侯祠还有清人赵藩写的一对"攻心"联，他说"能攻心则反侧自消，从古知兵非好战；不审势即宽严皆误，后来治蜀要深思"。这一幅"攻心"联其实是委婉地批评了诸葛亮，批评他在刘备去世以后主持蜀国工作的时候穷兵黩武，宽严皆误。但是到了《三国演义》里面诸葛亮就变成杰出的军事家了，而且神机妙算，算无遗策，其他的军事将领都变成了提线木偶，傻乎乎地带着军去打仗，走到地方掏出一口袋，军师给我的锦囊妙计，打开看看，哦，这么办。这个实在是太离谱了，这个表现了什么呢？表现了人们对他的崇拜。

所以，三种形象，各有各的道理。那么我们这个系列要做的工作，就是把这三种形象都告诉观众朋友，然后进行讨论。也就是说我们要做三件工作：第一是还原，就是还原到历史的本来面目；第二是比较，就是比较历史形象、文学形象和民间形象有什么不同；第三是分析，就是分析一下这个形象为什么会演变。实际上，品读历史也可以有三种意见，一种是站在古人的立场上看历史，这叫历史意见；第二种是站在今人的立场上看历史，这叫做时代意见；第三种是站在个人的立场上看历史，这叫做个人意见。

任何人研究历史都难免会有这三种意见，因为历史毕竟是历史，历史就是过去的事，也就是故事。故事里的事，说是就是，不是也是；故事里的事，说不是就不是，是也不是。宋代词人张升的词说，"多少六朝兴废事，尽入渔樵闲话"，实际上进入渔樵闲话的又何止是六朝兴废事呢？那是可以包括一切历史的。正所谓："一壶浊酒喜相逢，古今多少事，都付笑谈中。"

（选自《品三国》，上海文艺出版社，2007年）

【交流之窗】

2006年易中天在中央电视台"百家讲坛"品三国，掀起了一股"三国热"。易中天对三国人事的讲评，观点新颖，颠覆了一直以来大众对三国很多人事的认知。为使人信服其观点，他引入了大量史料佐证，但同时他自己说很多史料本身也未必可信。易中天品三国，一方面激发了人们再阅读《三国演义》的兴趣，另一方面也在提醒读者文学与历史确实有些关联但差别很大。我们应该享受文学作品鲜明生动的人物形象，跌宕起伏的情节，又要理性认知历史真实，不可因为文学作品而误读历史。

《故事新编·采薇》节选与
《史记·伯夷列传》节选

采薇（节选）

鲁迅

伯夷的衣服穿好了，弟兄俩走出屋子，就觉得一阵冷气，赶紧缩紧了身子。伯夷向来不大走动，一出大门，很看得有些新鲜。不几步，叔齐就伸手向墙上一指，可真的贴着一张大告示："照得今殷王纣，乃用骄妇人之言，自绝于天，毁坏其三正，离逷其王父母弟。乃断弃其先祖之乐；乃为淫声，用变乱正声，怡说妇人。故今予发，维共行天罚。勉哉夫子，不可再，不可三！此示。"

两人看完之后，都不作声，径向大路走去。只见路边都挤满了民众，站得水泄不通。两人在后面说一声"借光"，民众回头一看，见是两位白须老者，便照文王敬老的上谕，赶忙闪开，让他们走到前面。这时打头的木主早已望不见了，走过去的都是一排一排的甲士，约有烙三百五十二张大饼的工夫，这才见别有许多兵丁，肩着九旒云罕旗，仿佛五色云一样。接着又是甲士，后面一大队骑着高头大马的文武官员，簇拥着一位王爷，紫糖色脸，络腮胡子，左捏黄斧头，右拿白牛尾，威风凛凛：这正是"恭行天罚"的周王发。

大路两旁的民众，个个肃然起敬，没有人动一下，没有人响一声。在百静中，不提防叔齐却拖着伯夷直扑上去，钻过几个马头，拉住了周王的马嚼子，直着脖子嚷起来道："老子死了不葬，倒来动兵，说得上'孝'吗？臣子想要杀主子，说得上'仁'吗？……"

开初，是路旁的民众，驾前的武将，都吓得呆了；连周王手里的白牛尾巴也歪了过去。但叔齐刚说了四句话，却就听得一片哗啷声响，有好几把大刀从他们的头上砍下来。

"且住！"

谁都知道这是姜太公的声音，岂敢不听，便连忙停了刀，看着这也是白须白发，然而胖得圆圆的脸。

"义士呢。放他们去罢！"

武将们立刻把刀收回，插在腰带上。一面是走上四个甲士来，恭敬的向伯夷和叔齐立正，举手，之后就两个挟一个，开正步向路旁走过去。民众们也赶紧让开道，放他们走到自己的背后去。

到得背后，甲士们便又恭敬的立正，放了手，用力在他们俩的脊梁上一推。两人只叫得一声"啊呀"，跄跄踉踉的颠了周尺一丈路远近，这才扑通地倒在地面上。叔齐还好，用手支着，只印了一脸泥；伯夷究竟比较的有了年纪，脑袋又恰巧磕在石头上，便晕过去了。

大军过去之后，什么也不再望得见，大家便换了方向，把躺着的伯夷和坐着的叔齐围起来。有几个是认识他们的，当场告诉人们，说这原是辽西的孤竹君的两位世子，因为让位，这才一同逃到这里，进了先王所设的养老堂。这报告引得众人连声赞叹，几个人便蹲下身子，歪着头去看叔齐的脸，几个人回家去烧姜汤，几个人去通知养老堂，叫他们快抬门板来接了。

大约过了烙好一百零三四张大饼的工夫，现状并无变化，看客也渐渐的走散；又好久，才有两个老头子抬着一扇门板，一拐一拐的走来，板上面还铺着一层稻草：这还是文王定下来的敬老的老规矩。板在地上一放，空咙一声，震得伯夷突然张开了眼睛：他苏醒了。叔齐惊喜的发一声喊，帮那两个人一同轻轻地把伯夷扛上门板，抬向养老堂里去；自己是在旁边跟定，扶住了挂着门板的麻绳。

走了六七十步路，听得远远地有人在叫喊："您哪！等一下！姜汤来哩！"望去是一位年青的太太，手里端着一个瓦罐子，向这面跑来了，大约怕姜汤泼出罢，她跑得不很快。

大家只得停住，等候她的到来。叔齐谢了她的好意。她看见伯夷已经自己醒来了，似乎很有些失望，但想了一想，就劝他仍旧喝下去，可以暖暖胃。然而伯夷怕辣，一定不肯喝。

"这怎么办好呢？还是八年陈的老姜熬的呀。别人家还拿不出这样的东西来呢。我们的家里又没有爱吃辣的人……"她显然有点不高兴。

叔齐只得接了瓦罐，做好做歹的硬劝伯夷喝了一口半，余下的还很多，便说自己也正在胃气痛，统统喝掉了。眼圈通红的，恭敬的夸赞了姜汤的力量，谢了那太太的好意之后，这才解决了这一场大纠纷。

他们回到养老堂里，倒也并没有什么余病，到第三天，伯夷就能够起床了，虽然前额上肿着一大块——然而胃口坏。官民们都不肯给他们超然，时时送来些搅扰他们的消息，或者是官报，或者是新闻。十二月底，就听说大军已经渡了盟津，诸侯无一不到。不久也送了武王的《太誓》的钞本来。这是特别抄给养老堂看的，怕他们眼睛花，每个字都写得有核桃一般大。不过伯夷还是懒得看，只听叔齐朗诵了一遍，别的倒也并没有什么，但是"自弃其先祖肆祀不答，昏弃其家国……"这几句，断章取义，却好像很伤了自己的心。

传说也不少：有的说，周师到了牧野，和纣王的兵大战，杀得他们尸横遍野，血流成河，连木棍也浮起来，仿佛水上的草梗一样；有的却道纣王的兵虽然有七十万，其实并没有战，一望见姜太公带着大军前来，便回转身，反替武王开路了。这两种传说，固然略有些不同，但打了胜仗，却似乎确实的。此后又时时听到运来了鹿台的宝贝，巨桥的白米，就更加证明了得胜的确实。伤兵也陆陆续续的回来了，又好像还是打过大仗似的。凡是能够勉强走动的伤兵，大抵在茶馆，酒店，理发铺，以及人家的檐前或门口闲坐，讲述战争的故事，无论那里，总有一群人眉飞色舞地在听他。春天到了，露天下也不再觉得怎么凉，往往到夜里还讲得很起劲。

伯夷和叔齐都消化不良，每顿总是吃不完应得的烙饼；睡觉还照先前一样，天一暗就上床，然而总是睡不着。伯夷只在翻来覆去，叔齐听了，又烦躁，又心酸，这时候，他常是重行起来，穿好衣服，到院子里去走走，或者练一套太极拳。

有一夜，是有星无月的夜。大家都睡得静静的了，门口却还有人在谈天。叔齐是向来不偷听人家谈话的，这一回可不知怎的，竟停了脚步，同时也侧着耳朵。

"妈的纣王，一败，就奔上鹿台去了，"说话的大约是回来的伤兵。

"妈的，他堆好宝贝，自己坐在中央，就点起火来。"

"阿唷，这可多么可惜呀！"这分明是管门人的声音。

"不慌！只烧死了自己，宝贝可没有烧哩。咱们大王就带着诸侯，进了商国。他们的百姓都在郊外迎接，大王叫大人们招呼他们道：'纳福呀！'他们就都磕头。一直进去，但见门上都贴着两个大字道：'顺民。'大王的车子一径走向鹿台，找到纣王自寻短见的处所，射了三箭……"

"为什么呀？怕他没有死吗？"另一人问道。

"谁知道呢。可是射了三箭，又拔出轻剑来，一砍，这才拿了黄斧头，嚓！砍下他的脑袋来，挂在大白旗上。"

叔齐吃了一惊。

"之后就去找纣王的两个小老婆。哼，早已统统吊死了。大王就又射了三箭，拔出剑来，一砍，这才拿了黑斧头，割下她们的脑袋，挂在小白旗上。这么一来……""那两个姨太太真的漂亮吗？"管门人打断了他的话。

"知不清。旗杆子高，看的人又多，我那时金创还很疼，没有挤近去看。"

"他们说那一个叫作妲己的是狐狸精，只有两只脚变不成人样，便用布条子裹起来，真的？"

"谁知道呢。我也没有看见她的脚。可是那边的娘儿们却真有许多把脚弄得好像猪蹄子的。"

叔齐是正经人，一听到他们从皇帝的头，谈到女人的脚上去了，便双眉一皱，连忙掩住耳朵，返身跑进房里去。伯夷也还没有睡着，轻轻地问道：

"你又去练拳了么？"

叔齐不回答，慢慢地走过去，坐在伯夷的床沿上，弯下腰，告诉了他刚才听来的一些话。这之后，两人都沉默了许多时，终于是叔齐很困难地叹一口气，悄悄地说道：

"不料竟全改了文王的规矩……你瞧罢，不但不孝，也不仁……这样看来，这里的饭是吃不得了。"

"那么，怎么好呢？"伯夷问。

"我看还是走……"

于是两人商量了几句，就决定明天一早离开这养老堂，不再吃周家的大饼；东西是什么也不带。兄弟俩一同走到华山去，吃些野果和树叶来送自己的残年。况且"天道无亲，常与善人"，或者竟会有苍术和茯苓之类也说不定。

打定主意之后，心地倒十分轻松了。叔齐重复解衣躺下，不多久，就听到伯夷讲梦话；自己也觉得很有兴致，而且仿佛闻到茯苓的清香，接着也就在这茯苓的清香中，沉沉睡去了。

（选自《鲁迅故事新编》，天津人民出版社，2015年）

史记·伯夷列传（节选）

司马迁

伯夷、叔齐，孤竹君之二子也。父欲立叔齐，及父卒，叔齐让伯夷。伯夷曰："父命也。"遂逃去。叔齐亦不肯立而逃之。国人立其中子。于是伯夷、叔齐闻西伯昌善养老，盍往归焉。及至，西伯卒，武王载木主，号为文王，东伐纣。伯夷、叔齐叩马而谏曰："父死不葬，爰及干戈，可谓孝乎？以臣弑君，可谓仁乎？"左右欲兵之。太公曰："此义人也。"扶而去之。武王已平殷乱，天下宗周，而伯夷、叔齐耻之，义不食周粟。隐于首阳山，采薇而食之。及饿且死，作歌。其辞曰："登彼西山兮，采其薇矣。以暴易暴兮，不知其非矣。神农、虞、夏忽焉没兮，我安适归矣？于嗟徂兮，命之衰矣！"遂饿死于首阳山。

由此观之，怨邪非邪？

或曰:"天道无亲,常与善人。"若伯夷、叔齐,可谓善人者非邪?积仁洁行,如此而饿死!且七十子之徒,仲尼独荐颜渊为好学。然回也屡空,糟糠不厌,而卒蚤夭。天之报施善人,其何如哉?盗跖日杀不辜,肝人之肉,暴戾恣睢,聚党数千人,横行天下,竟以寿终。是遵何德哉?此其尤大彰明较著者也。若至近世,操行不轨,事犯忌讳,而终身逸乐,富厚累世不绝。或择地而蹈之,时然后出言,行不由径,非公正不发愤,而遇祸灾者,不可胜数也。余甚惑焉,倘所谓天道,是邪?非邪?

子曰:"道不同,不相为谋",亦各从其志也。故曰:"富贵如可求,虽执鞭之士,吾亦为之。如不可求,从吾所好。"岁寒,然后知松柏之后凋。举世混浊,清士乃见,岂以其重若彼,其轻若此哉?

(选自《史记》,中华书局,2009年)

【交流之窗】

鲁迅先生的《采薇》取材于《史记·伯夷列传》,不读不知道,一读吓一跳,尤其是把小说和历史对比阅读,真有"大跌眼镜"之感。读史书觉得伯夷叔齐仁爱忠君,是坚守道义的典范,而读鲁迅小说,竟然觉得二人迂腐可笑。史书有其历史的真实性和历史的进步价值,而鲁迅在特定的历史时期对古代忠臣形象做了全新的价值判断,用怀疑的眼光审视伯夷叔齐的行为,要旨恐怕也不仅仅在批判这两个历史人物。

《赵氏孤儿》节选与《左传》节选

赵氏孤儿（节选）

姚尧

鉏麑来到赵盾的府门口。

大门是关着的。鉏麑翻墙而过，往里走，只见重门洞开，马车已准备在门口，堂上灯光影影。鉏麑又闪身进入中门，躲在暗处，细细察看，却见堂上有一位官员，穿着紫色官袍，挺直身子，肃穆端庄地坐着，正是相国赵盾。

赵盾因为准备早朝，见天色尚早，所以坐在这里等待天明。

鉏麑见老者如此端庄，不由大惊，如此正气凛然之人怎么会是欺世盗名图谋篡位的奸人？鉏麑回想起屠岸大人，每次早朝前不是呼呼大睡，就是拥着美妾花天酒地，哪有这般恭敬！这样的人怎么可能是屠岸大人说的那种人，官场的是是非非我又怎么懂呢？只是，这样的贤人不能杀！

鉏麑便又悄身退出门外，叹道："不忘恭敬，贤德之人啊！我若杀他，就是不义；今国君让我杀他，如果违命，就是不信。不义不信，如何能够自立于天地？"

屠岸大人对自己有活命之恩，如今报恩不成，将来如何向屠岸大人交代？

鉏麑看天，长叹一声，说道："杀与不杀，我鉏麑都有罪，如今只有一死才能解脱。"

于是，鉏麑来到府门前大喊："我是鉏麑，宁违君命，不忍杀忠臣，我只能以死谢罪。鉏麑虽死，必有后来者，相国请谨慎防范！"

说完，鉏麑望着门前一株大槐，一头撞去，顿时脑浆迸流而死。

（选自《赵氏孤儿》，中国法制出版社，2010年）

左传（节选）

左丘明

晋灵公不君。厚敛以彫墙。从台上弹人，而观其辟丸也。宰夫胹熊蹯不熟，杀之，寘诸畚，使妇人载以过朝。赵盾、士季见其手，问其故，而患之。将谏，士季曰："谏而不入，则莫之继也。会请先，不入，则子继之。"三进，及溜，而后视之。曰："吾知所过矣，将改之。"稽首而对曰："人谁无过！过而能改，善莫大焉。《诗》曰：'靡不有初，鲜克有终。'夫如是，则能补过者鲜矣。君能有终，则社稷之固也，岂唯群臣赖之。又曰：'衮职有阙，惟仲山甫补之。'能补过也。君能补过，衮不废矣。"

犹不改。宣子骤谏。公患之，使鉏麑贼之。晨往，寝门辟矣。盛服将朝，尚早，坐而假寐。麑退，叹而言曰："不忘恭敬，民之主也。贼民之主，不忠；弃君之命，不信。有一于此，不如死也。"触槐而死。

秋九月，晋侯饮赵盾酒，伏甲将攻之。其右提弥明知之，趋登曰："臣侍君宴，过三爵，非礼也。"遂扶以下。公嗾夫獒焉。明搏而杀之。盾曰："弃人用犬，虽猛何为！"斗且出。提弥明死之。

初，宣子田于首山，舍于翳桑。见灵辄饿，问其病，曰："不食三日矣。"食之，舍其半。问之，曰："宦三年矣，未知母之存否。今近焉，请以遗之。"使尽之，而为之箪食与肉，寘诸橐以与之。既而与为公介，倒戟以御公徒，而免之。问何故。对曰："翳桑之饿人也。"问其名居，不告而退，遂自亡也。

乙丑，赵穿攻灵公于桃园。宣子未出山而复。大史书曰："赵盾弑其君。"以示于朝。宣子曰："不然。"对曰："子为正卿，亡不越竟，反不讨贼，非子而谁？"宣子曰："乌呼！'我之怀矣，自诒伊戚'，其我之谓矣！"

孔子曰："董狐，古之良史也，书法不隐。赵盾，古之良大夫也，为法受恶。惜也，越竟乃免。"

（选自《左传》，上海古籍出版社，2016年）

【交流之窗】

姚尧编著的历史小说《赵氏孤儿》与《左传》"晋灵公不君"的内容有很大差别，但若把它们之间的差别与鲁迅故事新编《采薇》和《史记·伯夷列传》之间的差别做一些比较，就很容易发现，二者虽然都是一个历史、一个历史小说，但差别明显。鲁迅《采薇》是基于自己的写作意图偏重于对历史故事的编创，而姚尧的《赵氏孤儿》更有点像是对历史内容的拓展和戏说。这两种写法各有千秋，在不同历史时期有不同的价值和作用，在国家积贫积弱之时鲁迅借历史启迪民智，而在和平年代姚尧借历史来丰富民众的生活，应该说都是人们所需要的。这样，也就比较好理解为什么《明朝那些事儿》《华丽血时代》等历史小说在当今比较受人欢迎了。

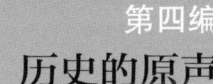

第四编
历史的原声

无论是史家还是文学家，他们对于历史事件的书写都属于二次加工的产物，其中有不同程度的推测或想象成分。但无论是谁，都不可能凭空写出这些作品，而必有所依托。那么他们书写的依据是什么？

　　史料，是历史学家写作的根基（文学家，也需要参考史料来获得灵感）。本编精选了多篇历史文献、演讲稿、日记和回忆录，它们都传递出历史原本的声音，当然也带有写作人的思想、立场。

论雅典之所以伟大

[希腊]伯里克利著　董进泉、余建华、沈跃萍主编

　　我要说，我们的政治制度不是从我们邻人的制度中模仿得来的。我们的制度是别人的模范，而不是我们模仿任何其他人的。我们的制度之所以被称为民主政治，是因为政权在全体公民手中，而不是在少数人手中。解决私人争执的时候，每个人在法律上都是平等的；让一个人负担公职优先于他人的时候，所考虑的不是某一个特殊阶级的成员，而是他们的真正才能。任何人，只要他能够对国家有所贡献，绝对不会因为贫穷而在政治上湮没无闻。正因为我们的政治生活是自由而公开的，我们彼此间的日常生活也是这样的，当我们隔壁邻人为所欲为的时候，我们不致于因此而生气；我们也不会因此而给他以难看的颜色，以伤他的情感，尽管这种颜色对他没有实际的损害。在我们私人生活中，我们是自由的和宽恕的；但是在公家的事务中，我们遵守法律。这是因为这种法律深使我们心悦诚服。

　　对于那些我们放在当权地位的人，我们服从；我们服从法律本身，特别是那些保护被压迫者的法律，那些虽未写成文字，但是违反了就算是公认的耻辱的法律。

　　现在还有一点。当我们工作完毕的时候，我们可以享受各种娱

乐，以提高我们的精神。整个一年之中，有各种定期的赛会和祭祀；在我们的家庭中，我们有华丽而风雅的设备，每天怡娱心目，使我们忘记了我们的忧虑。我们的城邦这样伟大，它使全世界各地一切好的东西都充分地带给我们，使我们享受外国的东西，正好像是我们本地的出产品一样。

在我们对于军事安全的态度方面，我们和我们的敌人间也有很大的差别。下面就是一些例子：我们的城市，对全世界的人都是开放的；我们没有定期的放逐，以防止人们窥视或者发现我们那些在军事上对敌人有利的秘密。这是因为我们所依赖的不是阴谋诡计，而是自己的勇敢和忠诚。在我们的教育制度上，也有很大的差别。从孩提时代起，斯巴达人即受到最艰苦的训练，使之变为勇敢；在我们的生活中没有一切这些限制，但是我们和他们一样，可以随时勇敢地对付同样的危险，这一点由下面的事实可以得到证明：当斯巴达人侵入我们的领土时，他们总不是单独自己来的，而是带着他们的同盟者和他们一起来的；但是当我们进攻的时候，这项工作是由我们自己来做；虽然我们是在异乡作战，而他们是为保护自己的家乡而战，但是我们常常打败了他们。事实上，我们的敌人从来没有遇着过我们的全部军力，因为我们不得不分散我们的注意力于我们的海军和在陆地上我们派遣军队去完成的许多任务。但是如果敌人和我们的海军支队作战而胜利了的时候，他们就自吹，说他们打败了我们的全军；如果他们战败了，他们就自称我们是以全军的力量把他们打败的。我们是自愿地以轻松的情绪来应付危险，而不是以艰苦的训练；我们的勇敢是从我们的生活方式中自然产生的，而不是国家法律强迫的；我认为这些是我们的优点，我们不花费时间来训练自己忍受那些尚未到来的痛苦；但是当我们真的遇着痛苦的时候，我们表现出我们自己正和那些经常受到严格训练的人一样勇敢。我认为这是我们的城邦值得崇拜之处。当然还有其他的优点。

我们爱好美丽的东西，但是没有因此而至于奢侈；我们爱好智慧，但是没有因此而至于柔弱。我们把财富当作可以适当利用的东西，而没有把它当作可以自己夸耀的东西。至于贫穷，谁也不必以承认自己贫穷为耻；真正的耻辱是不择手段以避免贫穷。在我们这里，每一个人所关心的，不仅是他自己的事务，而且也关心国家的事务；就是那些最忙于他们自己的事务的人，对于一般政治也是很熟悉的——这是我们的特点；一个不关心政治的人，我们不说他是一个注意自己事务的人，而说他根本没有事务。我们雅典人自己决定我们的政策，或者把决议提交适当的讨论；因为我们认为言论和行动间是没有矛盾的；最坏的是没有适当地讨论其后果，就冒失开始行动。这一点又是我们和其他人民不同的地方。我们能够冒险；同时又能够对于这个冒险，事先深思熟虑。他人的勇敢，由于无知；当他们停下来思考的时候，他们就开始疑惧了。但是真的算得勇敢的人是那个最了解人生的幸福和灾患，然后勇往直前、担当起将来会发生的事故的人。

再者，在关于一般友谊的问题上，我们和其他大多数人也成一个鲜明的对比。我们结交朋友的方法是给他人以好处，而不是从他人方面得到好处。这就使我们的友谊更为可靠，因为我们要继续对他们表示好感，使受惠于我们的人永远感激我们；但是受我们一些恩惠的人，在感情上缺少同样的热忱，因为他们知道，在他们报答我们的时候，这好像是偿还一笔债务一样，而不是自动地给予恩惠。在这方面，我们是独特的。当我们真的给予他人以恩惠时，我们不是因为估计我们的得失而这样做的，乃是由于我们的慷慨，我们做而无后悔的。因此，如果把一切都联合起来考虑的话，我可断言，我们的城市是全希腊的学校；我可断言，我们每个公民，在生活许多方面，能够独立自主；并且在表现独立自主的时候，能够特别地表现温文尔雅和多才多艺。为着说明这并不是在这个典礼上的空自吹嘘，而是真正的具体事实，你们只要考虑一下：正因为我在上面所说的优良品质，我们的城邦才获得了它现有的势力。我们所知道的国家中，只有雅典在遇到考验的时候，证明是比一般人所想象的更为伟大。在雅典的情况下，也只有在雅典的情况下，入侵的敌人不以战败为耻辱；受它统治的属民不因统治者不够格而抱怨。真的，我们所遗留下来的帝国的标志和纪念物是巨大的，不但现在，而且后世也会对我们表示赞叹。我们不需要一个荷马的歌颂，也不需要任何他人的歌颂，因为他们的歌颂只能使我们娱乐于一时，而他们对于事实的估计不足以代表真实的情况。因为我们的冒险精神冲进了每个海洋和每个陆地；我们到处对我们的朋友施以恩德，对我们的敌人给予痛苦；关于这些事情，我们遗留了永久的纪念于后世。

（选自《影响世界历史进程的演说精粹》，百花洲文艺出版社，1999年）

【交流之窗】

战争中的生还者怎样去面对战友的牺牲，怎么去平衡自己的内心，以更冷静更勇敢的姿态投入到新的战斗中，恐怕是每一位统帅者都必须面对的问题。还能有更好的演讲词吗？——告诉自己的勇士们，他们为之奉献生命捍卫的是这样一个伟大的国家，它在政体、军事、社会风尚等方面领先于世界，他能为之奋斗，为之献身，是他的荣耀，更是他的骄傲。

本文被评价为是描述雅典奴隶主民主政治的范文。

独立宣言

[美国]托马斯·杰斐逊（起草）　戴安娜拉维奇编　林本椿等译

在人类事务发展的过程中，当一个民族必须解除同另一个民族的联系，并按照自然法则和上帝的旨意，以独立平等的身份立于世界列国之林时，出于对人类舆论的尊重，必须把驱使他们独立的原因予以宣布。

我们认为下述真理是不言而喻的：人人生而平等，造物主赋予他们若干不可让与的权利，其中包括生存权、自由权和追求幸福的权利。为了保障这些权利，人们才在他们中间建立政府，而政府的正当权利，则是已经被统治者同意授予的。任何形式的政府一旦对这些目标的实现起破坏作用时，人民便有权予以更换或废除，以建立一个新的政府。新政府所依据的原则和组织其权利的方式，务使人民认为唯有这样才最有可能使他们获得安全和幸福。若真要审慎地来说，成立多年的政府是不应当由于无关紧要的和一时的原因而予以更换的。过去的一切经验都说明，任何苦难，只要尚能忍受，人类还是情愿忍受，也不想为申冤而废除他们久已习惯了的政府形式。然而，当始终追求同一目标的一系列滥用职权和强取豪夺的行为表明政府企图把人民置于专制暴政之下时，人民就有权也有义务去推翻这样的政府,并为其未来的安全提供新的保障。这就是这些殖民地过去忍受苦难的经过,也是他们现在不得不改变政府制度的原因。当今大不列颠王国的历史,就是屡屡伤害和掠夺这些殖民地的历史,其直接目标就是要在各州之上建立一个独裁暴政。为了证明上述句句属实,现将事实公之于世,让公正的世人做出评判。

他拒绝批准对公众利益最有益、最必需的法律。

他禁止他的殖民总督批准刻不容缓、极端重要的法律,要不就先行搁置这些法律直至征得他的同意,而这些法律被搁置以后,他又完全置之不理。

他拒绝批准便利大地区人民的其他的法律,除非这些地区的人民情愿放弃自己在立法机构中的代表权;而代表权对人民是无比珍贵的,只有暴君才畏惧它。

他把各州的立法委员召集到一个异乎寻常、极不舒适而又远离他们的档案库的地方去开会,其目的无非是使他们疲惫不堪,被迫就范。

他一再解散各州的众议院,因为后者坚决反对他侵犯人民的权利。

他在解散众议院之后,又长期拒绝另选他人,于是这项不可剥夺的立法权便归由普通人民来行使,致使在这期间各州仍处于外敌入侵和内部骚乱的种种危险之中。

他力图阻止各州增加人口,为此目的,他阻挠外国人入籍法的通过,拒绝批准其他鼓励移民的法律,并提高分配新土地的条件。

他拒绝批准建立司法权力的法律，以阻挠司法的执行。

他迫使法官为了保住任期、薪金的数额和支付而置于他个人意志的支配之下。

他滥设新官署，委派大批官员到这里骚扰我们的人民，吞噬他们的财物。

他在和平时期，未经我们立法机构同意，就在我们中间维持其常备军。

他施加影响，使军队独立于文官政权之外，并凌驾于文官政权之上。

他同他人勾结，把我们置于一种既不符合我们的法规也未经我们法律承认的管辖之下，而且还批准他们炮制的各种伪法案，以便任其在我们中间驻扎大批武装部队；不论这些人对我们各州居民犯下何等严重的谋杀罪，他可用审判来庇护他们，让他们逍遥法外；他可以切断我们同世界各地的贸易；未经我们同意便向我们强行征税；在许多案件中剥夺我们享有陪审制的权益；以莫须有的罪名把我们押送海外受审；他在一个邻省废除了英国法律的自由制度，在那里建立专制政府，扩大其疆域，使其立即成为一个样板和合适的工具，以便向这里各殖民地推行同样的专制统治；他取消我们的许多特许状，废除我们最珍贵的法律并从根本上改变我们各州政府的形式；他终止我们立法机构行使权力，宣称他们自己拥有在任何情况下为我们制定法律的权力。

他放弃设在这里的政府，宣称我们已不属他保护之列，并向我们发动战争。

他在我们的海域里大肆掠夺，蹂躏我们的沿海地区，烧毁我们的城镇，残害我们人民的生命。

他此时正在运送大批外国雇佣兵，来从事其制造死亡、荒凉和暴政的勾当，其残忍与卑劣从一开始就连最野蛮的时代也难以相比，他已完全不配当一个文明国家的元首。

他强迫我们在公海被他们俘虏的同胞拿起武器反对自己的国家，使他们成为残杀自己亲友的刽子手，或使他们死于自己亲友的手下。

他在我们中间煽动内乱，并竭力挑唆残酷无情的印第安蛮子来对付我们边疆的居民，而众所周知，印第安人作战的准则是不分男女老幼、是非曲直，格杀勿论。

在遭受这些压迫的每一阶段，我们都曾以最谦卑的言辞吁请予以纠正。而我们一次又一次的请愿，却只是被报以一次又一次的伤害。

一个君主，其品格被他的每一个只有暴君才干得出的行为所暴露时，就不配君临自由的人民。

我们并不是没有想到我们英国的弟兄。他们的立法机关想把无理的管辖权扩展到我们这里来，我们时常把这个企图通知他们。我们也曾把我们移民来这里和在这里定居的情况告诉他们。我们曾恳求他们天生的正义感和雅量，念在同种同宗的份上，弃绝这些掠夺行为，因为这些掠夺行为难免会使我们之间的关系和来往中断。可他们对这种正义和同宗的呼声也同样充耳不闻。因此，我们不得不宣布脱离他们，以对待世界上其他民族的态度对待他们：同我交战者，就是敌人；同我和好者，即为朋友。

因此我们这些在大陆会议上集会的美利坚合众国的代表，以各殖民地善良人民的名义，并经他们授权，向世界最高裁判者申诉，说明我们的严正意向，同时郑重宣布：

我们这些联合起来的殖民地现在是，而且按公理也应该是，独立自由的国家；我们对英国王室效忠的全部义务，我们与大不列颠王国之间一切政治联系全部断绝，而且必须断绝。

作为一个独立自由的国家，我们完全有权宣战、缔合、结盟、通商和采取独立国家有权采取的一切行动。

我们坚定地信赖神明上帝的保佑，同时以我们的生命、财产和神圣的名誉彼此宣誓来支持这一宣言。

（选自《美国读本：感动过一个国家的文字》，生活·读书·新知三联书店，1995年）

【交流之窗】

美国是后起的国家，立国仅有短短的200多年，却迅速地超越英法德等老牌工业国家，成为世界上最强大的国家。考察美国的强大，无论如何绕不开这部《独立宣言》。在历史的紧要关头,美国人民何其幸运,挑选到了五位伟大、正直而无私的人为他们掌舵,用他们智慧的大脑,萃取出社会发展的要义,指明了美国发展的方向。

《独立宣言》是美国立国之本,也是美国人中学时代必须学习的纲领性文件。

共产党宣言（节选）

[德国]马克思、恩格斯

一个幽灵，共产主义的幽灵，在欧洲游荡。为了对这个幽灵进行神圣的围剿，旧欧洲的一切势力，教皇和沙皇、梅特涅和基佐、法国的激进派和德国的警察，都联合起来了。

有哪一个反对党不被它的当政的敌人骂为共产党呢？又有哪一个反对党不拿共产主义这个罪名去回敬更进步的反对党人和自己的反动敌人呢？

从这一事实中可以得出两个结论：

共产主义已经被欧洲的一切势力公认为是一种势力；

现在是共产党人向全世界公开说明自己的观点、自己的目的、自己的意图并且拿党自己的宣言来反驳关于共产主义幽灵的神话的时候了。

至今一切社会的历史都是阶级斗争的历史。自由民和奴隶、贵族和平民、领主和农奴、行会师傅和帮工，一句话，压迫者和被压迫者，始终处于相互对立的地位，进行不断的、有时隐蔽有时公开的斗争，而每一次斗争的结局都是整个社会受到革命改造或者斗争的各阶级同归于尽。

在过去的各个历史时代，我们几乎到处都可以看到社会完全划分为各个不同的等级，看到社会地位分成多种多样的层次。在古罗马，有贵族、骑士、平民、奴隶，在中世纪，有封建主、臣仆、行会师傅、帮工、农奴，而且几乎在每一个阶级内部又有一些特殊的阶层。

从封建社会的灭亡中产生出来的现代资产阶级社会并没有消灭阶级对立。它只是用新的阶级、新的压迫条件、新的斗争形式代替了旧的。

但是，我们的时代，资产阶级时代，却有一个特点：它使阶级对立简单化了。整个社会日益分裂为两大敌对的阵营，分裂为两大相互直接对立的阶级：资产阶级和无产阶级。

资产阶级在历史上曾经起过非常革命的作用。资产阶级在它已经取得了统治的地方把一切封建的、宗法的和田园般的关系都破坏了。它无情地斩断了把人们束缚于天然尊长的形形色色的封建羁绊，它使人和人之间除了赤裸裸的利害关系，除了冷酷无情的"现金交易"，就再也没有任何别的联系了。它把宗教虔诚、骑士热忱、小市民伤感这些情感的神圣发作，淹没在利己主义打算的冰水之中。它把人的尊严变成了交换价值，用一种没有良心的贸易自由代替了无数特许的和自力挣得的自由。总而言之，它用公开的、无耻的、直接的、露骨的剥削代替了由宗教幻想和政治幻想掩盖着的剥削。

资产阶级抹去了一切向来受人尊崇和令人敬畏的职业的神圣光环。它把医生、律师、教士、诗人和学者变成了它出钱招雇的雇佣劳动者。资产阶级撕下了罩在家庭关系上的温情脉脉的面纱，把这种关系变成了纯粹的金钱关系。

资产阶级，由于一切生产工具的迅速改进，由于交通的极其便利，把一切民族甚至最野蛮的民族都卷到文明中来了。它的商品的低廉价格，是它用来摧毁一切万里长城、征服野蛮人最顽强的仇外心理的重炮。它迫使一切民族——如果它们不想灭亡的话——采用资产阶级的生产方式；它迫使它们在自己那里推行所谓文明，即变成资产者。一句话，它按照自己的面貌为自己创造出一个世界。

资产阶级使农村屈服于城市的统治。它创立了巨大的城市，使城市人口比农村人口大大增加起来，因而使很大一部分居民脱离了农村生活的愚昧状态。正像它使农村从属于城市一样，它使未开化和半开化的国家从属于文明的国家，使农民的民族从属于资产阶级的民族，使东方从属于西方。

共产党人同全体无产者的关系是怎样的呢？共产党人不是同其他工人政党相对立的特殊政党。

他们没有任何同整个无产阶级的利益不同的利益。他们不提出任何特殊的原则，用以塑造无产阶级的运动。共产党人同其他无产阶级政党的区别是：一方面，在无产者不同的民族的斗争中，共产党人强调和坚持整个无产阶级共同的不分民族的利益；另一方面，在无产阶级和资产阶级的斗争所经历的各个发展阶段上，共产党人始终代表整个运动的利益。

因此，在实践方面，共产党人是各国工人政党中最坚决的、始终起推动作用的部分；在理论方面，他们胜过其余无产阶级群众的地方在于他们了解无产阶级运动的条件、进程和一般结果。共产党人到处都努力争取全世界民主政党之间的团结和协调。共产党人不屑于隐瞒自己的观点和意图。他们公开宣布：他们的目的只有用暴力推翻全部现存的社会制度才能达到。让统治阶级在共产主义革命面前发抖吧。无产者在这个革命中失去的只是锁链。他们获得的将是整个世界。

全世界无产者，联合起来！

（选自《共产党宣言》，人民出版社，1959年）

【交流之窗】

"全世界无产者，联合起来！"在中国，这句话曾经家喻户晓。这真是一个激动人心的口号。从共产主义诞生的那天开始，注定了一个完全不同于资本主义的社会，只有通过革命才能达到。马克思主义传入中国后直接影响了中国几代领导人的政治方针，推动了中国的发展。

联合国宪章（节选）

　　我联合国人民同兹决心欲免后世再遭今代人类两度身历惨不堪言之战祸，重申基本人权、人格尊严与价值，以及男女与大小各国平等权利之信念，创造适当环境，俾克维持正义，尊重由条约与国际法其他渊源而起之义务，久而弗懈，促成大自由中之社会进步及较善之民生，并为达此目的力行容恕，彼此以善邻之道，和睦相处，集中力量，以维持国际和平及安全，接受原则，确立方法，以保证非为公共利益，不得使用武力，运用国际机构，以促成全球人民经济及社会之进展，用是发愤立志，务当同心协力，以竟厥功。爰由我各本国政府，经齐集金山市之代表各将所奉全权证书，互相校阅，均属妥善，议定本联合国宪章，并设立国际组织，定名联合国。

第一章　宗旨及原则

第一条

联合国之宗旨为：

　　一、维持国际和平及安全，并为此目的：采取有效集体办法，以防止且消除对于和平之威胁，制止侵略行为或其他和平之破坏；并以和平方法且依正义及国际法之原则，调整或解决足以破坏和平之国际争端或情势。

二、发展国际以尊重人民平等权利及自决原则为根据之友好关系，并采取其他适当办法，以增强普遍和平。

三、促成国际合作，以解决国际属于经济、社会、文化及人类福利性质之国际问题，且不分种族、性别、语言或宗教，增进并激励对于全体人类之人权及基本自由之尊重。

四、构成一协调各国行动之中心，以达成上述共同目的。

第二条

为求实现第一条所述各宗旨起见，本组织及其会员国应遵行下列原则：

一、本组织系基于各会员国主权平等之原则。

二、各会员国应一秉善意，履行其依本宪章所担负之义务，以保证全体会员国由加入本组织而发生之权益。

三、各会员国应以和平方法解决其国际争端，避免危及国际和平、安全及正义。

四、各会员国在其国际关系上不得使用威胁或武力，或以与联合国宗旨不符之任何其他方法，侵害任何会员国或国家之领土完整或政治独立。

五、各会员国对于联合国依本宪章规定而采取之行动，应尽力予以协助，联合国对于任何国家正在采取防止或执行行动时，各会员国对该国不得给予协助。

六、本组织在维持国际和平及安全之必要范围内，应保证非联合国会员国遵行上述原则。

七、本宪章不得认为授权联合国干涉在本质上属于任何国家国内管辖之事件，且并不要求会员国将该项事件依本宪章提请解决；但此项原则不妨碍第七章内执行办法之适用。

（选自《世纪档案——影响20世纪世界历史进程的100篇文献（1896—1996）》，中国文史出版社，1996年）

【交流之窗】

《联合国宪章》是在第二次世界大战余烬中诞生的，寄托着各国对免于战争、恐惧和匮乏的殷切期盼，宣示了国际社会消弭战祸、永保和平的坚定信念。中国成为第一个签署《宪章》的国家。《宪章》规定的主权平等、不干涉内政、和平解决争端、不使用武力、善意履行国际义务等基本原则，形成了战后国际关系的"黄金法则"，为国际社会普遍接受。当今国际社会面临新问题、新挑战、新威胁，违背《宪章》基本准则的行为时有发生。全世界人民应保持高度警惕，坚决维护建立在《宪章》基础上的战后国际秩序，创造一个公平正义、持久和平的繁荣未来。

葛底斯堡演说

[美国]亚伯拉罕·林肯著　马浩岚译

　　87年前，我们的父辈使一个新的国家诞生在这片大陆上，这个国家孕育于自由之中，并致力于人生而平等的信念。

　　现在我们正在进行一场伟大的内战，这场战争检验我们的国家或任何一个像我们这样孕育并执着追求这种主张的国家是否能够长久存在。我们聚集在这场战争中的一个伟大战场上，有些人在这里为了这个国家的生存而牺牲了自己的生命，我们此时将这个战场上的一块土地奉献给他们，作为他们的最终安息之所。我们这样做是完全合适和正确的。

　　然而，从更广阔的意义上来说，我们无法奉献这片土地——我们无法使之神圣——我们也无法使之光荣。是那些勇敢的人，无论活着的还是死了的，是那些曾在这里战斗的人，使它变得神圣伟大，这远非我们微薄的力量所能予以增减的。这个世界不会注意也不会长时间记得我们在这里说的话，但是它永远也不会忘记勇士们在这里的业绩。对于我们这些活着的人来说，真正要做的是献身勇士们未竟的事业。他们曾在这里战斗，并英勇地将这项事业推向前进。我们要做的是献身于留在我们面前的伟大的使命——他们已光荣牺牲，而我们会更加献身于他们为之付出一切的事业——我们在这里坚定地承诺烈士的鲜血决不能白流——这个国家，在上帝的庇佑下，将会获得一次自由的新生——这个民有、民治、民享的政府一定会与世长存。

（选自《美国语文》，中国妇女出版社，2008年）

【交流之窗】

1863年11月，林肯被邀请在将葛底斯堡战场确立为国家公墓的启用典礼上讲"几句合适的话"，于是有了这个简短而影响深远的演讲。做这个演讲时，内战尚未结束，林肯高度赞扬为国家牺牲的勇士们的行为，激励活着的人继续前进。时至今日，这篇演讲中许多名言，仍然镌刻在林肯纪念堂的四壁上，其演讲手稿被藏于美国国会图书馆，其演说词被铸成金文，长存于牛津大学。至今，人们还常在许多重要场合提起或朗诵它。

体育颂

[法国]皮埃尔·德·顾拜旦著　詹汝琮等译

啊，体育，天神的欢娱，生命的动力！你猝然降临在灰蒙蒙的林间空地，受难者激动不已。你像是容光焕发的使者，向暮年人微笑致意。你像高山之巅出现的晨曦，照亮了昏暗的大地。

啊，体育，你就是美丽！你塑造的人体变得高尚还是卑鄙，要看它是被可耻的欲望引向堕落，还是由健康的力量悉心培育。没有匀称协调，便谈不上什么美丽。你的作用无与伦比，可使二者和谐统一；可使人体运动富有节律；使动作变得优美，柔中含有刚毅。

啊，体育，你就是正义！你体现了社会生活中追求不到的公平合理。任何人不可超过速度一分一秒，逾越高度一分一厘，取得成功的关键，只能是体力与精神融为一体。

啊，体育，你就是勇气！肌肉用力的全部含义是勇于搏击。若不为此，敏捷、强健有何用？肌肉发达有何益？我们所说的勇气，不是冒险家押上全部赌注似的蛮干，而是经过慎重的深思熟虑。

啊，体育，你就是荣誉！荣誉的赢得要公正无私，反之便毫无意义。有人要弄见不得人的诡计，以此达到欺骗同伴的目的，但他内心深处受着耻辱的绞缢，有朝一日被人识破，就会落得名声扫地。

啊,体育,你就是乐趣!想起你,内心充满欢喜,血液循环加剧,思路更加开阔,条理更加清晰。你可使忧伤的人散心解闷,你可使快乐的人生活更加甜蜜。

啊,体育,你就是培育人类的沃地!你通过最直接的途径,增强民族体质,矫正畸形躯体,防病患于未然,使运动员得到启迪;让后代长得茁壮有力,继往开来,夺取桂冠的荣誉。

啊,体育,你就是进步!为了人类的日新月异,身体和精神的改变要同时抓起。你规定良好的生活习惯,要求人们对过度行为引起警惕。你告诉人们遵守规则,发挥人类最大的能力而又无损健康的肌体。

啊,体育,你就是和平!你在各民族间建立愉快的联系。你在有节制、有组织、有技艺的体力较量中产生,使全世界的青年学会相互尊重和学习,使不同民族特质成为高尚而公平竞赛的动力!

【交流之窗】

"更快更高更强"的体育精神不断地召唤人类挖掘潜能,突破自身的局限。体育带给人类的不仅仅是正义、勇气、荣誉,更重要的是它带给世界和平与和谐。全诗高度评价了体育在现代社会的功能和对人类的重大作用。

我有一个梦想

[美国]马丁·路德·金

今天，我高兴地同大家一起参加这次将成为我国历史上为争取自由而举行的最伟大的示威集会。

100年前，一位伟大的美国人—— 今天我们就站在他象征性的身影下——签署了《解放黑奴宣言》。这项重要法令的颁布，对于千百万灼烤于非正义残焰中的黑奴，犹如带来希望之光的硕大灯塔，恰似结束漫漫长夜禁锢的欢畅黎明。

然而100年后的今天，我们必须正视黑人还没有得到自由这一悲惨的事实。100年后的今天，在种族隔离的镣铐和种族歧视的枷锁下，黑人的生活备受压榨。100年后的今天，黑人仍生活在物质充裕的海洋中一个穷困的孤岛上。100年后的今天，黑人仍然蜷缩在美国社会的角落里，并且意识到自己是故土家园中的流亡者。今天我们在这里集会，就是要把这种骇人听闻的情况公诸世人。

就某种意义而言，今天我们是为了要求兑现诺言而汇集到我们国家的首都来的。我们共和国的缔造者草拟宪法和独立宣言的气壮山河的词句时，曾向每一个美国人许下了诺言，他们承诺所有人——不论白人还是黑人——都享有不可让渡的生存权、自由权和追求幸福权。

就有色公民而论,美国显然没有实践她的诺言。美国没有履行这项神圣的义务,只是给黑人开了一张空头支票,支票上盖着"资金不足"的戳子后便退了回来。但是我们不相信正义的银行已经破产,我们不相信,在这个国家巨大的机会之库里已没有足够的储备。因此今天我们要求将支票兑现——这张支票将给予我们宝贵的自由和正义保障。

我们来到这个圣地也是为了提醒美国,现在是非常急迫的时刻。现在绝非奢谈冷静下来或服用渐进主义的镇静剂的时候。现在是实现民主的诺言时候。现在是从种族隔离的荒凉阴暗的深谷攀登种族平等的光明大道的时候,现在是向上帝所有的儿女开放机会之门的时候,现在是把我们的国家从种族不平等的流沙中拯救出来、置于兄弟情谊的磐石上的时候。

如果美国忽视时间的迫切性和低估黑人的决心,那么,这对美国来说,将是致命伤。自由和平等的爽朗秋天如不到来,黑人义愤填膺的酷暑就不会过去。1963年并不意味着斗争的结束,而是开始。有人希望,黑人只要撒撒气就会满足;如果国家安之若素,毫无反应,这些人必会大失所望的。黑人得不到公民的基本权利,美国就不可能有安宁或平静;正义的光明的一天不到来,叛乱的旋风就将继续动摇这个国家的基础。

但是对于等候在正义之宫门口的心急如焚的人们,有些话我是必须说的。在争取合法地位的过程中,我们不要采取错误的做法。我们不要为了满足对自由的渴望而抱着敌对和仇恨之杯痛饮。我们斗争时必须永远举止得体，纪律严明。我们不能容许我们的具有崭新内容的抗议蜕变为暴力行动。我们要不断地升华到以精神力量对付物质力量的崇高境界中去。

现在黑人社会充满着了不起的新的战斗精神，但是不能因此而不信任所有的白人。因为我们的许多白人兄弟已经认识到，他们的命运与我们的命运是紧密相连的，他们今天参加游行集会就是明证。他们的自由与我们的自由是息息相关的。我们不能单独行动。

当我们行动时，我们必须保证向前进。我们不能倒退。现在有人问热心民权运动的人，"你们什么时候才能满足？"

只要黑人仍然遭受警察难以形容的野蛮迫害，我们就绝不会满足。

只要我们在外奔波而疲乏的身躯不能在公路旁的汽车旅馆和城里的旅馆找到住宿之所，我们就绝不会满足。

只要黑人的基本活动范围只是从少数民族聚居的小贫民区转移到大贫民区，我们就绝不会满足。

只要我们的孩子被"仅限白人"的标语剥夺自我和尊严，我们就绝不会满足。

只要密西西比州仍然有一个黑人不能参加选举，只要纽约有一个黑人认为他投票无济于事，我们就绝不会满足。

不！我们现在并不满足，我们将来也不满足，除非正义和公正犹如江海之波涛，汹涌澎湃，滚滚而来。

我并非没有注意到，参加今天集会的人中，有些受尽苦难和折磨；有些刚刚走出窄小的牢房；有些由于寻求自由，曾在居住地惨遭疯狂迫害的打击，并在警察暴行的旋风中摇摇欲坠。你们是人为痛苦的长期受难者。坚持下去吧，要坚决相信，忍受不应得的痛苦是一种赎罪。

让我们回到密西西比去，回到亚拉巴马去，回到南卡罗来纳去，回到佐治亚去，回到路易斯安那去，回到我们北方城市中的贫民区和少数民族居住区去，要心中有数，这种状况是能够也必将改变的。

我们不要陷入绝望而不可自拔。朋友们，今天我对你们说，在此时此刻，我们虽然遭受种种困难和挫折，我仍然有一个梦想，这个梦想深深扎根于美国的梦想之中。

我梦想有一天，这个国家会站立起来，真正实现其信条的真谛："我们认为真理是不言而喻，人人生而平等。"

我梦想有一天，在佐治亚的红山上，昔日奴隶的儿子将能够和昔日奴隶主的儿子坐在一起，共叙兄弟情谊。

我梦想有一天，甚至连密西西比州这个正义匿迹，压迫成风，如同沙漠般的地方，也将变成自由和正义的绿洲。

我梦想有一天，我的四个孩子将在一个不是以他们的肤色，而是以他们的品格优劣来评价他们的国度里生活。

今天，我有一个梦想。我梦想有一天，亚拉巴马州能够有所转变，尽管该州州长现在仍然满口异议，反对联邦法令，但有朝一日，那里的黑人男孩和女孩将能与白人男孩和女孩情同骨肉，携手并进。

今天，我有一个梦想。

我梦想有一天，幽谷上升，高山下降；坎坷曲折之路成坦途，圣光披露，满照人间。

这就是我们的希望。我怀着这种信念回到南方。有了这个信念，我们将能从绝望之岭劈出一块希望之石。有了这个信念，我们将能把这个国家刺耳的争吵声，改变成为一支洋溢手足之情的优美交响曲。

有了这个信念，我们将能一起工作，一起祈祷，一起斗争，一起坐牢，一起维护自由；因为我们知道，终有一天，我们是会自由的。

在自由到来的那一天，上帝的所有儿女将以新的含义高唱这支歌："我的祖国，美丽的自由之乡，我为您歌唱。您是父辈逝去的地方，您是最初移民的骄傲，让自由之声响彻每个山冈。"

如果美国要成为一个伟大的国家，这个梦想必须实现！

让自由之声从新罕布什尔州的巍峨的崇山峻岭响起来！

让自由之声从纽约州的崇山峻岭响起来！

让自由之声从宾夕法尼亚州的阿勒格尼山响起来！

让自由之声从科罗拉多州冰雪覆盖的落基山响起来！

让自由之声从加利福尼亚州蜿蜒的群峰响起来！

不仅如此，还要让自由之声从佐治亚州的石岭响起来！

让自由之声从田纳西州的瞭望山响起来！

让自由之声从密西西比的每一座丘陵响起来！

让自由之声从每一片山坡响起来!

当我们让自由之声响起,让自由之声从每一个大小村庄、每一个州和每一个城市响起来时,我们将能够加速这一天的到来,那时,上帝的所有儿女,黑人和白人,犹太教徒和非犹太教徒,耶稣教徒和天主教徒,都将手携手,合唱一首古老的黑人灵歌:

"自由啦!自由啦!感谢全能上帝,我们终于自由啦!"

(选自《世界散文随笔精品文库·美国卷》,中国社会科学出版社,1993年)

【交流之窗】

本文是马丁·路德·金于1963年8月28日在华盛顿林肯纪念堂发表的著名演讲。作者从"结束了束缚黑人的漫漫长夜"的期待开始,到对100年之后黑人现状的失望,到要求政府兑现"支票"的义正词严,再到"我有一个梦想"的热烈憧憬,其间无不充满着作者悲愤而热烈的情感。正因为作者饱含深情,而且在演讲中把梦幻、心曲和圣歌联系起来,使演讲如交响乐一般在听众中回荡,使听众的情绪受到感染并得以升华,产生了极强的号召力。

我们在月球散步了

——"阿波罗号"登月返回后在国会联席会议上的讲演

[美国]埃德温·奥尔德林

踏上月球的第一步,也是踏上太阳系各行星和最终走向太空其他星球的一步。美国在太空方面经过十年的努力后,三名太空人于一九六九年七月二十日登上了月球。当迈克·柯林斯在指挥舱"哥伦比亚号"中环绕月球飞行时,尼尔·阿姆斯特朗和埃德温·奥尔德林驾驶的登月舱"鹰"降落在月球表面。阿姆斯特朗成为第一个踏上月球的人,他说了一句著名的话:"对一个人来说那是一小步,对人类来说却是一大步。"三名太空人回到地球后几个星期,于一九六九年九月十六日,埃德温·奥尔德林上校在国会联席会议上发表了演讲。

尊敬的女士们、先生们:

今天,我怀着身为美国人的高度自豪感和身为人类的谦恭心情,向你们说一句从前任何人都无权说的话:"我们在月球上散步了。"但是,在宁静海基地留下的脚印,不仅是属于"阿波罗十一号"的全体太空人的,而且是由全国数以万计的人所共同留下的，他们是政府、工业界和大学的人员，是这些年来在我们之前为"水星号""双子座号"和"阿波罗号"辛勤劳动的工作小组和全体太空人。

那些脚印是美国人民和你们的。你们是美国人民的代表。你们接受并支持了那不可避免的登月计划的挑战。同时，既然我们是为全人类的和平而踏上月球，那些脚印也是属于全世界人民的。对于所有在悠悠转动的地球上仰望夜空的人，月亮都匀洒银光，绝不厚此薄彼；因此，我们希望，太空探索的成果也将由大家平等分享，从而给整个人类带来和谐的影响。

科学考察意味着对未知世界的探索，人们根本无法预知全部结果。查尔斯·林白说过："科研成果不是最终目的，而是一条通向奥秘而又消失在奥秘中的道路。"

当我们向全世界敞开门窗，让外界了解我们的成就和失败时，当我们同世界各国分享我们的发现时，我们在太空方面取得的成就，已成为我国生活方式的象征。"土星号"运载火箭、宇宙飞船"哥伦比亚号"与"鹰"等的机舱外活动装置都已向尼尔、迈克和我证实：我国能够生产质量最高和最可靠的设备。这给予我们所有人以希望和鼓舞，以便解决地球上某些更为困难的问题。"阿波罗号"所给予我们的启示是，只要有足够坚强的意志去干，国家的目标是能够实现的。

踏上月球的第一步，也是踏上太阳系各行星和最终走向太空其它星球的一步。"对一个人来说是一小步",这句话阐述的是事实;而"对人类来说是一大步",则是对未来的希望。

我们国家在"阿波罗"计划上的做法,可以运用来解决国内问题,我们在未来太空探测计划中所做的工作,将决定我们的跃进究竟有多大。

谢谢大家。

【交流之窗】

1969年7月20日,包括埃德温·奥尔德林在内的三名美国太空人登上了月球。人类成功登月意义重大,正如第一个踏上月球的太空人阿姆斯特朗所言:"对一个人来说那是一小步,对人类来说却是一大步。"它第一次实现了人类千百年来的奔月梦想,说明人类在科学技术上取得了巨大的成就和进步,也为深刻地了解月球的情况,为下一步探月打下了基础。这一步对于人类未来探索宇宙至关重要。人类若不能登上月球,不能生存于月球,就难有进军宇宙的可能。近些年,我国在探月方面捷报频传,十分期待我国在探索太空方面有更大成就,让国人自豪,为人类做贡献。

杜威家书（节选）

[美国]约翰·杜威、爱丽丝·C.杜威著，伊凡琳·杜威编　刘幸译

上海，5月13日

　　学生联合会昨天碰头了，以投票的方式决定用电报告知政府，如果他们的四项——或者说五项——著名主张得不到实现，他们在下个星期一将要举行罢课。这些主张包括拒绝在《巴黎和约》上签字，惩罚因为受贿而与日本签订秘密协议的卖国贼，等等。但是在我看来，学生联合会比起学生来保守多了，有小道消息说今天上午就会开始罢课。他们尤为愤怒，因为警察禁止他们在户外进行集会——这也是现在主张中的一项——而且省议会在承诺扶持教育之后，提升了自己的薪水，这是从一个很小的教育基金中抽钱来办的这件事。在别的地区，当这样的事情发生的时候，学生们已经暴动了，而且会在议事厅大打出手。在这里有一个抗议联合会，学生们很激动，要求行动。有一部分教师，据我的判断，很同情这些孩子，不只同情他们的目的，而且同情他们的方法。有一些人认为，采取一些经过深思熟虑的行动，尽可能地使学生们更有组织性，更成系统，是自己的道德责任。还有一些人坚持着老一辈中国人的观点，认为没有什么是确定的，不知道

结果是好是坏。对旁观者而言，这些小婴孩和乳臭未干的孩子没有任何经验，也没有任何先例曾经拯救过中国——如果他们真决定干的话。这是一种很可怕的假设。难怪日本会那么有力而乐观地认为，自己注定要统治中国。

南京，5月18日

就在现在，因为目前的政治局势、抵制日本等原因，学生们成立了一个爱国同盟。但是，南京大学的老师们说，他们不是专注于两三件他们能够做好的事，而是提出了一个野心太大的计划，想囊括所有事情。等他们真的把这个复杂的组织建立起来的时候，或者遇到一些会打击他们积极性的困难的时候，他们的精力也就耗尽了。甚至，即便只是做一些力所能及的事情也会让他们筋疲力尽。我不知道我有没有告诉你们一家上海裁缝店店员的故事。他有着中国人常有的宿命态度，认为对于当前的状况做什么都无济于事。他说，抵制日货固然是一件好事，但是"中国人心灵太软弱，没过多久就会把这件事儿给忘了"。

许多不同的地方都悬挂着草帽，涂满了中国汉字。有人会拦住路人，如果路人的帽子是日本制的话，就得摘掉。这似乎很自然，没人阻拦。日本商店的门口站着警察，他们不让任何人进去。他们是在"保护"日本商店。这就是中国的特点。所有的警察都带着枪，配有刺刀。他们人数多，但是却无精打采，无聊得要死。另一班觉得无聊的则是军犬，数量更多，彻底地趴在那里，完全不会站起来，也没有机会做任何事情。

北京，6月1日

我们刚刚看见了好几百名女生从美国教会学校中出来，求见大总统，要求他释放那些因为在街头演讲而被投入监狱的男同学。如果说在中国的生活令人激动，那是实话。我们正亲眼见证着一个国家的诞生，而诞生总是伴随着艰辛的。每每有什么事情发生，一等它结束我就写信告诉你们，但是事情变化得太快，以至于我都来不及写。昨天，我们去参观了西山的佛教寺庙，这是教育部的一位官员组织的。当我们在一条穿过城墙的大路上飞驰而过的时候，我们见到了学生在向平民演讲。好几天以来，这是学生头一回现身了。我们问了官员，这些学生会被拘捕吗。他说："不会的，只要他们恪守法律不给人们惹麻烦。"今天早上，我们拿到了报纸，上面没什么大事。最糟糕的是，大学已经变为监狱，到处都是军营，在外面贴有一张告示，说这里就是那些以演讲扰乱和平的学生的监狱。这是完全非法的，意味着以军事力量占领了一所大学，而所有的教员也不得不因此辞职。他们会在今天下午开会，商讨此事。等到一切都结束了，我们可能会再一次明白到底都发生了些什么。我们听说的另外一件事是，有两百名学生被锁在法科的楼里，此外，还有两名学生被带去了警察局，背上挨了鞭子。这两名学生当时在发表演讲，在宪兵长官的面前被带走了。这两名学生没有像这些人所希望的那样闭上嘴，而是问了一些让长官非常尴尬的问题。于是长官在他们背上抽了鞭子。自那以后，再也没人见过长官了。如果长官们拒绝这一指控，那么记者们将根据条例要求去探望这两名被关起来的学生，长官是没有理由拒绝的，除非这事是真的。在大概上午十一点的时候，我们在找房子的时候，见到了学生在发表演讲。随后就听说他们被逮捕了，他们还在自己的包里装好了牙刷和毛巾。有个说法是，远不止两百人，而是足足一千人被拘捕了。单单在北京这一个地方就有大约一万人参加示威游行。女孩子们也站出来了，这对她们的老师而言明显是一次冲击，许多母亲也在那里，目送她们。女孩们是走去总统官邸的，从学校到那里有很长一段距离。如果总统不见她们，她们会坚持整宿站在外面，直至他出来见她们。我希望人们能给她们带去食物。我们听说有一个被关押的学生直到今天凌晨四点才上了床，但是一直没有吃饭。那里的大楼里有水，也有空间让他们躺在地上。如果被关到真正的监狱里去，他们会脏得多；而且，大家都在一起，无疑要愉快得多。

北京，7月4日

今天早上，我们要去北京高等师范学校。工学部的领导要来接我们。那里的学生在这个夏天自己盖起了三幢教学楼——他们自己进行规划、设计，商讨细节，监督施工，同时还做了所有的木工。工学部的领导，也就是我们的向导和东道主，已经在学生们的鼓动下组织起了一个"国家工厂"的活动。他现在想要在行会的指导下组办一所学徒学校。此外，他还有不少工作。其理念就是要让每一个"工厂"都培养出最棒的学徒——所谓工厂，事实上就是一屋子人的集体——给他们每天两个小时的正规学校教育，同时将当下的新方法和新产品引入工厂，介绍给他们。他们会在这里做金属加工。他希望这一计划将来会向全国推广。你们无法想象中国的工业有多么落后，不仅仅是落后于我们，甚至都不如日本。这样一来，他们的市场里充斥着廉价却不耐用的日本货，就是因为便宜他们才买。这就是他们忍耐的底线。但是这些花费或许在山东贸易上会值回来。棉纺公司非常急切地想要合作，只要学校能确保培养出富有技术的工人，尤其是管理人，公司就愿意提供资金。现在，他们卖了市值四百万的棉花给日本，在日本纺，然后花一千四百万的代价买回这些棉花纺成的线，再拿这些线织东西。这还不包括他们从日本进口的大量纺织好了的成品。

第四编
历史的原声

我在读书的时候发现，过去十年间，外国旅行者不下十二次吹嘘过中国的觉醒，因此，我犹豫着是否要再吹嘘一次。但我想，这是第一次，商人和行会真正团结协作，想要提升他们的工业水平。如果这样的话，这就是一场真正的觉醒——还加上与学生的联合。我每隔好几天就要读读从日本翻译过来的东西，从而确认他们对中国事态的忽视是真的傻，还是装傻，这是很有趣的一件事。可能两者兼有吧。很可信的是，他们对中国人的心理评价不高，就像那些文章里说的那样。但与此同时，他们与我们美国国内的人有同一论调，那就是，中国人事实上在所有外国人中最喜欢日本人。因为中国人意识到自己是依赖日本人的，如果中国人不和日本人合作，那一定是因为外国人，尤其美国人，出于利益和政治的动机从中挑拨离间。事实上，我怀疑历史是不是真的能完全记得清楚国与国之间发生的那么多不喜欢和不信任。有时候，日本很可能会来离间中国人这件事仿佛没有发生过一样，只是因为他们没这么做而已。如果日本的报纸和政客没有在过去的三个月里无所不用其极地辱骂美国，中国人可能会恼火于美国邀请自己卷入战争，但又突然撇下自己不管。当然，日本人在美国的时候都是讲些漂亮话。看看他们最后会走上一条什么样的路，将是一件很有趣的事。

（选自《杜威家书：1919年所见中国与日本》，北京师范大学出版社，2016年）

【交流之窗】

杜威夫妇在1919年分别访问了日本和中国，在中国期间恰逢五四运动爆发。之后杜威夫妇密切关注着运动的走向，并且在给女儿的家书中留下了第一手记录，比如：中国学生（包括女学生）走上街头游行反对卖国行径，即使有入狱的风险依然前赴后继；教育界和商界、工业界联合，期望合作提高工业水平以抵制日货。中国社会有不少人和杜威夫妇一样，同情学生对军阀的声讨和对日的反抗，但也有教员担心学生缺乏政治经验，或普通人质疑抵制日货运动是否能持久并收到实效。这一时期的中国，正如杜威自己所说，是一个巨大的万花筒，充满变革的可能，但又阻力重重。杜威夫妇身处其中，记录了当时所观、所闻、所想，他们有自己的关注点和价值判断，这些家书对于想要了解五四时期中国社会的人来说是不可多得的历史材料。

第三帝国的语言：一个语文学者的笔记

[德国]维克多·克莱普勒著　印芝虹译

摘自第一年的日记：

几页纸，记述这个问题是怎样渐渐地、不间断地搅扰我，令我不安。至此为止，有关政治、公共生活的话题基本上都是不进入日记本的。自从我获得德累斯顿的教授席位之后，我会不断警告自己，你现在找到了自己的使命，你现在属于你的科学研究——不要分散你的注意力，心无旁骛！然而眼下：

1933年3月21日。今天，"国家庆典"在波茨坦举行了。我怎能做得到集中心思工作而不去注意这个事件？这事之于我，就像之于《葛茨》中的弗朗茨："整个世界，我不知道何以，总是把我推向他们。"不过我知道何以。在莱比锡，他们成立了一个将大学民族化的委员会。——我们大学的黑板布告栏上挂出了一幅长条通告（这在其他所有德国大学里也同样要挂出）："犹太人用德语写作，即在说谎"；今后必须要强迫他，在其用德语出版的图书上标注"译自希伯来语"。——根据预告，德累斯顿在四月里要举办一个心理学家大会。于是《自由之战》报登出了一篇煽动性的文章："威廉·温特的科学是个什么东西？……何等的犹太化……清除之！"这以后，大会就被取消了……"为了避免个别与会者带来麻烦"。

4月10日。一个人因为25%的非雅利安血统便成为"异质"（artfremd）分子。"在不确定的情况下由种族研究专业人士决定"。Limpieza de la sangre，如同西班牙16世纪时的情况。但是当时是因为信仰问题，而今天则是动物学＋生意。

再说西班牙。我觉得这就是世界史上的一个笑话，"犹太人爱因斯坦"被一个西班牙大学挑衅性地聘用了，而且爱因斯坦也接受了这个聘书。

4月20日。又是一个新的节日之机，一个新的人民庆典日：希特勒的生日。"人民"（Volk）在现今的讲话和行文中使用得如此频繁，就像吃饭时用盐一样，给所有的东西都捏上一撮"人民"：人民的节日，人民的同志，人民团体，接近人民，背离人民，来自人民……

威斯巴登的医学大会真是可怜！他们热烈地、反复地感谢希特勒，称其为"德国的救星"（Retter Deutschlands），——尽管种族问题还没有完全获得澄清，尽管"异质人"（Fremden）瓦瑟曼（Wassermann），埃尔利希（Ehrlich），奈瑟（NeiBer）都作出过伟大的成就，他们说。在我周围最近的"种族同志"（Rassegenossen）中，有些人已经将这双重的"尽管"称为勇敢的举动，而这一点正是事情最为可怜的地方。不，最最可怜的是我不得不思考这个雅利安人和犹太人之间的种族区分问题，始终不停地研究这个疯狂的观念，以至于我总是要在这一犹太的视角下考察德国全部可怕的黑暗化和奴役化。对我来说，这似乎是希特勒之流对我个人赢得的一场胜利。我不愿意对他们服输。

6月17日。扬·基普拉（Jan Kiepura）究竟是哪里的国民呢？最近他准备在柏林举行的一场音乐会遭到了拒绝。这时他是犹太人基普拉。之后他在胡根贝尔格康采恩的影片中出场。此时他是"著名的米兰斯卡拉歌剧院男高音歌唱家"。然后他在布拉格用德语演唱《今夜抑或永不！》，人们嘘他。这时他是德国歌唱家基普拉。（他是波兰人，我是在很晚以后才得知的。）

7月9日。几周前，胡根贝尔格（Hugenberg）下台了，他的德意志民族党"自行解散了"，从此我便观察到，"国家社会主义的革命"取代了"民族提升"（Nationale Erhebung），人们比从前更频繁地称希特勒为"人民的总理"（Volkskanzler），人们开始说"集权国家"（Totaler Staat）。

7月28日。他们在"拉特瑙清除者"（Rathenaubeseitiger）的墓前举行了一次纪念庆典。"拉特瑙清除者"，这个名词构成的背后，这种将谋杀提升为职业的背后，藏有多少蔑视，多少反道德，或者说多少刻意强调的主人道德。使用这种语言的人，自我感觉该是多么强大！

然而，他们的自我感觉真的强大吗？事实上，政府的行动和言论里也有着很多的歇斯底里。对于这种语言里的歇斯底里，一定要进行一次特别的研究。比如那永远的死刑威胁！还有最近实行的规定，从12：00点到12：40中断所有的交通旅行，以便"在全德国范围内查找国家敌人的印刷品和传播者"。这其实就是半直接半间接的恐惧。我是想说，这种从美式的电影和耸人听闻小说里学来的制造紧张的绳套，自然也和直接诞生于恐惧的产品一样，是精心策划的宣传手段，但是另一方面，也只有那些必须如此的人，那些感到害怕的人，才会行使这样的宣传手段。

在我看来，他们内心的不安全感最强烈的症状表现在希特勒的出场本身。昨天的每周新闻里有一个有声的电影录像，领袖在一个大集会上说了几句话。他握紧了拳头，扭曲着面孔，与其说那是一个讲话，毋宁说是一场狂吼、一阵怒火的发泄："一月三十号他们（他当然是指犹太人）嘲笑了我——要让他们再也笑不出来……！"他现在似乎权力无边，或许他也确实权力无边，但是从这个录像里看，他的声音和手势所表露出的，却正是昏晕失控的怒火。而且，真正确信自己有恒久、毁灭性力量的人，会像他那样不断地絮叨千年大业和被歼之敌吗？——我几乎是带着一丝希望从电影院走出来的。

（选自《第三帝国的语言：一个语文学者的笔记》，商务印书馆，2013年）

【交流之窗】

作为纳粹政权的受害者和一位语言学家，克莱普勒记录下了纳粹德国的语汇和仪式。可能是出于职业素养或者本能敏感，他意识到纳粹对德语的侵蚀早在希特勒上台之前就开始了，而最终形成的第三帝国的语言不仅是纳粹的语言，更是权力的语言，同时具有煽动性和强大的洗脑能力。在我们看来，所谓的对"雅利安"和"非雅利安"的区分，以及对纳粹血旗的顶礼膜拜，都是属于纳粹德国的恐怖场景；但在当事人克莱普勒的笔下，这种影响是潜移默化的，以"温水煮青蛙"的方式让人们逐渐习惯和漠视纳粹对种族的划分和对异族的迫害。相比那些剖析历史事件种种意义的史学著作，亲历者记录的价值之一正在于不谈意义，只记录历史事件不动声色地演变的过程。这样的记录虽然看似简单平淡，但因真实，所以丝毫不减其复杂和惊心。

切尔诺贝利的悲鸣

[白俄罗斯]阿列克谢耶维奇著　方祖芳、郭成业译

我不知道该说什么，关于死亡还是爱情？也许两者是一样的，我该讲哪一种？

我们才刚结婚，连到商店买东西都还会牵手。我告诉他："我爱你。"但当时我不知道自己有多爱他，我不知道……我们住在消防局的二楼宿舍，和三对年轻夫妇共享一间厨房，红色的消防车就停在一楼。那是他的工作，我向来知道他发生了什么事——他人在哪里，他好不好。

那天晚上我听到声响，探头望向窗外。他看到我就说："把窗户关上，回去睡觉。反应炉失火了，我马上回来。"我没有亲眼看到爆炸，只看到火焰。所有东西都在发亮。火光冲天，烟雾弥漫，热气逼人。他一直没回来。

屋顶的沥青燃烧，产生烟雾。他后来说，感觉很像走在焦油上。他们奋力灭火，用脚踢燃烧的石墨……他们没有穿帆布制服，只穿着衬衫出勤，没人告诉他们，他们只知道要去灭火。

四点钟了。五点。六点。我们本来六点要去他爸妈家种马铃薯，普利彼特离他爸妈住的史毕怀塞大约四十公里。他很喜欢播种、犁地。他妈妈常说，他们多不希望他搬到城里。他们甚至帮他盖了一栋房子。他

入伍时被编入莫斯科消防队，退伍后就一心想当消防员！（沉默）

有时我仿佛听到他的声音在我耳边回响，即使相片对我的影响力都比不上那个声音。但他从来没有呼唤我……连在梦里都没有，都是我呼唤他。

到了七点，有人告诉我他被送到医院了。我连忙赶去，但警察已经包围了医院，除了救护车，任何人都进不去。

警察喊："救护车有辐射，离远一点！"

不只我在那里，所有当晚丈夫去过反应炉的女人都来了。

我四处寻找在那所医院当医生的朋友，一看到她走下救护车，我就抓住她的白袍说："把我弄进去！"

"我不能。他的状况很不好，他们都是。"

我抓着她不放："我只想见他一面！"

"好吧，"她说，"跟我来，只能待十五到二十分钟。"

我看到了他，全身肿胀，几乎看不到眼睛。

"他需要喝牛奶，很多牛奶，"我的朋友说，"每个人至少要喝三升……"

"可是他不喜欢牛奶……"

"他现在会喝的。"

那所医院的很多医生和护士，特别是勤务工，后来都生病死了，但是当时我们不知道危险。

上午十点，摄影师许谢诺克过世了。他是第一个。我们听说还有一个人被留在碎片里——瓦列里·格旦霍克,他们一直无法接近他,只好把他埋在混凝土里。我们不知道他们只是第一批死去的人。

我问他:"瓦西里,我该怎么办?"

"出去!快走!你怀了我们的孩子。"

可是我怎么能离开他?他说:"快走!离开这里!你要保护宝宝。"

"我先帮你买牛奶,再决定怎么做。"

这时我的朋友唐雅·克比诺克和她爸爸跑了进来,她的丈夫也在同一间病房。我们跳上她爸爸的车,开到大约三公里外的镇上,买了六瓶三升的牛奶给大家喝。但是他们喝了之后就开始呕吐,频频失去知觉。医生只好帮他们打点滴。医生说他们是瓦斯中毒,没人提到和辐射有关的事。

没多久,整座城市就被军车淹没,所有道路封闭,电车火车停驶,军人用白色粉末清洗街道。我很担心第二天怎么出城买新鲜牛奶。没人提到辐射的事,只有军人戴着口罩。城里人依旧到店里买面包,提着袋口敞开的面包在街上走,还有人吃放在盘子上的纸杯蛋糕。

那天晚上我进不了医院,到处都是人。我站在他的窗下,他走到窗前高声对我说话。我们不知道怎么办才好!人群中,有人听说他们马上会被带到莫斯科。所有妻子都聚集起来,决定跟他们一起去:"我们要和丈夫一起行动!你们没有权利阻止我们。"

我们拳打脚踢,士兵已经出现了,一把把我们推开。后来一个医生出来宣布："没错，他们要搭机去莫斯科，所以你们得帮他们拿衣服，他们穿去救火的衣服都烧坏了。"公交车停驶，我们只好跑着去。我们跑过大半个城市，但是等我们拿着他们的行李回来，飞机已经起飞了。他们只想把我们骗走，不让我们在那里哭闹。

　　街道的一边停满了几百辆准备疏散居民的巴士，另一边是从各地开来的好几百辆消防车。整条街都覆盖着白色的泡沫。我们踏着泡沫走，边哭边骂。收音机里说，整座城市可能在三到五天内进行疏散，要大家携带保暖衣物，因为我们会在森林里搭帐篷。大家都好开心——露营！我们要用与众不同的方式庆祝五一劳动节！很多人准备了烤肉器材，带着吉他和收音机。只有那些丈夫去过反应炉的女人在哭。

（选自《切尔诺贝利的悲鸣》，花城出版社，2015年）

【交流之窗】

　　1986年4月26日清晨，苏联乌克兰境内的切尔诺贝利发生了核爆炸，被评为第七级事件的特大事故（第二例为日本福岛核电事故），整个城市因此被废弃。在核能的巨大力量面前，人类渺小如草芥。面对突如其来的灾祸，人类手足无措，应对失当，有许多可以避免的伤害，一一发生，给当事人留下永远的伤痛，使这个事故，更像一场人祸。

安妮日记（节选）

[德国]安妮·弗兰克著　朱碧恒译

1942 年 6 月 20 日星期六（想写日记）

我这样的一个人写起日记来，也真是个奇怪的经验。说奇怪，不但是因为我以前什么都没写过，而且因为我觉得以后我自己和谁都不会对一个13岁女生的胡思乱想感兴趣。算了，没关系，我就是想写。再说，我有一大堆心事，不吐不快。

为了提升这位我等待已久的朋友在我心目中的形象，我不想和大多数人一样只是随手记下一些事实，我要这日记当我的朋友，我还要为这位朋友取个名字，叫吉蒂。

1943 年 11 月 8 日星期一（身处逆境）

你看得出来吧，眼前我正在抑郁之中。我说不出这抑郁怎么来的，可能我想是我的懦弱引起的。我处处被这个毛病折磨。今天晚上，贝普在这里，门铃响了，又久又大声，我马上脸色发白，胃里翻滚起来，心脏疯狂地跳——只因为我害怕。

再不然，就是密室起火，或者他们三更半夜来抓我们了。我爬到床底，吓得要死。这一切幻觉都好像真的一样。想一想，这一切都可能很快成真呢！

在我心目中，我们8个人好像是一块蓝天，四面八方被逐渐逼近的乌云包围着。我们站着的这块圆圆的地方还是安全的，但乌云正在围过来，我们和那一直逼过来的危险之间的圆圈越收越紧。我们周围都是黑暗和危险，我们急着寻找逃出去的路，结果彼此你挤我撞。我们张望下面的混战，看看这上面的平静和美。可是同时，我们被大片乌云阻绝了，不能上，也不能下。大片乌云像一堵穿不透的墙一样挡在我们面前，想压碎我们，只是还压不过来。我只能哭喊着哀求："哦，圈子，圈子，打开来让我们出去吧！"

1943 年 11 月 27 日星期六（心忧伙伴）

最亲爱的吉蒂：

昨晚我正要入睡的时候，汉妮莉忽然出现在我眼前。

我看见她衣服破烂，面容消瘦憔悴。她注视着我，大大的眼睛里带着那样的哀伤和责备，我看出里面的意思："哦，安妮，你为什么抛弃了我？救救我，救我离开这地狱！"

我却救不了她。我只能站在一旁眼看着别人受苦受难死去。我只能祈求上帝将她带回我身边。她用她那苍白的脸和哀求的眼睛盯着我，那么无助。但愿我能帮她！亲爱的上帝，我得到我祈求的一切，她却落入命运的可怕掌握里。她和我一样虔诚，也许更虔诚，而且也有心向善，那么为什么我被选来活下去，而她也许要走向死亡？我们之间的差别在哪儿？我们为什么这么天差地别？

慈悲的上帝，请安慰她，让她至少不孤独。但愿你能告诉她说我满怀同情和爱在想着她，那样也许能帮助她撑下去。

1944 年 2 月 12 日星期六（渴望春天）

阳光普照，天空深蓝，和风轻拂，我渴望着，真的渴望着一切：交谈、自由、朋友、独处。我渴望……哭一场！我觉得我仿佛要爆炸。我知道哭会有帮助，可是我不能哭。我浮躁不安。我从一个房间踱到另一个房间，从窗框的细缝呼吸，感觉到心在跳着，好像在说："终于，满足我的渴望吧……"

我想，春天已经在我内心里。我感觉到春天在苏醒，我在我整个身体和灵魂里感觉到它。

1944 年 3 月 25 日星期六（立志快乐）

我没有很多钱，其他世俗财产也不多，我不美丽，智慧不高，也不聪明，可是我快乐，而且立志永远快乐！我生来快乐，我爱人，我天性信任人，而且希望人人都快乐。

1944 年 4 月 5 日星期三（表白心志）

我终于明白我必须做功课，才不会无知；必须好好活下去，当记者，因为这是我的志向！我知道我能写。我有几篇故事写得很好，我描写密室生活很幽默，我的日记大多鲜活生动，不过……我是不是真有文才，还有待观察。

《伊娃的梦》是我最好的童话，怪的是我根本说不出我这篇童话的灵感怎么来的。《凯蒂的生活》也不错，但整体说来没什么特殊之处。我是我最好也最严厉的批评家。我知道什么好，什么不好。人不下笔，真不知道写作多美妙；我从前老是哀叹自己不会画画，可是现在我非常高兴自己至少能写。如果我没有写书或报纸文章的才气，总也能够为自己而写。但我想要的成就不只这个。我无法想象自己过着母亲、凡·丹太太和许许多多女人的那种人生，成天瞎忙，然后就被世人遗忘。在丈夫和孩子以外，我还需要有可以奉献自己的东西！我不要像大多数人那样，过了一辈子，结果白活。我要有用，或者带给所有人喜悦，即使是我不认识的人。我希望在我死后，仍能继续活着。因此，我非常感激上帝给了我这个天赋，我利用这天赋长进，并且表达我内心的一切！

写作的时候，我摆脱所有俗虑。我的哀伤消失无踪，我的精神鲜活复振！不过，有个大问题，有一天我能不能写出个伟大的作品来，我会不会成为记者或作家？

我希望会，哦，我真希望这样，因为写作使我能记下一切，我的所有思想、理想和狂想。我好久没有为《凯蒂的生活》用功了。在心中，我把下一步情节想得精精确确，可是写起来好像没有那么顺利。这个作品也许永远没法完成，最后不是走进纸篓，就是丢进火炉里。想起来好可怕，不过，我对自己说："你才十四岁，阅历体验又这么少，对哲学能写出什么来？"

因此，重振精神，往前走，向上看吧。会有结果的，因为我下定了决心要写下去！

1944 年 5 月 3 日星期三（从不绝望）

你一定可以想象，我们经常满怀绝望地问："战争有什么意义？人为什么不能和平相处？这一切破坏，到底是为了什么？"

会问这问题，是可以理解的，但目前为止没有人拿得出完满的答案。为什么英国人的飞机越造越大，越造越精，同时又一直弄出一大堆要重建的新房子？为什么每天花几百万打仗，却拿不出一分钱给医学研究、艺术家或穷人？为什么有些人挨饿，世界其他地方却有堆积如山的食物在腐烂？哦，人为什么这么疯？

我不相信战争只是政客和资本家搞出来的。芸芸众生的罪过和他们一样大；不然，许多人民和民族早就起来反叛了！人心里有一股毁灭的冲动，发怒、杀人的冲动。除非所有人类没有例外都经过一场蜕变，否则还是会有战争，苦心建设、培养和种植起来的一切都会被砍倒、摧毁，然后又从头来过！

我经常心情沮丧，可是从来不绝望。我将我们躲藏在这里的生活看成一场有趣的探险，充满危险和浪漫情事，并且将每段艰辛匮乏的事情当成使我日记更丰富的材料。我已下定决心要过和其他女孩子不一样的人生，不想以后变成一个平凡的家庭主妇。我在这里的经验，是一个有趣人生的好开头。碰到最危险的时刻，我都必须往它们幽默的一面看，并且笑一笑，理由——惟一的理由——就在这里。

我年轻，有许多尚未发现的特质；我年轻又坚强，正生活在一场大探险里；我正在这探险过程之中，不能因为没有什么好玩的事而只顾整天唉声叹气！我有很多福分：幸福、愉快的性情，以及力量。每天我都感觉到自己在成熟，我感觉到解放正在接近，我感觉到大自然的美和周遭人的善良。每天我都想，这是一场多么迷人有趣的探险！有此种种，我为什么要绝望？

（选自《安妮日记》，中央编译出版社，2017年）

【交流之窗】

在第二次世界大战期间，安妮写了两年多的日记，从13岁写到15岁。安妮在日记中记录自己对生活的感受与思考、对周围事物的观察与分析，记录自己的理想与追求、自己的喜怒哀乐。在这些朴实无华的日记中，

历史的声音

我们可以看到法西斯主义的恐怖统治如何在一个正在成长的少女心理上投下浓重的阴影，可以看到一个少女对纳粹分子摧残、扭曲人性的控诉，向世界展示了在纳粹的铁蹄下善良的民众所遭受的苦难与残害，以及他们对和平的期盼与渴望。小小年纪的安妮，其思考之深刻、观察之细致、文笔之流畅、描写之生动，确实可惊可叹。

第五章

历史认知

在这个受后现代主义影响、自媒体流行的时代，"罗生门"迭出。人们发现，受自身和外在种种限制的写史人往往在书写时多少会有纰漏和谬误。为了纠正这些问题，一时之间对历史事件的修正解读层出不穷，更有许多人对以往被忽视的小人物生活史产生了兴趣。

本编还选取了钱穆、杨天石等的文章，分别介绍了历史研究的思路、方法和学者的日常工作。他们虽然领域不同，方法也不尽相同，但共通之处在于，他们都强调了治史需要有质疑和批判精神，不可偏听偏信。

《老师的谎言：美国历史教科书中的错误》导言（节选）

[美国]詹姆斯·洛温著　马万利译

中学生讨厌历史课。当让他们列出自己最喜爱的科目时，历史课总是排名最后。学生们认为，在中学通常所开设的21门课程中，历史是"最无关紧要的"。"烦——人——"，这是他们赋予这门课的形容词。学生们能避开就避开它，即便大多数学生历史课的得分要比数学、科学或者英语的得分高。甚至在他们被迫去上历史课时，他们排斥自己所学的内容。因此，每年都有人谴责我们的17岁学生什么都不知道，另外的两项研究也谴责这一点。

连富人家庭的白人男生也认为中学所教的历史"过于干净和粉饰"。在非裔美国人、土著美国人以及拉丁美洲裔学生眼中，历史课特别令人讨厌。他们的历史课学得特别糟糕。有色人种的学生在数学方面只比白人学生略差一点。请原谅我的语法不好；但非白人学生的英语更糟，而历史最糟。这里有件奇怪的事情：其实，对于少数族群来说，历史并不比三角函数或者福克纳难学。学生们并不知道自己被离间了，只知道自己"不喜欢社会课"，或者"不怎么擅长历史"。在高校，大多数有色人种的学生对历史系敬而远之。

很多历史教师都发觉自己的课堂上学生情绪低落。对此，如果有足够的时间、家务负担较少、有足够的教学资源，以及有一位灵活的校长，一些教师会放弃那些被填充了太多内容的教科书，并重新设计自己的美国历史课程。太多的教师日益气馁，随波逐流。至少，这些教师知道，他们的学生并不认可自己对历史的热爱。这时，他们从这门课中撤回了自己的热情。渐渐地，他们摆摆样子，领着学生读课本，只讲那些可能要考的内容。

当自己的学生在上大学之前就对本学科有了重要的了解时，高校里的大多数学科的教师都感到很高兴，但历史学科除外。高校的历史学教授通常贬低中学历史课程。我的一位同事将自己对美国历史的概述称为"破坏偶像一、破坏偶像二"，因为他认为自己的工作就是破除他的学生在中学学到的东西，以便为更准确的信息腾出空间。在其他学科，不会出现这种现象。比如，数学教授们知道，非欧几何在中学是很少教的，但是他们不会因此推断，欧氏几何被误教了。英语文学教授也不会认为《罗密欧与朱丽叶》在中学阶段被误解了。实际上，历史是唯一一门让学生学得越多就越愚蠢的学科。

或许，我不需要说服你相信美国历史是重要的。相比其他课程，它更关乎"我们"。不论你认为我们今天的社会是好是坏，或好坏兼有，历史都会向你展示我们是如何走到今天的。理解过去是一种理解自身、理解周围世界的关键能力。我们需要知道我们的历史。用社会学家C.赖特·米尔斯的话说：我们知道我们了解（我们的历史）。

在学校之外，美国人反而对历史显示了极大的兴趣。历史小说——不论是戈尔·威达尔的（他写了林肯、伯尔等），或者德纳·富勒·罗斯的（他写了爱达荷州、犹他州、内布拉斯加州、俄勒冈州、密苏里州，等等！）——通常都很畅销。美国国家历史博物馆是史密森学会所创办的三大展览机构之一。《内战》系列的电视连续剧吸引了新的观众。从《一个国家的诞生》《飘》《与狼共舞》《肯尼迪》，到《拯救大兵瑞恩》，基于历史事件与主题的电影一直是令人着迷的素材。不是历史本身，而是传统的美国历史课程让学生感到厌烦。

现实情况是：美国历史充满着迷人而又重要的故事，这些故事有力量使人们着迷，甚至使最难对付的七年级学生着迷。这些故事告诉人们美国曾是什么样的，以及它与我们今天的社会有何关系。美国人，甚至是年轻的美国人，都需要，也想要知道自己国家的过去。然而，在讲这些过去事情的课堂上，学生们呼呼大睡。

问题出在哪儿？

············

历史教科书所讲的故事都是预言性的：每个问题都已经得到解决或一定会得到解决。教科书排除了冲突，排除了真正的悬念。它们剔除了任何可能给我们国家的国格抹黑的内容。当它们追求戏剧效果时，也只能采用情节剧，因为读者都知道，结局总是大圆满。用一本教科书的话说，"尽管遭到挫折，美国战胜了这些挑战"。大多数教科书作者甚至连情节剧也不愿尝试；他们写作的腔调如果能听得见的话，可以用"嘟嘟囔囔"来形容。难怪学生们不感兴趣。

教科书作者从来不用现在反观过去。他们本可以让学生思考当代社会的性别角色问题，并以此为手段，促使学生去思考：在妇女争取选举权运动或更近的妇女运动中，妇女赢得了什么，没有赢得什么。他们也可以让学生为一个看门人和一个股票经纪人的家庭准备一份家庭预算，并以此为手段，促使学生思考过去与现在的工会与社会阶级。他们可以这么做，但是他们没做。历史教科书编写者不把当下的情况作为信息资源。

反过来看，教科书也很少用过去观照现在。他们把过去描绘成头脑简单的道德剧。"做一个好公民"是教科书从过去提取的信息。"你有一份值得骄傲的遗产。做你能做的！毕竟，看看，美国取得了多少成就！"乐观主义没什么错。但对于有色人种的学生、工人阶级出身的孩子，对于那些认为历史人物很少是女性的女孩，以及那些没有取得社会和经济成功的人群来说，乐观主义可能是一种负担。乐观主义的写作手法妨碍了人们对失败者的理解，造成对受害者的一味指责。难怪有色人种的孩子们感到隔膜。在写了一千多页之后，苍白的乐观主义让每个人都倒胃口。

在美国历史课中，教科书与其他教学材料形成强烈的反差。为什么历史教科书如此糟糕？民族主义是祸根之一。教科书常常纠缠于互相冲突的要求之间：既要促进思考，又要灌输盲目的爱国主义。"看一看你的历史书，你就明白为什么我们如此自豪"；类似的话就像赞歌,常常被中学合唱团唱响。但是,我们只需走马观花。书名本身就讲述了故事:《伟大的共和国》《美利坚盛典》《希望之地》《美利坚民族的胜利》。这类书名不同于学生们在中学或高校读到的其他教科书的书名。比如,化学书的书名是:"化学"或"化学原理",而不会是"分子的胜利"。你从教科书的封面就可以识别那是什么教科书。那些封面很优美,印有美国国旗、秃鹰以及华盛顿像。

学生记不住任何史实,因为它们都只是该死的一个接一个的事实。教科书作者想要写进大多数的树木以及太多的枝条,但是忽略了让读者看一眼就可能记住的东西——森林。教科书排斥因果关系,因此缺乏意义。学生们合上教科书时,全面思考社会生活的能力没有得到提升。

……总之,忽略和歪曲的惊人错误败坏了美国历史书籍。

…………

教科书还使学生对历史学的性质茫然无知。历史学本是用证据和理性展开的激烈争论。教科书却鼓励学生相信,历史就是一些要记住的事实。"我们没有回避有争议的问题,"一套教科书的作者们声称,"相反,我们试图(对那些问题)提供理由充足的判断"。以此消除那些争议!由于教科书采用的是这样一种庄严的语调,大多数学生从不会想到要去怀疑它们。我的一个学生在1991年写信给我说:"回想过去,我问我自己,为什么我没想过要提问,比如说,谁曾经是美洲的最早居民?他们的生活是什么样的?哥伦布到来后,他们的生活有何改变？"她接着说："然而，那时，一切都展现得像一幅完整的画面，因此我从没想过它不是那样的。"

所有这一切产生的结果就是，大多数中学高年级学生没有能力对我们社会上的各种有争议的问题进行分析。（我知道这一点，因为我每年遇到将在下一年成为大学生的高中生。）我们没有什么改进。六分之五的美国人除了在中学阶段外没有上过美国历史课。我们的公民在中学阶段"学到"的东西构成了他们关于我们历史的大部分知识。

⋯⋯⋯⋯⋯

作为一位社会学研究者，我时刻不忘历史的力量。虽然我们每个人都是赤条条地来到人世上，但我们都不是全新的造物。我们都有自己的社会位置，不仅生在特定的家庭，而且还带有特定的宗教信仰，属于特定的团体，当然，还属于特定的民族与文化。社会学家懂得社会结构与文化的力量，懂得它不仅可以塑造我们在这个世界上的人生轨迹，而且还决定我们对这一轨迹与这个世界的理解。然而，我们常常不得不花更多的精力去让学生明白他们所继承的社会结构与文化对自身生活的影响。很多美国人不理解自己的过去，因而不能有效地思考我们的现在和未来。如果，通过对此书的阅读之旅，你能看清我们过去的那些事实；那么，美国历史这一"无关紧要的"课程与你的关系就会变得更加密切。至少，我希望如此。

（选自《老师的谎言：美国历史教科书中的错误》，中央编译出版社出版，2009年）

【交流之窗】

　　洛温发现美国课堂上所使用的历史教科书充斥着错误的信息和短视的见解，于是针对这些现象写作成书。在书中，洛温对教科书中的谎言进行了分析，展示了历史的生动性与复杂性。他从前哥伦布时代着笔，涉及海伦·凯勒、第一个感恩节、梅莱大屠杀等人物与事件，对美国的中学历史教科书提出了令人大开眼界的批评。他指出，为了宣扬所谓的爱国主义，美国中学历史教科书不惜"肢解"历史，英雄化历史人物。而学生对学历史缺乏兴趣，因为教科书只注重陈列事件，各事件之间缺乏连续性，只见树木不见森林，因而枯燥无味，在学生未来的生活中也很少派上用场。

历史的声音

历史，让我们看见

鲍鹏山

赵简子是春秋后期的牛人，据说孔子都对他望而生畏，止步于黄河南岸，没敢去晋国。从他考察儿子的题目，就可以看出此人的志趣和作风。

赵简子对儿子们说："我把一个宝符藏在常山上，你们去找找吧。"儿子们骑上快马，上山寻找，一无所得。一个地位最低的、婢女生的儿子叫毋恤，最后回来，却告诉父亲："宝符找到了。"赵简子说："呈上来。"毋恤说："我从常山上俯瞰山那边的代国，代国就是我们的囊中之宝啊！"赵简子毫不犹豫，废了原先的太子伯鲁，立毋恤为太子，这就是赵襄子。

赵襄子比其父更加蛮横狠毒。

赵简子一死，还在服丧期的赵襄子，就亲亲热热地请来代王及其僚属，进行"友好"访问。招待他们宴席时，赵襄子安排每人后面站着一个厨师伺候，厨师们用硕大的铜勺子为他们斟酒。当代王和僚属带着对襄子的感激之情，仰脖子喝酒时，厨师们一起动手了：他们挥起铜勺子，猛击代王和僚属的脑袋，代王和僚属瞬间血肉横飞，陈尸灯影，代国的整个精英阶层瞬间化为一具具血肉模糊的尸体，杯盘与陈尸共狼藉，酒水与血肉同淋漓。

然后，赵襄子挥兵伐代，精英阶层完全丧失的代国一片混乱，毫无抵御之力，于是代国并入赵家版图。

这是历史的大叙事，为历史讲述者们津津乐道。

但是，打动我的却是这大叙事中的一个小细节。

被赵襄子的铜勺子击碎脑袋的代王，正是赵襄子的姐夫——代王的夫人是赵襄子的亲姐姐。弟弟开疆拓土了，姐姐则在一夜之间丧夫亡国。而且，弟弟不仅让姐姐夫死国灭，还陷她于不仁不义之境。姐姐面临的不仅是自身命运的悲惨，还有感情与道德上的两难：一边是相亲相爱、琴瑟相谐的丈夫，一边是手足之情、家族代表的兄弟。丈夫死了，麻木不仁，不为夫报仇，是无情；向弟弟复仇，损害娘家家族利益，是不义。

赵襄子倒没有这种纠结，他坦坦荡荡地派使者去接姐姐归国。

没有道德感的人，自然也没有来自道德的痛苦和纠结。没有来自道德的痛苦和纠结的人，也就没有道德负担和道德顾忌。没有道德负担和道德顾忌的人，常常就显得果断和有力。

悲惨的是，这种果断和力量，往往又为俗人所赞美和崇拜，为众多历史讲述者所津津乐道、啧啧称赞。

是的，恶在很多时候比善显得更有力量。

战国时代，就充斥着这种无道德甚至不道德的力量，它们强大到操纵了历史的进程。对这种力量的赞美和崇拜，鼓噪到淹没了人们的良知。

但是，我们不要忘了，道德也有力量。这种力量往往在细微之处、在宏大叙事的疏忽之处，悄悄地影响着历史的进程，改变着历史的成色，决定着历史的性质，创造着历史的正面价值。

我们来看看下面这一历史大叙事下的小细节。

姐姐面对着弟弟派来的接她归国的使者，掩面悲泣。旷野上，姐姐与使者做片刻休息。环顾破败的江山、兵燹过后的家园，姐姐悄悄拔出头上的簪子，在石头上悄悄地磨砺。

末了，她收泪站起，手握锋利的簪子，以令人猝不及防的动作，一下子扎进自己的喉咙。

来不及阻拦，那位使者呆立一旁。

深为这人间悲剧所震惊，目睹这世间的冷酷，对人性、对人间深感绝望的使者，在姐姐的尸首旁默立良久，最后，拔剑自刎，跌倒在她的身旁。

代人哀怜代王夫人的不幸，把她自杀的地方称为"磨笄之山"。

司马迁的《史记·赵世家》记叙了这样一个细节。知道司马迁为什么伟大了吧？

一个史学家，一个历史的书记员，他不仅看到了历史上那位叱咤风云、永垂史册的弟弟，还看到了那位柔弱的跌倒荒野、埋没于荒草的姐姐。他不仅听到了弟弟的金戈铁马之声，还听到了姐姐悄悄的饮泣之声。

在一帮大人物为权为利斗得你死我活时，一个弱小的女人，纠缠

297

在仁、义之间,不能自解,只好自尽;一个不知名的使者,为这样的一个女人感动,不能自释,又随之自尽。读史至此,只有一声浩叹!

透过历史天空中遮天蔽日、攻城略地的刀枪剑戟,让我们看见那根细小的闪着凄光的簪子。

透过历史长河中熙熙攘攘争权夺利的帝王将相,让我们看见这位柔弱的悄悄泣血的姐姐。

这位姐姐的血,这位不知名的使者的血,是一个民族最干净的血,最高贵的血!这才是一个民族真正的光荣,最后的力量。

你可以欣赏铁血的历史,但是,不要忘了,还有泣血的历史。

五千年,有帝王将相的伟大事业,也有他们留下的宏伟的王陵和宫殿,但是,如果我们的良知还醒着,就能在深夜听见——还有孟姜女这样的妻,代王夫人这样的姐,在荒野中低低地泣诉。

【交流之窗】

即便如胡适先生所言,历史犹如任人打扮的小姑娘,这个"小姑娘"仍是我们认识过去的重要依托。鲍鹏山通过引导我们读《史记·赵世家》的故事,告诉我们怎样观察历史这个"小姑娘"的"动作""表情""衣着"等细节,探寻历史的真相。历史不能只记录轰轰烈烈的事和叱咤风云的人而忽视了无数默默度过一生的小人物,他们的人生不仅是个人的生命轨迹,更汇合成为历史的潮流。

历史记录，真实了吗？

葛剑雄

以往二十多年间，我到过世界上不少地方，有幸目击历史。

1990年夏，我从北京坐火车去西班牙，往返穿越苏联，两次经过莫斯科，目睹红场上的示威和静坐，耳闻不同苏联人之间的争论，感受供应的匮乏和民众的嗟叹。尽管当时还不知道这是我对苏维埃帝国仅有的一瞥，却无意中阅读了苏联历史的最后一页。

等我到达东柏林时，两德正在筹备正式统一。晚上我在火车站下车，询问明天早上几点钟能通关去西柏林，得到的回答却是："还有什么关，你现在就可以坐上火车去西柏林的动物园站。"我大惑不解："不是还没有统一吗？""我们自己早统一了。"果然，我预先办好的西德签证根本无人检查，次日白天见勃兰登堡下已成通衢大道，花一个马克租一把锤子，就能尽你所能从"柏林墙"上砸下水泥块。而东德执政党大楼已经人去楼空，"人民宫"自由出入，局部正在改建为商场。

在布达佩斯，我问一位年轻人："为什么你们要拆除苏联红军纪念碑呢？毕竟是红军将你们从法西斯占领下解放的。"他反问："你知道苏联红军强奸了多少匈牙利妇女吗？"我自然不知道，而且是闻所未闻的。

2000年3月8日我去台湾"中研院"访问一月,正逢"大选"。十天间几乎天天感受"选情""选战"。"中研院"院长李远哲发表辞职声明和《跨越断层》演讲,辞职力挺陈水扁;某大学董事长召集员工,"引导"支持宋楚瑜,而会场不远处挂着他夫人(国民党籍"立委")为连战拉票的横幅;台师大教师在公宴我的餐桌上一提到"选情",就吵得不可开交;15日电视播出朱镕基讲话,一青年副研向我表示将改投陈水扁的票。16日晚上,我先后到台北棒球场、中山足球场和中正纪念堂参观宋楚瑜、陈水扁和连战的最后一场造势会,直觉是连战已被淘汰出局,而陈、宋之间似乎势均力敌,但陈的势头更大。17日下午4时,我去附近的胡适小学投票站观看投票,站内气氛平静,但即时显示的计票结果已是陈水扁一路领先,直至晚上再无逆转。一位朋友邀我们去他家,边喝酒边看电视。他的太太是《联合报》的编辑,居然也悠闲地陪着我们。我很惊奇,今晚有这么重大的消息,报馆难道不加班吗?她说:"早加好了,已经写好陈、宋获胜的两套社评,只等结果出来。"到7时半,"中选委"已公布陈水扁以近40%票当选。

2003年3月29日,我作为嘉宾主持与央视、凤凰卫视"走进非洲"北线摄制组由突尼斯进入利比亚,从一开始就感受了这个国家的"卡扎菲特色"——国门前看不到国旗,只有一幅巨大的卡扎菲像。在边检站的接待室,几位"人民代表"留了我们近一个小时,听他们对卡扎菲的赞颂。那位妇女人民代表喋喋不休地说明全世界只有利比亚人民真正获得解放的理由,因为在领袖领导下妇女也获得解放。在以后几天，无论是遍布全国的专供学习卡扎菲著作（已译成50种文字）的"绿宝书中心"，还是在盘山公路旁岩石上巨大的绿色标语；无论是在规模宏大的国际会议中心，还是设备先进的海水淡化厂；无论是女子学校的升旗仪式，还是市人民代表（相当于市长）的会见：卡扎菲的名字和影响无处不在。主人还特意安排我们去卡扎菲的故乡，拍摄由他曾经读过的小学改建的革命博物馆，让我坐在卡扎菲坐过的课桌椅上，听取馆长（他的小学同学）对他不平凡的童年的介绍。4月4日中午，我们突然接到新闻司长朱玛·艾布赫利的通知，马上去卡扎菲的住地拍摄。我们分乘三辆车，经过三道戒备森严的铁门和层层安检，最后来到兵营中那座被炸的小楼。在拍摄过程中我们都在等待，据说有时卡扎菲会飘然而至，但那天奇迹没有出现。朱玛说："我很想帮你们安排，但领袖太忙了。"我只能抓紧时间问了他几个问题，最后问他："卡扎菲毕竟年过六十，他考虑过交班吗？会不会像外界所传让他的儿子接班呢？"他回答："这一切都会由人民作决定。"

作为一位历史学者，我可以肯定我经历的这几件事——苏东变局、台湾"大选"、卡扎菲的利比亚——都会被载入历史，我也尽我所能记录了我的经历，但我无法预测留下的历史会如何记载，记载什么。因为在一个资讯发达甚至过剩的时代，无论历史学家多么希望忠于史实，多么愿意如实记载，却不得不做出自己的选择。就是让我来记载其中某一事件，我也未必将自己的经历见闻都写上，每个人所处的地位毕竟相差悬殊，他们的经历自然不能等量齐观。至于后人如何使用这些历史记录，评价这段历史，那就更无法预料。

我们今天所知的古代史和近代史，往往并没有多少原始记录作为根据，有的只有唯一的来源，有的只是出于后人的综合甚至推测。特别是早期的历史，有些人或事跨越几个世纪，不同的说法矛盾重重，却找不到其他足以肯定或否定的证据。但有的人或事却是孤立的、不连续的，即使完全可信，也填补不了存在的诸多空白。

但是我们不得不惊叹古人记录历史的执着与认真，不怕得罪最高统治者，不避斧钺，甚至不惜赔上合族的性命。他们记录历史的目的究竟是什么？他们的记录是给谁看的呢？显然不是给当事人或统治者看的，当然也不是给自己看的，而是给主宰历史者看的，而这一位或一群主宰者就是天、神灵或祖先。

中国古代的专职史官是从巫师分化出来的。在条件相当困难的情况下，巫师只会记录他们认为重要的天象、占卜结果和得到验证的人事或异常现象，目的是向主宰者报告，或给子孙后代留下有纪念、庆祝、祈念、警戒作用的证据。正因如此，他们必须尽可能保持记录的真实性，至少在主观上是如此，同时也要使这些记录传之永久，所以要刻在石上，铸于"国之重宝"（青铜器皿），收于"天府"，藏诸名山。

随着文字的发展和完善、记录手段的简化和改善、记录对象和内容的增加，史官最终从巫师中分化出来，但其主要特点还是得到了继承和延续，坚持记录的真实性就是重要的原则。因为天、神灵、祖先是不可欺瞒的，否则就会受到天谴或报应。于是就产生了孔子的

"《春秋》笔法"，通过用词的贬褒对同样的事实做出不同的评价，以达到扬善隐恶、维护礼仪秩序的目的。如明明是"天王"遭遇内乱而出逃至河阳，《春秋》却记为"天王狩于河阳"。我想，按孔子的本意，最好将"天王"这段记录删去或隐讳，但兹事体大，是瞒不过天的，而称之为"狩"（天王外出游猎）则两全其美，老天爷那边汇报了天王离开首都的事实，后人看了也不至损害天王的尊严。当然，由于篇幅有限，尊者、贤者那些无足轻重的"细行"就可以名正言顺地隐讳了。

皇权的确立和强化使史官有了新的效忠对象，也产生新的困惑。一方面，皇帝是天子，在一定程度上能代表天的意旨，所以史官的记录必须遵守皇帝的旨意，必须解释本朝的成立和兴盛合乎天意，顺应天命。特别是在编纂史书时，这成为最高的政治原则，也是对史料取舍删改的唯一标准。但另一方面，一旦史官发现或认为皇帝的言行与天意、天命不符，就会使他们左右为难，或者怀疑自己的判断能力。出于对天的忠诚和职业道德的坚持，称职的史官会义无反顾地选择如实记录，或者有意无意留下矛盾的史实。但多数史官无法抗拒皇权的淫威，只能以曲笔顺从，甚至完全按照皇帝的意愿编造史实，而以"天意"自欺欺人。

世俗的腐败也波及史官和历史的记录。尽管依然保持着对天、神灵或祖先的敬畏，但世俗的精英普遍会以世俗的行为准则看待他们——他们同样会见钱眼开，同样只看书面材料而不作实际调查，同样会毫无例外地庇护自己的子孙、亲友、熟人，只要贿赂或胁迫史官写出佳传,出钱让高官名人"谀墓"(写吹捧死者的墓志铭、碑文),就能达到扬善隐恶、蒙混过关、流芳百世的目的。

时至今日,记录历史的技术手段和信息的保存已毫无困难,皇权不复存在,绝大多数人也不再信天命天意,但历史记录真实了吗?

(选自《国家人文历史》杂志,2014年)

【交流之窗】

一般的人在读历史书时常会问:这人物是真的吗?这事情是真的吗?葛剑雄作为史学专家也发出这样的疑问,看似出人意料,但读完文章就不觉得意外了。

直 书

刘知几

　　夫人禀五常，士兼百行，邪正有别，曲直不同。若邪曲者，人之所贱，而小人之道也；正直者，人之所贵，而君子之德也。然世多趋邪而弃正，不践君子之迹，而行由小人者，何哉？语曰："直如弦，死道边；曲如钩，反封侯。"故宁顺从以保吉，不违忤以受害也。况史之为务，申以劝诫，树之风声。其有贼臣逆子，淫君乱主，苟直书其事，不掩其瑕，则秽迹彰于一朝，恶名被于千载。言之若是，吁可畏乎！

　　夫为于可为之时则从，为于不可为之时则凶。如董狐之书法不隐，赵盾之为法受屈，彼我无忤，行之不疑，然后能成其良直，擅名今古。至若齐史之书崔弑，马迁之述汉非，韦昭仗正于吴朝，崔浩犯讳于魏国，或身膏斧钺，取笑当时；或书填坑窖，无闻后代。夫世事如此，而责史臣不能申其强项之风，励其匡躬之节，盖亦难矣。是以张俨发愤，私存《嘿记》之文；孙盛不平，窃撰辽东之本。以兹避祸，幸获两全。足以验世途之多隘，知实录之难遇耳。

　　然则历考前史，征诸直词，虽古人糟粕，真伪相乱，而披沙拣金，有时获宝。案金行在历，史氏尤多。当宣、景开基之始，曹、马构纷之际，或列营渭曲，见屈武侯，或发仗云台，取伤成济。陈寿、王隐，咸杜口而无言，陆机、虞预，各栖毫而靡述。至习凿齿，乃申以死葛走达之说，抽戈犯跸之言。历代厚诬，一朝始雪。考斯人之书事，盖近古之遗直欤？次有宋孝王《风俗传》、王劭《齐志》，其叙述当时，亦务在审实。案于时河朔王公，箕裘未陨；邺城将相，薪构仍存。而二子书其所讳，曾无惮色。刚亦不吐，其斯人欤？

盖烈士徇名，壮夫重气，宁为兰摧玉折，不作瓦砾长存。若南、董之仗气直书，不避强御；韦、崔之肆情奋笔，无所阿容。虽周身之防有所不足，而遗芳余烈，人到于今称之。与夫王沈《魏书》，假回邪以窃位，董统《燕史》，持谄媚以偷荣，贯三光而洞九泉，曾未足喻其高下也。

（选自《史通》，中州古籍出版社，2012年）

【交流之窗】

有些史家为什么有时不真实记载历史？早在一千多年前，史学家刘知几就已经为我们做出解释了。

中国历史研究法（节选）

钱　穆

近人治学，都知注重材料与方法。但做学问，当知先应有一番意义。意义不同，则所采用之材料与其运用材料之方法，亦将随而不同。即如历史，材料无穷，若使治史者没有先决定一番意义，专一注重在方法上，专用一套方法来驾驭此无穷之材料，将使历史研究漫无止境，而亦更无意义可言。黄茅白苇，一望皆是，虽是材料不同，而实使人不免有陈陈相因之感。

…………

让我先问为何要研究中国史？简单回答："中国人当知道些中国史。"这是一项极普通极基本的道理，我们应当承认。……每一个国家的公民都应该知道些关于他们自己本国的历史，中国人应该知道些中国史。中国史讲的中国人之本原和来历，我们知道了中国史，才算知道了中国人，知道了中国人之真实性与可能性，特异性与优良性。我们也可说，知道了中国史才算知道了我们各自的自己。譬如我们认识一位朋友，总不能单在他的高矮肥瘦上去认识，当然该知道一些他以往的历史，如他的姓名、籍贯、学历、性情、才干等，我们才算是知道认识了此朋友。我们是中国人，只有在中国史里来认识我们自己。不仅要认识我们的以往，并且要认识我们的将来。若非研究历史，即无从得此认识。

历史有其特殊性、变异性与传统性。研究历史先要注意的便是其特殊性。我们以往的传统，与其他民族有变有异，有自己的特殊性。没有特殊性，就不成为历史。如果世界上一切国家民族，都没有其相互间的个别特殊性，只是混同一色，那就只需要，亦只可能，有一部人类史或世界史便概括尽了。更不须，也不能，再有各国国别史之分。

其次，历史必然有其变异性。历史常在变动中进展。没有变，不成为历史。我们读小说，常见说："有事话长，无事话短。"所谓有事即是有变，无变就不见有事。年年月月，大家都是千篇一律过日子，没有什么变动，此等日常人生便写不进历史。历史之必具变异性，正如其必具特殊性。我们再把此二者，即特殊性和变异性加在一起，就成为历史之传统性。我们研究历史，先就当知道历史的三种特性。

现在再讲中国史和西洋史有何不同。据我个人意见，至少西洋史是可分割的，可以把历史上每一个时期划断。如希腊史和罗马史，两者间就显可划分。以下是他们的中古时期，这又是一个全新的时期，与以前不同。此下则是他们的近代史，现代国家兴起，又是另一段落了。如此划分开来，各有起讫。而中国史则是先后相承不可分割的，五千年一贯下来，永远是一部中国史，通体是一部中国史。战国以后有秦汉，决不能和西方之希腊以后有罗马相比。这显然见得双方历史互有不同，此即是我上面所指述的历史之特殊性。但此处当注意者，我们只可说，西洋史可分割，中国史不可分割，却不能说中国历史没有变动性。我们只能说，西方历史的变动比较显而在外，使人易见；中国历史的变动，却隐而在内，使人不易觉察。我常说，西洋历史如一本剧，中国历史像一首诗。诗之衔接，一句句地连续下去，中间并非没有变，但一诗总是浑涵一气，和戏剧有不同。

…………

西洋史总分上古、中古和近代三时期。上古史指的是希腊和罗马时期，中古史指的是封建时期，近代史指的是现代国家兴起以后。但中国人讲历史常据朝代分，称之为断代史。如先秦史、魏晋南北朝史、隋唐史、宋辽金史、元史、明史、清史等。因此有人说中国史只是一部帝王家谱，乃用王朝兴亡来划分时代，李家做了皇帝就名唐史，朱家做了皇帝就称明史。此说实甚不然。一个统一王朝之兴起，其政府规模可以维持数百年之久，在这一时期中变动比较少。突然这一王朝崩溃了，另一新王朝起而代之，当然在这两朝代之间历史会起大变动，所以用断代史来划分时期，就中国历史言，可以说是一种自然划分，并无很大不妥之处。

若我们非要比照西洋史分法，则中国的上古史当断在战国末年。秦以下，郡县政治大一统局面开始，便该是中国的中古史了。但这与西方的中古时期不同。大体说来，西方中古时期是一段黑暗时期，而中国汉唐时代，政治社会各方面甚多进步。不仅不比我们的上古史逊色，又且有许多处驾而上之。我们也可将秦代起至清末止，两千年来一气相承，称之为中国历史之中古期，不当在中间再加划分。若定要划分，亦可分做两期。五代以前为一期，我们不妨称五代以前为中国的中古史，这一段历史，因离我们比较远，由我们现代人读来，有许多事也比较难了解难明白。宋以下的历史，和我们时代相接近，读来较易了解易明白。我们也可说，中国的近代史，自宋代即开始了。

如此说来，可以说中国史常比西方史走先了一步。秦代已是中国的中古时期，宋代已是中国的近代时期了。如此便生了一问题，即中国史为何似比西方历史先进，这是否可称为中国历史之早熟？但现代史上的中国，却比西方落后，其原因又何在呢？历史本不是齐轨并进的，把一部中国史比起西方史来，何以忽然在前，又忽然在后？近代西方何以如此突飞猛进，近代中国何以如此滞迟不前？这里面便见出有问题，值得我们去研究与解答。

（选自《中国历史研究法》，生活·读书·新知三联书店，2005年）

【交流之窗】

历史材料无穷无尽，若方法不对，皓首穷经也未必有所收获。研究历史的方法有多种，这里钱穆先生揭出了他研究中国史的一些心得，譬如注意历史的特殊性、变异性与传统性。

追寻历史的印记：杨天石解读海外秘档（节选）

杨天石

哈佛紧张的两周

7月5日，会见哈佛燕京学社吴文津馆长。吴馆长既是图书馆学家，又是中国近代史专家，承他相告并惠允阅读馆藏胡汉民晚年往来函电。这是一批珍存于保险柜中的未刊资料。粗粗翻阅之后，我立即被这批材料迷住了，感觉到它包含着20世纪30年代中国政坛的大量秘密，但是，它使用了许多隐语、化名，很难读懂。这倒激起了我强烈的兴趣。于是，一边阅读，一边揣摩，幸而大部分破译，举例如下：

"门""门神""蒋门神"，均指蒋介石，取《水浒》中武松醉打蒋门神之义。

"不""不孤"均指李宗仁，取《论语》中"德不孤，必有邻"之义（李字德邻）。

"水云"指汪精卫。宋代词人汪元量有《水云词》，故由此取义。

"香山后人"指白崇禧。唐代诗人白居易字香山，故由此取义。

"渊"指张继，取《礼记》"溥溥渊泉，时而出之"之义（张字溥泉）。

"远"指邓泽如，邓字远秋，从中取一"远"字。

"马""马鸣"均指萧佛成，佛教有"马鸣菩萨"，由此取义。

"跛兄""跛哥"均指陈铭枢。1931年陈在香港，所住旅馆失火，陈从窗口跳下，自此不良于行，故以此称之。

"矮""矮子"指李济深；有时指日本。

其他如"马二先生"指冯玉祥，"八字脚"指共产党，都是容易想到的。随着化名的破译，有关函电的内容也就豁然贯通。终于从这批函电中发现了一个迄今为止不为人知的秘密——胡汉民曾几次准备发动军事起义，推翻以蒋介石为代表的南京政府。

资料读懂了，就有个复印、抄录的问题。由于来不及征求胡氏后人的同意，不能复印；加上我在哈佛又只有两周停留时间，机票早就作了一揽子的安排，无法更改。这样，就只能抓紧时间手抄了。经过极为紧张的工作，终于在离开波士顿前对主要内容作了摘录。

哈佛燕京学社是美国有名的中文图书馆，馆藏丰富，精品很多。善本室主任戴廉先生向我介绍，仅《永乐大典》就有十数册，但我实在无暇分心。善本室还藏有不少明代小说，其中有些已是孤本。这些我倒是翻了翻。多年以前，我曾经和人合作，想写一本《中国小说史话》，写了一半，彼此都忙于他事，就扔下了。

我的房东是一位美国老太太，到中国访问过，对中国和中国人都怀着美好的感情。为了帮助我提高美语听说能力，每天晚上都安排一个话题，和我聊天。有一天，还驾车陪我参观波士顿郊外的历史古迹，并说：和您的国家比起来，我们的历史太短了。

（选自《追寻历史的印迹：杨天石解读海外秘档》，重庆出版社，2016年）

【交流之窗】

研究历史的过程有点像侦探工作，往往要先收集证据（查档案和各种相关资料），然后仔细比对证据，之后才能做出判断，并公布结论（会议发表或出版）。本选文中，杨天石介绍了他在海外的查档经历和学术活动，可以帮助我们大致了解历史学家工作中的两个重要部分。史学家在图书馆、档案馆"坐冷板凳"，埋首文山书海自有它的乐趣。通过会议、出版来共享研究成果和进行学术讨论，也是学者们的本职工作和社交方式之一。